cole de
espías

RBA MOLINO

cole de espías

STUART GIBBS

Traducción de Scheherezade Surià López

RBA

Este libro es una obra de ficción. Cualquier referencia a hechos históricos, personas o lugares reales se usa de manera ficticia. Otros nombres, personajes, lugares y hechos son producto de la imaginación del autor. Todo parecido con hechos, lugares reales o personas, vivas o muertas, es mera coincidencia.

Título original inglés: *Spy School.*

© Stuart Gibbs, 2012.
Todos los derechos reservados.

Publicado originalmente por Simon & Schuster Books for Young Readers, un sello de Simon & Schuster, Inc.

© de la traducción: Scheherezade Surià López, 2019.
© de esta edición: RBA Libros, S. A., 2019.
Avda. Diagonal, 189 - 08018 Barcelona
rbalibros.com

Diseño de la cubierta e ilustración principal: Lucy Ruth Cummins.
© de la ilustración del cuaderno de papel: Thinkstock.com, 2012.
Adaptación de la cubierta: Lookatcia.com.
Diseño del interior: Lucy Ruth Cummins.

Primera edición: octubre de 2019.

RBA MOLINO
REF.: MONL606
ISBN: 978-84-272-1339-5
DEPÓSITO LEGAL: B.20.006-2019

COMPOSICIÓN • EL TALLER DEL LLIBRE, S. L.

Impreso en España • *Printed in Spain*

Para mi maravillosa esposa, Suzanne

De:
Oficina de Investigaciones Internas de la CIA
Sede de la CIA
Langley, Virginia

Para:
█████████████
Director de Asuntos Secretos
La Casa Blanca
Washington, D. C.

Se adjuntan documentos clasificados
Nivel de seguridad AA2
Solo para el destinatario

Como parte de la investigación en curso sobre la Operación Tejón Sigiloso, se han transcrito las páginas siguientes tras 53 horas de reuniones con el señor Benjamin Ripley, alias «El Tapaderas», de doce años, y estudiante de primer año en la Academia de Espionaje.

La admisión del señor Ripley en la Academia, aun siendo inusitada, fue autorizada por ██████████ ██████████ y ██████████████████, director de la CIA, como parte de dicha operación.

Como la Operación Tejón Sigiloso no avanzó según lo previsto, dados los acontecimientos del ██████████████ ████████████████████████████████, esta investigación ha sido puesta en marcha para determinar exactamente qué fue mal, por qué fue mal y quién debería ser cesado por ello.

Después de leer estos documentos, deben ser destruidos de inmediato, de conformidad con la directiva de seguridad de la CIA 163-12A. No se podrá hablar sobre estas páginas, salvo durante la reunión de evaluación, que se llevará a cabo en ████ ████████████████████████████████████ ██████████████. Tenga en cuenta que no se permite llevar armas a dicha reunión.

Espero tener noticias suyas pronto.

██████████████████████

Director de Investigaciones Internas

CC:
██████████████
██████████████████
██████████
██████████████

RECLUTAMIENTO

Residencia de los Ripley
2107 Mockingbird Road
Vienna, Virginia
16 de enero
15:30 horas

—Hola, Ben —dijo el hombre en mi salón—. Me llamo Alexander Hale. Trabajo para la CIA.

Y así fue cómo mi vida se volvió interesante.

No lo había sido hasta entonces. Ni por asomo. Ese día había sido un buen ejemplo: día 4.583, siete meses después del duodécimo año de mi existencia mundana. Me levanté de la cama sin mucho afán, desayuné, me fui a la escuela, me aburrí en clase, miré a chicas con las que me daba demasiada vergüenza hablar, comí, hice gimnasia como pude, me dormí en mates, Dirk el Capullo me tocó las narices, cogí el autobús para volver casa...

Y encontré a un hombre de esmoquin sentado en mi sofá.

No dudé ni por un segundo de que fuera espía. Alexander Hale tenía el aspecto que siempre había imaginado en un espía. Algo mayor, quizás —le pondría unos cincuenta

9

años—, pero era amable y cortés. Tenía una pequeña cicatriz en la barbilla; supuse que había sido una bala o algo más exótico como una ballesta. Tenía un aire a lo James Bond: pude imaginármelo perfectamente en una persecución en coche antes de venir a casa cargándose a los malos sin despeinarse.

Mis padres no estaban en casa. Nunca lo estaban al volver de la escuela. Alexander había entrado sin más. Tenía el álbum de fotos de las vacaciones familiares a Virginia Beach abierto en la mesita de centro, delante de él.

—¿Estoy en apuros? —le pregunté.

Alexander se echó a reír.

—¿Por qué? Nunca has hecho nada malo en la vida. A menos que cuentes aquella vez en que le echaste laxante a la Pepsi de Dirk Dennett... y, sinceramente, el chaval se lo merecía.

Abrí mucho los ojos, sorprendido.

—¿Cómo lo sabes?

—Soy espía. Mi trabajo es saber cosas. ¿Tienes algo para beber?

—Esto... sí, claro.

Mentalmente hice inventario de todas las bebidas que había en casa. Aunque no tenía ni idea de lo que este hombre estaba haciendo aquí, me vi con las ganas de impresionarlo.

—Mis padres tienen un montón de bebidas. ¿Qué te apetece? ¿Un Martini?

Alexander volvió a reírse.

—Esto no es como en las películas, chico. Estoy de servicio.

Me sentí tonto y me puse colorado.

—Ah, claro. ¿Agua?

10

—Casi mejor una bebida energética. Algo con electrolitos, por si tengo que entrar en acción. He tenido que deshacerme de unos indeseables de camino de tu casa.

—¿Indeseables? —Intenté parecer guay, como si hablara de estas cosas a diario—. ¿Qué tipo de...?

—Me temo que esa información es clasificada.

—Claro. Tiene sentido. ¿Un Gatorade?

—Sí, fantástico.

Fui a la cocina y Alexander me siguió.

—Hace un tiempo que la Agencia te tiene echado el ojo.

Me detuve, sorprendido, con la puerta de la nevera entreabierta.

—¿En serio? ¿Por qué?

—Bueno, para empezar, nos lo pediste tú.

—¿Yo? ¿Cuándo?

—¿Cuántas veces has visitado nuestra página web?

Hice una mueca; volvía a sentirme tonto.

—Setecientas veintiocho.

Alexander no parecía precisamente intrigado.

—Exacto. Normalmente te limitas a jugar en la página para niños, juegos que, por cierto, se te dan muy bien, pero también has estado consultando las páginas de ofertas de empleo con cierta regularidad. Ergo, te has planteado hacer carrera como espía. Y cuando muestras interés en la CIA, la CIA también se interesa por ti. —Alexander se sacó un sobre grueso de la chaqueta del esmoquin y lo dejó sobre la mesa de la cocina—. Nos has impresionado.

En el sobre ponía: «Entréguese en mano SOLO al señor Benjamin Ripley». Había tres sellos de seguridad; uno tuve

11

que abrirlo con un cuchillo de sierra. Dentro había un fajo de papeles. La primera página tenía una frase: «Destruya estos documentos inmediatamente después de leerlos».

La segunda página empezaba así: «Querido señor Ripley: Es un privilegio para nosotros aceptarlo en la Academia de Espionaje de la Agencia Central de Inteligencia (CIA, en inglés) con efectos inmediatos...».

Dejé la carta en la mesa; estaba emocionado, estupefacto y confundido, todo a la vez. Llevaba toda la vida soñando con ser espía y aun así...

—Crees que se trata de una broma —dijo Alexander, tras leerme la mente.

—Bueno... sí. Nunca hasta ahora había oído hablar de la Academia de Espionaje de la CIA.

—Eso se debe a que es un secreto de Estado, pero te aseguro que existe. Yo mismo estudié ahí. Es una institución de gran prestigio dedicada a formar a los agentes del mañana. ¡Felicidades! —Alexander levantó su vaso de Gatorade y me dedicó una sonrisa.

Choqué mi vaso con el suyo. Esperó a que me bebiera el mío antes de hacerlo él; supuse que era algo normal tras una vida entera de gente intentando envenenarlo.

Vi un destello de mi reflejo en el microondas que estaba detrás de Alexander, y me asaltaron las dudas. No me parecía posible que él y yo hubiésemos sido seleccionados por la misma organización. Alexander era guapo, atlético, sofisticado y molón. Yo, no. ¿Cómo podía estar cualificado para salvaguardar la democracia en el mundo si aquella misma semana me habían zarandeado tres veces para robarme el dinero de la comida?

12

—Pero ¿cómo...?

—¿... has entrado en la Academia sin haber presentado siquiera una solicitud?

—Esto... sí.

—Las solicitudes solo sirven para presentarte a la institución a la que quieres entrar. La CIA ya tiene toda la información que necesita. —Alexander se sacó un pequeño ordenador del bolsillo y lo consultó—. Por ejemplo, eres un estudiante de matrícula que habla tres idiomas y tiene unas habilidades matemáticas de nivel 16.

—Y eso, ¿qué significa?

—¿Cuánto es 98.261 por 147?

—14.444.367 —Ni siquiera tuve que pensármelo. Tengo un don para las matemáticas y, en consecuencia, una habilidad pasmosa para saber siempre exactamente qué hora es, aunque nunca me había parecido que fuera nada especial. Pensé que cualquiera sabría hacer operaciones matemáticas mentalmente... O calcular al instante cuantos días, semanas o minutos llevaban vivos. Yo tenía 3.832 días cuando descubrí que no era el caso.

—Eso es contar con un nivel 16 —dijo Alexander y luego volvió a mirar en el ordenador—. Según nuestros archivos, has bordado los exámenes PATO, tienes muy buena mano para la electrónica y te gusta mucho la señorita Elizabeth Pasternak, aunque, por desgracia, parezca no tener ni idea de que existes.

Lo de Elizabeth ya me lo olía, pero que me lo confirmaran me dolió —y encima la CIA—, así que tuve que distraer la atención.

—¿Exámenes pato? No recuerdo haberlos hecho.

13

—Normal. Ni siquiera sabías que los estabas haciendo. Se trata de Preguntas Aleatorias en los Test Ordinarios: PATO. La CIA coloca estas preguntas en todos los test ordinarios para evaluar las potenciales aptitudes de espionaje. Las has acertado todas desde tercero.

—¿Introducen sus propias preguntas en los exámenes de clase? ¿Y eso lo sabe el departamento de Educación?

—Lo dudo. En Educación no es que sepan mucho, precisamente. —Alexander dejó el vaso vacío en el fregadero y se frotó las manos con aire animado—. Bueno, dejémonos de cháchara. Tenemos que hacer las maletas, ¿no? Te espera una tarde ajetreada.

—¿Qué? ¿Pero nos vamos ya?

Alexander me dio la espalda, a medio camino de las escaleras.

—Has sacado un noventa y nueve coma nueve en la sección de percepción de las pruebas PATO. ¿Qué parte de «con efectos inmediatos» no has entendido?

Tartamudeé un poco; no dejaba de darle vueltas a mil cosas a la vez, que me moría de ganas de preguntar.

—Ya... pero... esto... ¿Por qué tengo que hacer las maletas? ¿Esta Academia está muy lejos?

—No, no está nada lejos. Solo al otro lado del río Potomac, en Washington D. C. Pero convertirse en espía es un trabajo a tiempo completo, de modo que todos los estudiantes tienen que vivir en el campus. Tu formación dura seis años, empezando en el equivalente de séptimo curso hasta el duodécimo. Empezarás en el primer año, claro. —Y, dicho eso, Alexander empezó a subir las escaleras hacia mi habitación.

Cuando llegué allí veinte segundos después, ya había abierto la maleta y le estaba echando una mirada desdeñosa al contenido de mi armario.

—No tienes ni un solo atuendo decente. —Suspiró. Cogió varios jerséis y los lanzó sobre la cama.

—¿La Academia tiene una programación distinta de las escuelas normales? —pregunté.

—No.

—¿Entonces por qué me aceptan ahora? Estamos a mitad de curso. —Señalé los diez centímetros de nieve acumulada en el alféizar de la ventana.

Por primera vez, parecía que Alexander Hale se había quedado sin palabras. No duró mucho, menos de un segundo. Era como si quisiera decir algo que al final no dijo.

Se limitó a contestar:

—Ha quedado vacante una plaza.

—¿Alguien lo ha dejado?

—Ha suspendido. Tu nombre era el siguiente en la lista. ¿Tienes alguna arma?

Ahora que lo pienso, me doy cuenta de que me preguntó eso para distraerme. Y le funcionó muy bien.

—Bueno... tengo un tirachinas.

—Los tirachinas son para las ardillas... Y no luchamos contra muchas ardillas en la CIA. Me refiero a armas de verdad: pistolas, cuchillos, un par de *nunchakus*...

—No.

Alexander negó con la cabeza como si estuviera decepcionado.

—Bueno, no pasa nada. En la armería de la escuela podrán prestarte algo. Mientras tanto, supongo que bastará

15

con esto. —Cogió una raqueta vieja que guardaba en el fondo del armario y la blandió como si fuera una espada—. Por si hubiese problemas, ya sabes.

Por primera vez caí en la cuenta de que Alexander iría armado. Se le veía un bulto en el esmoquin, justo debajo de la axila izquierda, que imaginé era una pistola. En ese momento, aquel encuentro, que hasta entonces solo había sido extraño y emocionante a la vez, se volvió un poco desconcertante.

—Creo que antes de tomar una decisión tan importante, debería comentárselo a mis padres —dije.

Alexander se dio la vuelta.

—De eso ni hablar. La existencia de la Academia es información clasificada. Nadie tiene que saber que vas a asistir. Ni tus padres, ni tus mejores amigos, ni Elizabeth Pasternak. Nadie. Por lo que a ellos respecta, asistirás a la Academia de Ciencias para Chicos y Chicas de St. Smithen.

—¿Una Academia de Ciencias? —Fruncí el ceño—. Me voy a formar para salvar el mundo, pero todos pensarán que soy un friki.

—¿Acaso no es lo que piensan de ti ya?

Hice una mueca. Pues sí, sabía muchas cosas de mí.

—Pensarán que soy más friki aún.

Alexander se sentó en la cama y me miró a los ojos.

—Ser un agente de élite requiere sacrificio —me dijo—. Esto solo es el principio. Tu formación no será fácil. Y si lo haces bien, tu vida tampoco lo será. Hay mucha gente que no puede soportarlo, así que si quieres echarte atrás... ahora es el momento.

Supuse que esta era la prueba final. El último paso en mi reclutamiento. La oportunidad de demostrar que el trabajo duro y los tiempos difíciles no me disuadían.

16

No lo era. Alexander estaba siendo sincero conmigo, pero yo estaba demasiado entusiasmado con la idea de que me escogieran para darme cuenta. Quería ser igual que Alexander Hale. Quería ser amable y cortés. Quería entrar con esa facilidad en las casas de la gente con un arma escondida en el esmoquin. Quería deshacerme de indeseables, salvar el mundo y dejar a Elizabeth Pasternak con la boca abierta. Ni siquiera me habría importado tener una cicatriz en la barbilla que fuera obra de una ballesta.

Así pues, miré fijamente los ojos grises de acero de ese hombre y tomé la peor decisión de mi vida.

—Me apunto —dije.

INICIACIÓN

Academia de Espionaje de la CIA
Washington, D. C.
16 de enero
17:00 horas

La Academia no era ni de lejos como yo espera-
ba que fuese una institución donde se enseñaba espionaje.
Que era, por supuesto, su objetivo. En cambio, se asemejaba
a una escuela secundaria privada, de esas viejas y anticuadas
que podría haber sido popular en la Segunda Guerra Mundial, pero que hacía tiempo que había perdido su encanto.
Estaba en una esquina igual de anticuada y poco frecuenta-
da de Washington D. C., oculta al mundo por un alto muro
de piedra. Lo único que parecía ligeramente sospechoso era
el cuerpo de guardias de seguridad situados en la puerta
principal, pero como la capital de nuestro país es también la
capital del crimen, un aumento en la seguridad de un colegio privado no iba a levantar muchas sospechas.

Por dentro, el terreno era increíblemente grande. Había
extensas áreas de césped que supuse que estarían preciosas

18

en primavera, aunque ahora mismo estaban enterradas bajo unos treinta centímetros de nieve. Y al otro lado de los edificios, había una gran franja de bosque inmaculado, intacto desde que nuestros antepasados decidieran que una ciénaga fétida e infestada de malaria en el río Potomac era el sitio idóneo para construir la capital de nuestro país.

Incluso los edificios, que intentaban imitar la grandeza de lugares como Oxford y Harvard, pero sin conseguirlo, eran feos y góticos. A pesar de los arbotantes y las gárgolas, eran grises y nada interesantes, diseñados para que cualquiera que tropezase con la Academia de Ciencias de St. Smithen se diera la vuelta y no volviese a pensar en ella.

Pero en comparación con el bloque de cemento achaparrado al que fui en Secundaria, el recinto era magnífico. Llegué con Alexander en un momento poco propicio, minutos antes de que anocheciera en pleno invierno. La iluminación era inhóspita, el cielo tenía un color plomizo y los edificios estaban sumidos en las tinieblas. Y, aun así, yo estaba encantado. Que hubiésemos venido en el sedán de gama alta personalizado de Alexander, que además tenía botones adicionales en el salpicadero, probablemente aumentó mi entusiasmo. (Sin embargo, me advirtió que ni los tocara, por si se disparaba la artillería pesada en pleno tráfico en hora punta.)

Mis padres apenas pusieron pegas a mi marcha. Alexander los dejó sorprendidos con su discurso sobre la Academia de «Ciencias» y les aseguró que solo estaría a unos pocos kilómetros de casa. Mamá y papá estaban orgullosos de mí por haber conseguido entrar en una institución tan prestigiosa y muy contentos, además, de no tener que pagar nada por ella. (Alexander les contó que me habían dado una

19

beca completa y a mí, que el Gobierno de Estados Unidos lo pagaba todo.) Aun así, les extrañó que me tuviese que ir tan rápido y a mamá le entristeció no poder prepararme siquiera una cena de despedida. A mamá le encantaban las cenas de celebración y las organizaba para acontecimientos tan mundanos como que me eligieran capitán del equipo de ajedrez del colegio, pese a que yo era el único estudiante en el equipo de ajedrez de la escuela. Pero Alexander había conseguido tranquilizarlos al prometerles que los visitaría muy pronto. (Cuando preguntaron si ellos, a su vez, podrían ir a visitarme, él les aseguró que sí, aunque se las apañó para no decirles exactamente cuándo.)

A Mike Brezinski no le había hecho tanta ilusión que me fuese. Mike es mi mejor amigo desde Primaria, aunque si nos hubiésemos conocido más adelante es posible que ni siquiera hubiéramos sido amigos. Mike se había convertido en uno de esos fracasados molones que deberían asistir a las clases avanzadas, pero que preferían ir a las de refuerzo porque así no tenían que esforzarse. Secundaria era una gran tontería para él.

—¿Te vas a una Academia de Ciencias? —me preguntó cuando lo llamé para darle la noticia, sin intención alguna de disimular su desagrado—. ¿Y por qué no te haces un tatuaje en la frente que ponga «perdedor» y ya?

Me costó la vida no contarle la verdad. Mike habría alucinado, más que nadie, con que me hubiesen seleccionado para formarme en la CIA. De niños, solíamos pasar horas y horas recreando las películas de James Bond en el parque. Pero no podía revelar nada porque Alexander estaba en mi habitación escuchando la llamada como quien no quiere la cosa, así que solo pude decirle:

20

—No es tan patético como piensas.

—No —respondió Mike—. Seguro que es todavía más patético.

Así que al llegar a la Academia de Espionaje, escoltado por un verdadero agente federal, no pude evitar pensar que, si Mike estuviese aquí, por primera vez sentiría envidia de mí. El recinto parecía rebosar éxito, intriga y emoción.

—Guau —solté con la nariz pegada a la ventana del coche.

—Pues esto no es nada —me dijo Alexander—. Hay muchísimo más de lo que se ve a simple vista.

—¿A qué te refieres?

Alexander no respondió. Cuando me giré, esa expresión de seguridad en sí mismo se había esfumado.

—¿Qué pasa? —pregunté.

—No veo a ningún estudiante.

—¿No estarán cenando?

—Aún falta una hora para la cena. Este rato suelen dedicarlo a los deportes, la preparación física y el entrenamiento de autodefensa. El recinto debería estar lleno de gente moviéndose de un lado para otro. —De repente, Alexander frenó en seco frente a un edificio laberíntico de cuatro plantas con un cartel que lo identificaba como «Residencia Armistead»—. Cuando te diga, corre hacia esa entrada. Yo te cubro. —Resultó que al final sí llevaba un arma escondida en la axila. La sacó y se acercó al tirador de mi puerta.

—¡Espera! —En solo un segundo, había pasado de la felicidad al terror—. ¿No es mucho más seguro que nos quedemos en el coche?

—¿Quién es el agente aquí? ¿Tú o yo?

—Tú.

21

—Entonces, ¡corre! —Con un rápido movimiento, Alexander me abrió la puerta y prácticamente me empujó hacia fuera.

Nada más pisar el suelo, eché a correr. El camino de piedra que llevaba a la residencia estaba resbaladizo por el aguanieve que lo cubría y que habría sido pisoteado por cientos de zapatos. Mis pies resbalaron y patiné.

Se oyó un crujido a lo lejos. Una pequeña explosión estalló a mi izquierda en la nieve.

¡Alguien me estaba disparando!

Enseguida comencé a preguntarme si venir a la Academia había sido una buena idea.

Se oyeron más crujidos en el aire frío, esta vez detrás de mí. Alexander estaba disparando también. O, por lo menos, eso supuse. No me atreví a darme la vuelta y comprobarlo por miedo a malgastar unos milisegundos preciosos que podría aprovechar huyendo para salvar el pellejo.

Una bala rebotó en el suelo al lado de mis pies.

Alcancé la puerta de la residencia tan rápido como pude. Esta se abrió de golpe y me vi en una pequeña área de seguridad. Delante había una segunda puerta, más segura, junto a una caseta de vigilancia acristalada, pero se encontraba entornada y en el cristal había tres agujeros de bala limpios y redondos. La crucé y aparecí en una zona diáfana.

Era uno de esos lugares que los estudiantes frecuentaban para pasar el rato. Había sillones andrajosos, un televisor viejo, una mesa de billar algo inclinada y videojuegos antiguos. De ahí salían varios pasillos a ambos lados y unas enormes escaleras que llevaban a...

De repente, algo barrió mis pies y caí de espaldas al suelo. Al cabo de un instante, alguien se me echó encima. Iba todo de negro salvo los ojos. Con las rodillas me mantenía los brazos inmovilizados en el suelo. Y antes de que pudiese gritar, me tapó la boca con una mano.

—¿Quién eres? —susurró mi atacante.

—B... B... B... Benjamin Ripley —balbuceé—. Estudio aquí.

—No te había visto antes.

—Me han admitido esta misma tarde —expliqué y luego se me ocurrió añadir—: Por favor, no me mates.

Mi atacante gimoteó.

—¿Un novato? ¿¡A estas alturas!? Este día mejora por momentos. —Ahora que la voz rebosaba sarcasmo en lugar de hostilidad, sonaba más aguda de lo que hubiera esperado. Me fijé en la persona que se me había sentado en el pecho y me percaté de que era delgada y con curvas.

—Eres una chica —dije.

—Vaya —respondió—. No me extraña que te hayan admitido. Tus poderes de deducción son la repanocha. —Se quitó la máscara y dejó su rostro al descubierto.

Jamás pensé que mi corazón pudiese latir más rápido que cuando huía de la lluvia de disparos, pero, de repente, me iba a mil por hora.

Elizabeth Pasternak ya no era la chica más guapa que hubiera visto en mi vida.

La chica que estaba sentada en mi pecho parecía algo mayor que yo, quizá tuviese catorce o quince años. Tenía una melena oscura y espesa, y unos asombrosos ojos azules. Tenía la piel inmaculada, los pómulos marcados y los labios

23

carnosos. Aunque su complexión era pequeña, casi delicada, tenía la fuerza suficiente para tumbarme en medio segundo. Y hasta olía genial, a una mezcla embriagadora de lilas y pólvora. Pero su característica más atractiva era, sin duda, lo calmada y segura que se mostraba en mitad de una situación de vida o muerte. Parecía mucho más molesta con mi aparición repentina que con el cruce de balas del exterior.

—¿Llevas un arma encima? —preguntó.

—No.

—¿Sabes usar una?

—Me manejo bastante bien con la pistola de aire comprimido de mi primo...

Ella suspiró con fuerza y, a continuación, se desabrochó el chaleco antibalas. Dentro llevaba una elegante cartuchera de cuero cargada de armas: pistolas, cuchillos, estrellas ninja y granadas. Las obvió y escogió un objeto pequeño y romo para mí.

—Esto es una táser, una pistola de electrochoque. No es eficaz en largas distancias, pero lo bueno es que no puedes matarme con ella por accidente. —Me la puso en la mano y me enseñó rápidamente a usarla—. Botón de encendido y apagado. Gatillo. Puntos de contacto. —Entonces se levantó y me indicó que la siguiera.

Eso hice. Tampoco es que tuviera otra opción. Pasamos frente a las enormes escaleras y nos dirigimos a la parte sur de la residencia. Me sentí un poco más seguro al estar con ella, ya que parecía saber muy bien lo que hacía. A su lado, yo imitaba sus movimientos y sujetaba la táser de la misma manera en que ella sujetaba su arma.

Como era mi primera intervención, no estaba muy seguro de cuáles eran las normas. Me pareció que debía presentarme.

—Por cierto, soy Benjamin.

—Pues muy bien. Mira, hagamos un trato. Si sobrevivimos a este incidente, entonces nos conoceremos mejor.

—Vale. ¿De qué va todo esto?

—Al parecer, hemos sufrido un fallo de seguridad. Esta tarde se celebraba una asamblea sobre diplomacia para todos los estudiantes. Mientras se llevaba a cabo, el enemigo se ha infiltrado en el recinto y ha rodeado el salón de actos. Han tomado como rehenes a todos los estudiantes y profesores que había ahí.

—Y tú, ¿cómo has escapado?

—No lo he hecho. Sencillamente, no he ido a la asamblea. Me importa un bledo la diplomacia.

—¿Hay alguien más contigo?

—Que yo sepa, solo estamos tú y yo. He intentado pedir refuerzos pero, de algún modo, el enemigo está bloqueando todas las transmisiones.

—¿Cuántos hay?

—He contado cuarenta y uno. Por ahora. Los que he visto son muy profesionales y peligrosos. Y van armados hasta los dientes.

Tragué saliva.

—Solo llevo aquí cinco minutos, ¿y ya tengo que enfrentarme a todo un pelotón de comandos mortíferos con solo una táser?

Por primera vez, la chica sonrió.

—Bienvenido a la escuela de espías —respondió.

CONFRONTACIÓN

Edificio de Administración Nathan Hale
16 de enero
17:10 horas

Pensar que, en cualquier momento, unos agentes enemigos podían tenderte una emboscada durante el primer día de escuela era para mí un horror. Aunque yo seguía a la chica a través de diversas instalaciones que llegarían a ser importantes para mí si sobrevivía, no podía prestarles atención. Entre tanto, la chica permanecía muy serena, e incluso señalaba aspectos interesantes del colegio por el camino, como si fuese una visita guiada normal y corriente.

—Esta es la única residencia del colegio —me informaba mientras avanzábamos con sigilo por el pasillo de la primera planta, con las armas en mano—. Los trescientos estudiantes que alberga viven aquí. Se construyó hace más de un siglo, así que, como has podido comprobar, sus sistemas de defensa son penosos. A eso habría que sumarle que las tuberías sean prehistóricas.

»La cantina está aquí. Las horas de comer son siempre a en punto: a las 07:00, 13:00 y a las 18:00... Ahora nos dirigimos al pasillo sur, situado entre el dormitorio y el edificio de Administración. Se suele tardar menos si se va por fuera, pero es mejor ir por aquí cuando hace mal tiempo... o hay francotiradores enemigos en la propiedad».

Se oían disparos a lo lejos, fuera del edificio. Aunque todo esto tuviera lugar a más de noventa metros de distancia, al otro lado de un grueso muro de piedra, me agaché sin pensarlo. Esto provocó que la chica volviese a suspirar.

—¡Espera! —dije. Con tanto frenesí, me había olvidado de algo—. No estamos solos. He venido con Alexander Hale.

Esperaba que esta información la tranquilizara o, incluso, la entusiasmase. Sin embargo, y para mi sorpresa, parecía molesta.

—¿Dónde está?

—Ahí afuera. Enfrentándose a esos francotiradores. Creo que me ha salvado la vida antes.

—Ya, estoy segura de que él piensa lo mismo —afirmó.

Llegamos a una bifurcación en el pasillo, donde las ventanas daban al jardín cubierto de nieve. La chica me indicó que me mantuviese agachado y luego miró a través del cristal. Había anochecido demasiado y yo solo acertaba a distinguir las siluetas de los edificios, pero ella sí pareció ver algo.

—Tienen todo el perímetro del recinto cubierto. —Torció el gesto y añadió—: No vamos a salir de la propiedad. Así que, este es el plan: en la última planta del edificio de Administración hay una radiobaliza de emergencia.

Con la cabeza, señaló un edificio gótico de cinco plantas que se encontraba justo al sur.

27

—Es un camino directo hacia el despacho central de la Agencia. Es tan antiguo que lo más seguro es que el enemigo ni siquiera sepa que sigue existiendo. Si logramos llegar allí, creo que podremos pedir ayuda.

—Buena idea. —Hice todo lo que pude para sonar calmado, a pesar de que, cuanto más tiempo pasaba, más aterrado estaba.

—No te separes de mí y haz lo que te diga. —La chica comenzó a caminar por la bifurcación izquierda de la sala, pero se detuvo para señalar a la derecha—. Por cierto, el gimnasio está allí abajo. Y también el campo de tiro, para que lo sepas en un futuro.

La seguí bordeando la pared, agachado por miedo a un ataque inminente. Mi primer tiroteo no estaba yendo como lo había imaginado. ¿Dónde estaban todos los malos?, me preguntaba. ¿Los estábamos evitando con astucia o nos estaban esperando para tendernos una emboscada? ¿Dónde estaba Alexander Hale y por qué a la chica no le había alegrado saber de él? Y quizá, lo más importante...

—¿Hay algún baño por aquí cerca? —pregunté—. Tengo que hacer pis. —Esta sería la primera vez que iba a vivir en mis propias carnes lo que en la escuela de espías denominaban «teoría de Hogarth sobre la producción de orina debida al miedo», a saber: el grado de peligro en el que te encuentres es directamente proporcional a las ganas de orinar. Abraham Hogarth fue uno de los primeros agentes de la CIA y, por ello, uno de los primeros profesores de la escuela de espías. Él había escrito el *Manual fundamental de espionaje* basándose en sus propias experiencias (y se rumoreaba que siempre llevaba puesto un

28

pañal para adultos, por si surgía cualquier tipo de complicación).

La chica suspiró de nuevo.

—¿Por qué no has ido antes del tiroteo?

—No sabía que iba a haber un tiroteo —expliqué—. De hecho, creo que tengo ganas debido al tiroteo.

—Pues te aguantas, guapito. No podemos permitirnos bajar la guardia.

Hice todo lo que pude por obedecer.

Pronto llegamos al edificio de Administración Nathan Hale, que resultó ser el centro del recinto. En el exterior, los demás edificios se erigían a su alrededor, como si este fuese el eje de una rueda. En el interior, el pasillo por el que bajamos conducía a un vestíbulo de techos altos flanqueado por unas amplias y enormes escaleras. A un lado de la sala, unas puertas macizas de roble llevaban al exterior, mientras que, al otro lado, dos puertas bastante más grandes permanecían abiertas y mostraban la biblioteca del colegio.

La chica se encaminó hacia las escaleras más cercanas, luego estiró la mano y me apretó el brazo. Me quedé helado.

Acercó los labios a un milímetro de distancia de mi oído y habló con tanta suavidad que casi no podía ni oírla:

—Dos agentes enemigos. Planta de arriba. —Esas palabras estaban entre las más escalofriantes que hubiera escuchado en mi vida, y aun así, su cálida respiración en la oreja casi me hizo sentir que valía la pena correr ese peligro—. Voy a tener que distraerlos. Cruza la biblioteca y sube por las escaleras de atrás.

—¿Hacia dónde? —Intenté hablar tan bajo como ella, pero no pude. Mis susurros parecían rebotar por las paredes de la sala.

En el entresuelo, apareció una figura humana de entre las sombras.

—¡El despacho del director! —murmuró ella, mientras me empujaba—. ¡Corre!

Quizá no fuera capaz de disparar una pistola o de luchar cuerpo a cuerpo, pero correr... eso sí podía hacerlo. Había tenido que huir de Dirk Dennett muchísimas veces. No obstante, nunca antes había corrido en una situación de vida o muerte con este subidón de adrenalina. Era como si, por dentro, tuviese dispositivos de poscombustión. En un abrir y cerrar de ojos, había recorrido los dieciocho metros que había hasta la biblioteca.

Las balas agujerearon la alfombra detrás de mí y astillaron la jamba de la puerta, al mismo tiempo que me lanzaba al interior de la sala.

La biblioteca era enorme y estaba formada por cuatro plantas con balcones anchos y un espacio abierto en el centro. En la planta principal, había un laberinto de estanterías. En cualquier otro momento, esta tremenda cantidad de libros me habría entusiasmado, pero en ese instante la biblioteca era solo una trampa; había mil rincones en donde podían esconderse los asesinos.

En cada esquina había una escalera de caracol. Anduve en zigzag por entre las estanterías hacia una que estaba situada al otro lado de la sala y subí los escalones a toda prisa, mientras se oía el eco del tiroteo en el vestíbulo.

Justo al llegar a la tercera planta, una bala tintineó en la barandilla. Me tiré en plancha.

En la primera planta, un hombre vestido de negro que agarraba una ametralladora empezó a correr hacia mí.

La pistola de electrochoque no me iba a servir de nada a esa distancia, pero tenía una estantería llena de libros de referencia justo al lado.

Agarré el más pesado que pude encontrar —la *Guía ilustrada de Cooper sobre armamento en la Unión Soviética*—, calculé rápidamente la velocidad de mi atacante con respecto a la fuerza de gravedad y determiné el momento exacto para tirar el libro por la barandilla.

Desde abajo, me llegó el golpe seco del libro al chocar con su cráneo, seguido de un gruñido que hizo el asesino al desplomarse.

Acababa de encontrarle una aplicación práctica en el mundo real al álgebra, lo que desmentía todo lo que Mike Brezinski siempre había afirmado.

Subí corriendo a la cuarta planta y encontré una puerta que parecía no haber sido abierta en años. Conducía a un hueco de la escalera viejo y cochambroso. Subí otra planta que me llevó a otro pasillo largo y ancho, repleto de imponentes puertas de oficina. Lo crucé a toda prisa mientras inspeccionaba las placas en cada una: «Decano de Asuntos Estudiantiles», «Vicedecano de Evaluación de Riesgo», «Director de Contraespionaje». Y por último, en el centro, descubrí una puerta en la que ponía «Director».

Empecé a oír unos pasos que subían pesadamente las escaleras, procedentes de la dirección por la que había venido. Eran de más de una persona.

Me lancé contra la puerta del director.

Estaba cerrada con llave. Reboté contra ella y caí de culo.

A la derecha de la puerta había una teclado con una pantallita que ponía: INTRODUZCA EL CÓDIGO DE ACCESO.

31

Nadie me había informado de ningún código de acceso.

Eché una ojeada al hueco de la escalera. Los pasos cada vez eran más fuertes, como si mis enemigos estuviesen ya casi en la puerta. Aparecerían en cuestión de segundos, lo que me dejaba sin tiempo suficiente para llegar al otro lado del pasillo.

La puerta del director era la única vía de escape y solo se me ocurría una manera de cruzarla.

Encendí la táser y la pulsé contra el teclado. La pantallita centelleó al freír el sistema. Después, hubo una sobrecarga eléctrica y se apagaron todas las luces de la sala. De repente, me vi sumergido en una oscuridad absoluta.

Ese no era el plan.

Se oyó un fuerte golpe al final de la sala: un agente golpeó la puerta soltando todo tipo de palabrotas o eso supuse, porque hablaba en un idioma que desconocía.

A los dos segundos, vi los haces de luz de tres linternas de gran potencia al fondo de la sala. Y en el extremo opuesto, de otras tres.

Esto significaba que ahora me rodeaban seis hombres armados hasta los dientes que avanzaban hacia mí a oscuras.

Me dispuse a hacer lo único que se me ocurrió: me preparé para rendirme.

Levanté las manos por encima de la cabeza, me pegué de espaldas contra la puerta del despacho y, sin querer, topé con el pomo.

Este cedió tras un chasquido.

Al parecer, lo había desbloqueado.

Las seis linternas se dirigieron hacia el sonido.

Entré en silencio al despacho oscuro, cerré la puerta de un portazo y me golpeé contra una mesita. Como me

32

llegaba hasta las rodillas, tropecé y caí de bruces sobre la alfombra.

Las luces volvieron a encenderse.

Sin pensarlo, me hice un ovillo y grité:

—¡Por favor, no me matéis! ¡No sé nada de nada! ¡Hoy es mi primer día!

—¿Suplicas misericordia? —dijo una voz decepcionada—. Esa táctica deja mucho que desear.

Se oyeron susurros de aprobación.

Poco a poco, alcé la vista de la alfombra de lana. Para mi sorpresa, no estaba frente a una horda de asesinos apuntándome con sus armas, sino frente a una mesa de conferencias. Dos hombres y una mujer de mediana edad estaban sentados a un extremo de la mesa y negaban con la cabeza mientras tomaban notas. A su lado, Alexander Hale permanecía de pie.

Oí un zumbido electrónico detrás de mí y eché un vistazo por encima del hombro. Un panel de monitores mostraba imágenes de todos los sitios por los que había pasado.

Empecé a comprender lo que estaba pasando y me estremecí.

—¿Esto era una prueba?

—Por suerte para ti —dijo el hombre del centro de la mesa, el que parecía decepcionado. Era un hombre robusto que parecía dárselas de tipo duro. Vestía un traje lleno de manchas de comida, los pantalones le apretaban tanto por la cintura que la bragueta estaba a punto de estallarle y, aunque tenía el cabello grueso y bien peinado, se veía a la legua que era un peluquín—. Si esto hubiese sido un incidente real provocado por una agresión externa, ahora

33

mismo estaríamos enviando tus restos de vuelta en una bolsa de basura.

—Pero si no he aprendido nada aún —contesté —. Acabo de llegar.

—Soy consciente de ello —dijo con brusquedad—. El examen ECSE es el mismo para todos los alumnos que llegan.

Miré a Alexander para que me echara un cable.

—Evaluación de las Capacidades para la Supervivencia y el Enfrentamiento —explicó y, a continuación, se giró hacia el panel—. Pues a mí, ese truco con el libro de la biblioteca me ha parecido bastante ingenioso.

—Ha tenido suerte —dijo el Pelucas con desprecio.

—¿Y lo de usar la táser para desconfigurar el teclado? —preguntó Alexander—. Nunca habíamos visto nada así.

—Y con razón. Ha sido una bobada. —El Pelucas se puso en pie y me lanzó una mirada gélida. Tenía un pequeño tic, una contracción nerviosa en el ojo izquierdo, que parecía haberse agravado por su indignación—. Soy el director de esta academia. Estos son los vicedecanos, los agentes Connor y Dixon. Y ya conoces a Alexander Hale... y, por supuesto, a Erika.

Me di la vuelta. La chica estaba detrás de mí. Había entrado sin hacer ruido.

La saludé, pero ella ni se inmutó.

—Creo que todos estamos de acuerdo en que lo que has hecho hoy ha sido lamentable —continuó el director—. Has demostrado tener unas habilidades de aficionado o, incluso, peor en casi todos los ámbitos: combate sin armas, carácter esquivo, conocimientos prácticos...

34

—¿No habrá una parte teórica en esta prueba? —pregunté, esperanzado—. Esas se me suelen dar muy bien.

El director me fulminó con la mirada; el ojo se le movía sin control.

—Tampoco se te da nada bien saber cuándo debes mantener la boca cerrada. Voy a serte sincero: si no hubieses superado con creces tus test PATO, ni tampoco hubieras demostrado una capacidad excepcional para la criptografía, ya te habría mandado de vuelta a casa con mamá y papá. Pero tendremos que esperar a ver qué podemos hacer contigo. Tienes mucho trabajo por delante, Ripley. Y, por ahora, tienes un suspenso como una catedral.

Y tras decir eso, me hizo un gesto desdeñoso con la mano para que me fuera.

Salí del despacho sintiéndome vacío por dentro. Jamás había sacado menos de un notable... y eso fue en Caligrafía de tercero. No llegué a sobresaliente por una sola décima.

Una de las cosas que había dicho el director me tenía confuso. No era consciente de que tuviera habilidades excepcionales para la criptografía. Sin ir más lejos, y dejando de lado mi talento para las matemáticas, la criptografía siempre me había parecido bastante difícil. Las matemáticas y la lógica te ayudaban a descifrar muchos códigos, pero también se te habían de dar bien los juegos de palabras. Eso explicaba por qué podía calcular los segundos exactos que llevaba en la escuela de espías hasta entonces (1.319), al mismo tiempo que se me resistían los crucigramas del periódico.

En la página web de la CIA había varios juegos de criptografía. Me daba la impresión de que los había suspendido

35

todos, pero quizá hubieran sido diseñados para detectar alguna destreza oculta que yo desconocía.

Erika salió al pasillo detrás de mí.

—No hay nada de lo que avergonzarse, ¿verdad? —le pregunté—. Quiero decir que no he recibido ningún entrenamiento aún. Seguro que nadie supera esta prueba nada más llegar.

—Yo la bordé —respondió. Y se marchó tan fresca sin despedirse siquiera.

Así pues, a unos míseros veintitrés minutos de mi llegada a la escuela de espías, había aprendido una lección valiosísima sobre ella: no iba a ser nada fácil.

INTIMIDACIÓN

Residencia Armistead
16 de enero
17:50 horas

Dejar mi casa para irme a un internado donde no conocía a nadie ya de por sí habría sido difícil en circunstancias normales. Después de mi terrorífica y humillante iniciación, fue traumático. Estuve tentado de coger el teléfono para llamar a mis padres y pedirles que vinieran a por mí, pero me di cuenta de unas cuantas cosas:

1. Seguramente el examen ECSE estuviera diseñado para hacer una criba inicial. Ser espía no podía reducirse a pasar buenos ratos y momentos de gloria. Si no conseguía apañármelas en una situación de vida o muerte falsa, ¿cómo iba a arreglármelas en una real?

2. No le había causado muy buena impresión a Erika, pero, si me iba, esa sería la única impresión que le causaría. Si me quedaba, al menos tendría la oportunidad de mejorarla.

37

3. Era imposible que las cosas fueran a peor. Por lo tanto, tenían que ir a mejor.

Así pues, decidí aguantar en la escuela de espías por lo menos un poco más.

Justo después de la reprimenda del director y de la humillación de Erika, me topé con mis pertenencias apiladas en un montón un tanto húmedo en el pasillo, fuera del despacho, con un paquete de orientación en equilibrio encima de él. Dentro estaba mi horario de clases, un mapa del campus con varias indicaciones que conducían hasta mi habitación y un folleto detallado con todos los protocolos para cada emergencia, desde envenenamiento hasta ataques de gas neurotóxico.

Mi habitación estaba en la última planta de la Residencia Armistead. A todos los estudiantes de primer año se los confinaba allí. Al principio, supuse que estaría bien eso de tener una habitación con vistas ahí arriba, pero como en el cien por cien de mis suposiciones sobre la escuela de espías, volví a equivocarme. La última planta era, en realidad, un ático que habían dividido de cualquier manera en habitaciones pequeñas y estrechas. Nuestro perro tenía más espacio en la residencia canina, cuando lo dejábamos en vacaciones.

Las paredes eran lo bastante finas como para oír a través de ellas y el techo, que formaba el tejado a dos aguas del edificio, estaba tan inclinado que solo podía erguirme del todo en el centro de la habitación. Había una pequeña claraboya en el techo que dejaba entrar una pizca de luz y una pasmosa cantidad de aire frío. Tenía pinta de que lo hubieran impermeabilizado hacía unos sesenta años, cuando Kennedy era presidente. Los muebles eran excedentes del ejér-

38

cito, de la Segunda Guerra Mundial más o menos: un catre estrecho con un colchón más duro que una piedra, una mesita de noche baja, un escritorio de hierro con las esquinas tan puntiagudas que podrían sacarte un ojo, un pequeño baúl y una silla plegable.

No tenía baño propio. En su lugar, había unos aseos comunes al final del pasillo con tres inodoros antiguos que hacían ruidos molestos cuando tirabas de la cadena y cuatro duchas que más bien parecían un caldo de cultivo ideal para extraños hongos de los pies.

Había una sala común subiendo las escaleras con unos sofás desvencijados y una mesa baja de segunda mano, pero como hacía un frío glacial en toda la planta, no había nadie. Pude oír a alguno de mis compañeros, pero ninguno salió a darme la bienvenida a la escuela de espías, ni siquiera a decirme hola.

Mientras deshacía la maleta en mi diminuta habitación, sonó el móvil. Tenía un mensaje de Mike.

«¿Cómo te va en la Academia de Ciencias para pringados?».

Se suponía que era una broma, pero me hizo sentir fatal. Fatal y solo.

«De maravilla».

Le respondí. Lo bueno de los mensajes es que nadie puede saber cuándo mientes.

Alguien llamó a la puerta.

Di un brinco, sobresaltado. Cualquier otro día probablemente no lo hubiera hecho, pero estaba inquieto tras mi iniciación. Me acerqué con cautela a la puerta y miré a través de la pequeña mirilla.

39

El chico que estaba en el pasillo parecía sacado de la portada de una revista de moda. Era varios años mayor que yo y había dejado atrás la fase de adolescente torpe. Tenía el pelo castaño perfectamente peinado, una mandíbula que parecía cincelada y hombros anchos. Llevaba una chaqueta deportiva de las caras encima de una sudadera aún más cara. Si me hubiesen pedido que dibujase el prototipo del futuro espía, lo hubiera dibujado a él, tal cual. Saludó a la mirilla a sabiendas.

—Abre ya la puerta, Ben. Sé que estás ahí.

Puse la mano sobre el pomo, pero me detuve, preguntándome si esto no sería otra prueba.

—No es una prueba —dijo el chico desde fuera—. Si quisiera hacerte daño, habría tirado la puerta abajo en treinta segundos. Solo soy del comité de bienvenida.

Abrí la puerta.

El chico pasó a sus anchas, exhibiendo kilómetros de dientes al sonreír.

—Aún sigues con el tembleque de tu prueba ECSE, ¿eh? Te entiendo, yo también lo tuve. Pero no soy nadie de quien tengas que preocuparte. —Extendió la mano en un gesto amigable—. Chip Schacter. Encantado.

Le estreché la mano, contento de conocer por fin a alguien amable.

—Ben Ripley. Pero supongo que ya lo sabías.

Chip se rio.

—Pues sí. Todos los estudiantes reciben un informe completo de los novatos. Aunque el tuyo era mejor que la mayoría.

—¿En serio?

40

—Por supuesto. Sobre todo la puntuación en criptografía. —Chip soltó un silbido de admiración—. No había visto nada igual desde Chandra Shiksavelli... que, al marcharse de aquí, fue directa al nivel 6 de la Agencia de Seguridad Nacional.

—Hala —dije, tratando de sonar indiferente, aunque por dentro estaba entusiasmado. Aún no tenía claro cómo podía ser tan bueno en criptografía sin saberlo, pero estaba bien recibir una buena noticia al fin. Por primera vez desde que llegué a la escuela de espías, sentí de verdad que podría ser mi sitio.

—Aun así —prosiguió Chip—, tus primeros días aquí pueden ser bastante duros. Supuse que te vendría bien un amigo.

—La verdad es que sí —admití—. Gracias.

—Te acompañaré, te enseñaré cómo funcionan las cosas por aquí, te presentaré a las personas adecuadas. En pocos días, lo tendrás todo bajo control. Lo único que te pido a cambio es un favorcito de nada.

—Sería genial —respondí... y después caí en la cuenta—. ¿Qué favor?

Chip echó un vistazo a la puerta, para asegurarse de que no había nadie que pudiese oírnos; después la cerró con el pestillo.

—No es gran cosa. Hackear un ordenador, nada importante. Las típicas cosas que los amigos hacen unos por otros.

Todo el entusiasmo se esfumó como si fuera el aire de un globo pinchado.

—Vaya... No se me da tan bien eso de hackear.

—Eso da igual. Yo puedo guiarte en la parte más difícil. Pero hay una contraseña rotatoria de dieciséis caracteres re-

41

petida en todo el sistema que protege el cortafuegos. Yo no puedo descifrarla, pero tiene que ser pan comido para alguien como tú, con tus pedazo de habilidades. —Chip me dio varias palmaditas en el hombro con orgullo, intentando inflar mi ego.

Lo más triste es que funcionó. Ya sabía que el tipo me iba a traer problemas y, aun así, quería su aprobación.

—¿Y de qué ordenador hablamos?

—Solo del ordenador central de la escuela. Tiene información clasificada que necesito para clase.

—¿Qué tipo de información?

A Chip se le ensombreció el rostro.

—¿A qué vienen tantas preguntas? Estoy tratando de ser tu amigo y tú vas y me sometes al tercer grado.

—Lo siento, es que... acabo de llegar. No quiero hacer nada que me meta en líos.

—¿Sabes lo que de verdad te metería en un lío? Que yo fuese tu enemigo en vez de tu amigo. Porque puedo ser muy buen amigo... o un enemigo muy, muy malo. —Se le tensaron los músculos, que le tiraban de las costuras de la chaqueta deportiva.

Tragué saliva. No me lo podía creer. En la escuela normal, había una cosa que se me daba excepcionalmente bien: evitar a los matones (el truco consistía en mezclarse con la multitud y dejar que escogiesen a una presa más obvia que tú). Pero ni siquiera había llegado la hora de mi primera comida en la escuela de espías y este ya me tenía fichado.

Peor aún, Chip Schacter no era el típico matón de colegio público. Esos tipos sobre todo te hacían morir de ver-

42

güenza, más que de dolor; lo peor que podían hacerte era bajarte los pantalones mientras el equipo de animadoras pasaba por delante. Había en Chip algo mucho más amenazante. Se veía a la legua que quería algo más que mi dinero para el almuerzo y el castigo por hacerle frente tenía pinta de ser doloroso.

—No quiero ser tu enemigo —dije, retrocediendo tanto como pude en la diminuta habitación.

Chip relajó los músculos y me mostró una sonrisa falsa.

—Me alegro de oírlo. Entonces vamos. —Me señaló la puerta.

Yo me quedé quieto.

—¿Quieres hackearlo ahora mismo? Ni siquiera he deshecho la maleta.

—Precisamente. Nadie esperaría que hicieses algo así tan pronto. Además, todo el mundo estará en el comedor. La cena empieza dentro de cinco minutos.

—Solo por curiosidad... ¿lo que vamos a hacer va contra las normas?

—No hay normas en la escuela de espías.

—Así que... si nos cogen...

—Ben, soy tu amigo, ¿verdad?

—Sí.

—Y los amigos cuidan unos de otros. No voy a dejar que te pillen. —Chip me agarró por el hombro con fuerza y apretó, causándome un intenso dolor que se extendió por todo el cuerpo—. Venga, dejémonos de chácharas y hagámoslo.

Se giró hacia la puerta, esperando que lo siguiera. Intenté evaluar rápidamente qué otras opciones tenía, pero no se

43

me ocurrió ninguna, aparte de escabullirme por el ventanuco de la habitación, lo que me habría dejado en un tejado tremendamente inclinado y congelado a cuatro plantas del suelo.

Aun así, seguir a Chip no parecía mucho más seguro. Ya sabía que no debía fiarme de él. Si metía la pata al hackear el ordenador (a lo que estaba predestinado, ya que ni siquiera sabía lo que era una contraseña rotatoria de dieciséis caracteres repetida en todo el sistema, por no mencionar cómo descifrar una), con toda seguridad Chip dejaría que yo cargara con las culpas. Lo que significaba que me pondrían de patitas en la calle pocas horas después de llegar a la escuela de espías.

Mientras le daba vueltas a todo esto, Chip salió disparado hacia la puerta. Al agarrar el pomo, de repente se oyó un sonido crepitante, como el de un filete al caer sobre una plancha ardiendo. Chip se quedó rígido y se le pusieron los pelos de punta, mientras unos rayitos azules de electricidad formaban arcos entre sus dientes. Masculló algo y luego se cayó redondo entre temblores.

La puerta se abrió y se asomó un chico de mi edad más o menos, con un mechón de pelo negro que le tapaba un ojo. Empujó con el pie a Chip para asegurarse de que estaba inconsciente y después me enseñó un pequeño aparato que había conectado al picaporte de fuera.

—Generador electrostático Van de Graaff de bolsillo. Muy eficaz, pero solo durante cinco minutos. Si quieres seguir de una pieza, te sugiero que te alejes de aquí cuanto antes.

44

INFORMACIÓN

Cantina
16 de enero
18:20 horas

—Lo primero que debes saber sobre la escuela de espías es que es un asco.

Murray Hill, el chico que me había rescatado de Chip, se volvió a llenar la boca de espaguetis. Estábamos cenando en la cantina. La mayor parte del alumnado —trescientos estudiantes de entre doce y dieciocho años— se apelotonaba en grupos a nuestro alrededor. Aunque ninguno se hubiera molestado en presentarse, estaba claro que todo el mundo era consciente de mi presencia. Cada vez que echaba un vistazo a alguno de los grupillos, pillaba a alguien apartando la mirada con rapidez.

La cantina no estaba demasiado lejos de mi habitación; estaba justo al lado de la residencia. Me preocupaba que fuera el primer lugar donde Chip me buscase, pero Murray afirmó que, cuanta más gente hubiera, más seguro estaría. Y, además, se moría de hambre.

45

—¿Sabes todo lo que odias de la escuela normal? —continuó Murray—. Pues aquí también tenemos eso: grupitos sociales inamovibles, profesores pésimos, secretarios incompetentes, comida horrible, abusones. Y, además de todo eso, de vez en cuando, alguien intenta matarte.

Murray tenía trece años y debería estar en segundo, pero tuvo que repetir curso tras haber suspendido el examen de supervivencia el año anterior. Durante la simulación del combate final, disparó por accidente al peluquín del director (solo utilizaban balas de fogueo, así que, aunque el director salió ileso, el postizo quedó inservible). No parecía que a Murray le importase mucho tener que repetir primero; a decir verdad, nada parecía importarle demasiado. A diferencia del resto de personas en la cantina, daba la impresión de que no le preocupara su aspecto o lo que el resto pensase de él. Nuestros compañeros se habían sentado más rectos que el palo de una escoba y vestían de manera impecable, como si les preocupase que alguien estuviera evaluando su postura y apariencia. La mayoría llevaba vaqueros bien planchados y jerséis bonitos, que le daba un aire profesional, a la vez que le permitiría moverse con libertad en caso de producirse una emboscada repentina. Por otro lado, daba la sensación de que Murray mostrara su dejadez a propósito. Pelo despeinado, camiseta sin remeter, sudadera con un buen montón de manchas... y que ahora mismo recibía una nueva, cortesía de la salsa boloñesa. Tenía la misma postura que un tallarín húmedo y llevaba los calcetines desemparejados. Sin embargo, era obvio que era inteligente y, cuando tenía algo que decir, como ahora, no tenía reparos en soltarlo. De hecho, me estaba costando bastante intervenir.

46

—Espera —dije—. ¿Quieres decir que Chip intentaba...?

—¿Matarte? No. Entonces, no le quedaría nadie a quien intimidar. ¿Qué te ha pedido que hicieses?

—Hackear el ordenador central de la escuela.

—¿Para qué?

—«Información clasificada». Para una de sus clases.

Murray asintió como si supiera de qué iba el tema.

—Las respuestas de un examen, seguro. Chip ha intentado obligar a casi todo el mundo aquí para que le ayude a hacer trampas de una manera u otra.

—¿Y nadie se lo ha dicho a Dirección?

—No, si los de Dirección ya lo saben.

—¿Y no lo han expulsado?

—Esto no es un colegio normal. Nos entrenan para ser espías, no *boy scouts*. Aquí te pueden poner un diez por copiar, siempre y cuando lo hagas con ingenio.

Me recosté en la silla, intentando encontrarle un sentido a todo eso.

—O sea, ¿que tendría que haber intentado hackear el sistema?

—No, ni en broma. Jamás hubieses conseguido pasar del primer cortafuegos. El Consejo de Seguridad te habría pillado, Chip habría declarado su inocencia y a ti te habrían sacrificado como castigo ejemplar para que todos tus compañeros mantuvieran las zarpas alejadas del ordenador central.

—Pero acabas de decir que hacer trampas está bien...

—Si lo haces con astucia. Hackear es una estupidez.

—Pero Chip me obligó a hacerlo.

—Y así es como habría salido impune. Hacer algo estúpido no es tan estúpido si consigues que alguien lo haga por ti.

47

Sacudí la cabeza, estupefacto.

—Es de locos.

—Por algo llaman institución a este sitio. ¿Te vas a comer eso?

Bajé la vista a mi plato de espaguetis. Ni siquiera los había probado. Con toda la agitación de ese día, no tenía mucho apetito y el aspecto asqueroso de la comida tampoco ayudaba. No es fácil preparar mal unos espaguetis, pero, de alguna manera, los cocineros lo habían conseguido. La pasta apenas estaba cocida y aquella salsa se parecía a la comida para perros enlatada de forma muy sospechosa.

Le acerqué la cena a Murray, que enseguida le hincó el diente.

—Gran error —me dijo—. Los espaguetis son lo mejor que hacen aquí. Un consejo: haz acopio de mantequilla de cacahuete y de gelatina. Nadie lo admitiría, pero creo que preparan la comida así de intragable a propósito. Refuerzan nuestro sistema inmune para que, si alguien trata de envenenarnos, no funcione. El arsénico no tiene nada que envidiarle al pastel de carne de aquí.

—Pero ¿hay algo realmente bueno en este sitio? —pregunté.

Murray hizo un gesto abarcando toda la sala.

—Para buenas, las chicas de por aquí. Y algunas clases no están nada mal.

—¿Como por ejemplo?

—Las de informática están bastante bien. Hay un buen programa de idiomas. Ah, y, por supuesto, te recomiendo la de ISAE: las siglas de Introducción a la Seducción de Agentes Enemigos. En esa sí hice los deberes.

48

—¿Y qué pasa con las clases de armas y combate?

Murray se quedó quieto, con los espaguetis colgando del tenedor en el aire.

—Ay, madre, no me digas que eres un Fleming.

—¿Qué es un Fleming?

—Alguien que llega aquí pensando de verdad que se va a convertir en James Bond.

Pillé la referencia: Ian Fleming creó James Bond y dio lugar así a varias generaciones de inocentes que daban por sentado que el espionaje era una profesión con glamur. Como yo. Sentí que se me encendían un poco las orejas por la vergüenza, pero intenté sonar tranquilo:

—Se supone que en esta escuela nos van a enseñar a ser espías.

—Claro. En la vida real, lo cual es muy diferente de las películas. Hollywood te ha vendido la moto de que espiar consiste en vestir esmóquines, manejar artilugios chulos y competir en persecuciones de coches en Montecarlo y en Gstaad. Cuando, en realidad, tiene que ver sobre todo con hacer trabajos sucios en cuchitriles tercermundistas como Mogadiscio o Newark.

Intenté ocultar mi decepción.

—Pero tiene que haber alguna misión buena. No parece que Alexander Hale haga mucho trabajo sucio.

—Bueno, puede que haya uno o dos trabajos buenos, pero son para la flor y nata del oficio. Si quieres unirte a esa carrera de locos y dejarte la piel durante los próximos seis años intentado demostrar lo que vales, adelante. Pero no vas a conseguir llegar a lo más alto. Ella sí. —Murray señaló detrás de mí con el tenedor.

Sabía a quién se refería incluso antes de darme la vuelta.

Me había fijado en Erika nada más entrar. Era la única estudiante que se sentaba sola, aunque parecía que ella misma se hubiera impuesto su exilio. Todos los chicos de la cantina parecían ansiosos por charlar con ella y todas las chicas parecían morirse por ser sus amigas. Pero Erika se mostraba inmune a todo ello. Mantenía la nariz enterrada en un libro de texto, sin exhibir interés alguno en nada o en nadie más. Dado mi breve encuentro con ella, sin embargo, sospechaba que su indiferencia era más bien una fachada; lo más probable es que Erika fuese consciente de todas y cada una de las cosas que estaban ocurriendo en ese momento en la cantina, si no en el campus entero.

—¿Es la mejor alumna de aquí? —pregunté—. No parece mucho mayor que nosotros.

—No lo es. Tan solo está en tercero. Pero, técnicamente, lleva metida en esto más tiempo que cualquiera de nosotros, dada su tradición familiar.

Me giré hacia Murray para preguntarle por qué.

—Es Erika Hale —explicó.

Al fin caí en la cuenta.

—¡¿Es la hija de Alexander?!

—Por no mencionar que es la nieta de Cyrus Hale, bisnieta de Obadiah Hale, tataranieta de Ulysses Hale y así hasta su tataratatarabuelo, que no es otro que el mismísimo Nathan Hale. Su familia lleva espiando para Estados Unidos desde antes de que Estados Unidos existiese. Si alguien se va a graduar en las fuerzas de élite, es ella.

—¿Así que ni siquiera lo vas a intentar?

Murray apartó su segundo plato de espaguetis y empezó a atacar el postre, gelatina verde con unos objetos no identificados flotando en ella.

—Cuando llegué aquí, yo también era como tú. Era el Fleming más ilusionado que jamás hayas visto. Pero entonces, un día, a mediados del segundo semestre, mientras estaba en el gimnasio aprendiendo a esquivar a una atacante con un machete, tuve una revelación sobre ser agente de campo: la gente intenta matar a los agentes de campo. Por otro lado, pocas personas rara vez intentaban matar a los tipos que trabajaban en el cuartel general.

—¡Venga ya! —lo interrumpí—. ¿Me estás diciendo que quieres un trabajo de oficina?

—Pues claro. Trabajas de nueve a cinco, te buscas una choza bonita en las afueras, curras durante treinta años y te jubilas con una generosa pensión del Gobierno. Me importa un pepino si no es glamuroso. Prefiero lo mundano y seguro antes que el glamur y la muerte sin dudarlo.

Tuve que reconocer que lo que decía Murray tenía sentido. Y, sin embargo, aún tenía la sensación de que, si trabajaba muy duro, algún día podría llegar a ser tan bueno como Erika. Y, en cuanto lo hubiese conseguido, no me dejaría matar con facilidad.

—Pero claro, no puedes dejar que los de Dirección piensen que quieres ser un chupatintas. —Murray se ventiló la gelatina de un sorbo largo—. Te pondrían de patitas en la calle por no seguir el programa. Tienes que procurar que dé el pego, como si de verdad quisieras ser agente de campo, pero al mismo tiempo no lo lograras. A ver, intentar ser malo no es fácil... aunque es más fácil que intentar ser bueno de verdad.

51

—¿Por qué me cuentas todo esto?

—¿A qué te refieres?

Gesticulé hacia los grupitos de estudiantes que había en la sala.

—¿Has compartido tu sabiduría con alguien más? ¿Por qué me has salvado de Chip?

—No, no se lo he dicho a todos —admitió Murray—. Aunque sí intenté contárselo a algunos y fue en vano. Como he dicho, antes era como tú. Decidido a tener una vida lamentable en el colegio, seguida de otra vida lamentable en el trabajo. Pero alguien me apartó de ese camino y me mostró la luz. Ahora ese tipo es un chupatintas de éxito en la agencia de París con una novia francesa cañón, y una vida larga y feliz por delante. Tan solo estoy siguiendo la cadena de favores. Respecto a Chip, bueno... te seré sincero: no me cae bien. Aprovecharía cualquier excusa para dejarlo inconsciente. Y hablando del rey de Roma... —Murray indicó la puerta con la cabeza.

Chip acababa de entrar. Se había preocupado por arreglarse el pelo tras haber sido electrocutado y ahora lo flanqueaban dos chavales incluso más grandes que él. Ambos eran unos descomunales bloques de músculo con cortes y una actitud de tipo militar. De hecho, me pareció que uno era una chica.

—Greg Hauser y Kirsten Stubbs —me indicó Murray—. Ninguno es precisamente un genio, aunque a la Agencia siempre le vayan bien unas cuantas personas grandes y malotas que no cuestionen las órdenes.

Todos en la sala interrumpieron sus conversaciones para averiguar quién era el objetivo de Chip y sus matones. Todos los ojos lo siguieron, excepto Erika. Ella siguió enfrascada en su libro, como si ignorase lo que ocurría.

Los otros 294 estudiantes soltaron al unísono un suspiro de alivio al ver que Chip, Hauser y Stubbs se dirigían hacia Murray y hacia mí, en lugar de hacia ellos. Aunque nadie retomó sus conversaciones. Ahora éramos el centro de atención.

Chip estampó la mano con tanta fuerza sobre nuestra mesa que los platos temblequearon.

—Sé que fuiste tú quien hizo ese truquito antes —le gruñó a Murray.

—No sé a qué te refieres. —Murray mantuvo la calma, algo sorprendente, dado que el resto de los alumnos parecía temer por su seguridad—. He estado en la sala de informática toda la tarde y tengo fuentes que lo pueden corroborar.

—No me vengas con chorradas —le soltó Chip—. Ya sabes a lo que me refiero.

—Por supuesto que lo sé —dijo Murray—. Te refieres al incidente en el que intentabas intimidar a Ben para que te ayudase a hacer trampas, pues eres incapaz de hacer tu propio trabajo sucio, pero entonces has bajado la guardia y has dejado que alguien te deje inconsciente. Sí, todo el mundo está hablando de eso. Entiendo que estés molesto. Yo también estaría la leche de avergonzado si me hubiesen pillado con el culo al aire de esa manera.

Se oyeron risitas por toda la sala a expensas de Chip, aunque las reprimieron con rapidez antes de que Hauser y Stubbs pudiesen descubrir de dónde provenían.

Chip enrojeció de rabia. Se le hincharon las venas del cuello, como si fueran gusanos.

—Te crees muy listo, ¿verdad?

—Para nada, Chip —respondió Murray—. Sé que soy listo. Por ejemplo, si hubiese sido yo el que te hizo la jugarreta, primero habría deslizado una cámara de fibra óptica por debajo de la puerta y hubiese grabado entero el incidente, de modo que, si alguien como tú o tus novias me amenazasen con tomar represalias contra mi persona, yo, a cambio, podría amenazaros con enviar el vídeo al director. Puede que le importe un bledo la extorsión o las trampas, pero seguro que no le haría gracia ver cómo te dejé fuera de combate con tanta facilidad. Eso es un suspenso en supervivencia.

Chip se quedó mirando fijamente a Murray durante un buen rato; no sabía si iba de farol o no, e intentaba decidir su próximo movimiento. Al final, optó por guardar las apariencias.

—Pero tú no me electrocutaste, ¿no?

—Pues claro que no —respondió Murray—. Y Ben tampoco tiene nada que ver con esto.

Chip asintió, amenazador.

—Bueno, pues hazle saber a quienquiera que lo hizo que, un día de estos, le tomaré la delantera. Y cuando lo haga, deseará no haberse cruzado en mi camino. ¿Te ha quedado claro?

—Cristalino —dijo Murray.

Chip centró su atención en mí.

—Yo, en tu lugar, dejaría de juntarme con este pringado. Va a perjudicar gravemente cualquier posibilidad de que tengas vida social aquí. Puede que incluso te cause a ti daños graves.

Para enfatizar esto, Hauser le arrancó a Murray la cuchara de la mano, apretó el puño y la estrujó. Cuando abrió la mano de nuevo, el utensilio de metal estaba chafado, como si de un envoltorio de caramelo se tratase. Lo dejó caer en la leche de Murray.

—No te voy a quitar los ojos de encima —me avisó Chip. A continuación, él y sus matones se fueron echando chispas a coger algo de cenar.

—Imbéciles —murmuró Murray—. Mucho músculo pero muy pocas neuronas. Cualquier persona con un mínimo de inteligencia sabría que no había tiempo suficiente para apañar una cámara de fibra óptica y un generador electrostático Van de Graaff de bolsillo. Yo que tú, no les tendría miedo.

Pero sí que tenía miedo, sí. De hecho, me di cuenta de que, desde mi llegada a la escuela de espías, había pasado una cantidad de tiempo considerable padeciendo distintos niveles de miedo, que iban del «moderadamente asustado» al «completamente aterrorizado». Estaba más atemorizado por Chip que por los agentes enemigos durante mi examen ECSE. Estos solo querían matarme (o eso es lo que pensé en su momento); Chip podía hacer de mi vida un infierno durante los próximos años. Vale que había vivido entre algodones, pero, hasta ese momento, Chip Schacter era la persona más aterradora que hubiera conocido jamás.

Hasta esa noche.

Aquel tipo hizo que Chip pareciese un debilucho.

ASESINATO

Residencia Armistead
17 de enero
01:30 horas

—Levántate, chaval.

Hay muchas maneras desagradables de despertarse. Como salir de repente de la fase REM cuando, a las cuatro de la mañana, un mapache hace saltar la alarma antirrobo; abrir los ojos en una clase de Matemáticas soporífera y darte cuenta de que has estado hablando de Elizabeth Pasternak mientras dormías, lo que todos han oído; o que un primo pequeño se abalance sobre ti y, sin querer, te hinque la rodilla en el bazo...

Pero todo eso no es nada comparado con que un asesino te coloque el cañón de una pistola en la nariz.

Me esforcé por abrir los ojos cansados, vi al hombre vestido de negro... y mis instintos primarios entraron en juego al instante.

Pasé a la acción y di un brinco tan lejos como pude. Por desgracia, había una pared a quince centímetros de mí.

56

Choqué con tanta fuerza que me rechinaron los dientes, caí de espaldas en la cama y volví donde estaba al principio. Con la pistola apuntándome en la nariz. La diferencia era que el asesino se estaba riendo.

—Deberías verte la cara, tío —resopló—. Ha sido la leche.

No podía verlo bien en aquella habitación oscura. Un rayo de luz de luna atravesaba la ventana, pero solo iluminaba la pistola. Aquel hombre era una mera sombra recortada entre más sombras.

—Por favor, no me mates —pedí por segunda vez aquel día. Se estaba convirtiendo en mi mantra.

—Que te mate o no depende únicamente de ti. Veamos qué tal cooperas.

No sabía cómo había entrado aquel asesino en mi habitación. Había tomado la precaución de echar la llave, además de colocar una silla bajo el picaporte, aunque en ese momento solo pensara en protegerme de Chip, de sus matones y de otros posibles abusones de la Academia.

Después de cenar, Murray me había presentado a algunos compañeros de clase. Estuvimos charlando de trivialidades, y después se fueron corriendo a hacer los deberes. Cuando volví a mi habitación, encontré un montón de papeleo que rellenar: formularios de inscripción, cuestionarios de habilidades personales, solicitudes de identidades falsas, contratos de alquiler de armas, tarjetas de donante de órganos y cosas por el estilo. Cuando terminé, cotejé el horario de clases con el mapa del campus para saber adónde tenía que ir al día siguiente. Luego me conecté al sistema informático de la Academia para configurar mi perfil de estudiante y proteger la cuenta de mi correo electrónico. Llamé a mis padres, les mentí sobre lo genial que era todo y descubrí, un poco tarde, que ninguno de los pestillos de los baños comunes funcionaba. Así que aseguré la habitación —o eso creía yo—, leí unas páginas de un libro y me quedé frito.

Según el despertador, era la una y media de la madrugada.

—¿Qué quieres? —pregunté.

—Háblame de Molinete —replicó el asesino.

—¿Molinete? ¿Qué es Molinete?

—Lo sabes muy bien. ¡No te hagas el tonto conmigo!

—¡No me hago el tonto! ¡Lo soy!

Reconozco que no fue la mejor elección de palabras, pero me entró el pánico. Era nuevo en esto de que me apuntaran con un arma y le hubiera dicho al agresor cualquier cosa para que me perdonase la vida; sin embargo, me sorprendió al preguntarme por algo de lo que no tenía ni idea.

—¿Estás seguro de que soy quien buscas?

—¿No eres Benjamin Ripley?

—Eh... no.

Valía la pena intentarlo. Y durante medio segundo pareció que se lo hubiera tragado. Algo confuso, el asesino dudó y después preguntó:

—Entonces, ¿quién eres?

—Alex Plosivo.

Hice una mueca, avergonzado. Era el primer nombre que se me había pasado por la cabeza. Tomé nota mentalmente para estar mejor preparado la próxima vez que pasara algo así.

Ni siquiera vi al asesino moverse en la oscuridad. Solo lo noté. Tiró de las sábanas tan fuerte que me arrancó de la cama. Aterricé con fuerza y me di con la mesilla en la cabeza.

—¿Te crees muy gracioso? —bramó—. ¿Piensas que es un juego?

—No.

El ataque me había pillado desprevenido. La habitación daba vueltas y veía chispillas de luz bailando frente a mis ojos. Si este tío podía provocar tanto dolor con una sola sábana, me aterrorizaba pensar lo que podría hacer con una pistola.

Había caído sobre la maleta, que no había terminado de deshacer, delante de la cama. Todo estaba desperdigado por el suelo. En su mayor parte, se trataba de ropa y libros, aunque tuviera la ligera sensación de estar clavándome algo duro en el muslo.

—Probemos otra vez —dijo el asesino—. Y como intentes algo raro, te disparo. ¿Qué... es... Molinete?

De repente, mi mente nublada por el dolor reconoció el objeto duro. Mi raqueta de tenis. La que Alexander Hale había sugerido que trajera como arma, por si acaso. En ese momento pensé que se estaba mofando de mí, que era una ocurrencia sin más, pero justo entonces vi que había sido misteriosamente profético.

Agarré el mango, me incorporé y traté de ganar tiempo.

—¿Quién te ha dicho que sé algo de Molinete?

—¿Tú qué crees? Está en tu ficha.

Eso no me ayudaba nada en absoluto. No tenía ni la más remota idea de qué decir, ya que había varios millones de respuestas erróneas que me matarían.

—La cosa es... es una... bueno...

—Déjate de evasivas o disparo.

Tuve un repentino momento de inspiración. Puede que este tío fuera tras la pista de lo mismo que le interesaba a Chip de mi ficha.

—Tiene que ver con la criptografía.

El asesino no me disparó, lo que me pareció una buena señal. En su lugar, habló con brusquedad:

—Ya sé que está relacionado con la criptografía, pero quiero entender qué hace.

Me devané los sesos. Desesperado, intenté recordar aquella conversación con Chip.

—Te ayuda a burlar una contraseña rotatoria de dieciséis caracteres.

—¿En serio? —El asesino parecía algo impresionado.

—Sí.

—¿Cómo?

Mierda. No tenía ni idea de qué decir para salir de esta, pero lo intenté. Si le soltaba al tío unas palabras largas y complicadas que sonasen importantes, si lo hacía con seguridad, tal vez pensara que era más listo que él.

—Primero, tienes que instalar una subred cuadrilateral base, después hay que anquilosar la sintaxis y fibrilar los coprolitos...

—Antes de que digas nada más, tienes que saber dos cositas —dijo el asesino—. No soy idiota. Y has agotado mi paciencia. No digas que no te he avisado.

La pistola brillaba a la luz de la luna mientras él la dirigía hacia mí.

Mis instintos primarios volvieron a aparecer. Pero, por suerte, esta vez hicieron un buen trabajo. Sin pensarlo si-

60

quiera, me incliné a la izquierda para dar mayor impulso a la raqueta de tenis.

Le asesté un golpe tan fuerte en la muñeca que se le cayó el arma justo cuando disparaba.

Sentí el calor de la bala al pasarme por encima del hombro y destrozar la ventana.

La pistola desapareció entre las sombras. Ambos la oímos rodar por el suelo y estrellarse contra la pared, con un ruido sordo, en alguna parte detrás de mí.

Agité la raqueta con fuerza; me daba igual lo que golpeara mientras fuera doloroso. Oí el crujido del grafito contra el hueso y el aullido sorprendido del asesino.

—¡Ayuda! —grité, esperando que se me oyera lo bastante alto como para despertar a todo el pasillo—. Alguien está intentando matar...

El asesino se lanzó contra mí antes de que pudiera terminar la frase. Por suerte, se me había acostumbrado la vista a la oscuridad y ahora veía.

Me tiré a la cama tras zafarme de él mientras este intentaba atizarme con un golpe de kárate, que, en lugar de golpearme, partió la mesilla de noche por la mitad. Quise correr hacia la puerta, pero se me enredaron los pies en las sábanas y el asesino se recuperó más rápido de lo que esperaba.

Se dio la vuelta en un santiamén, con la intención de derribarme por las rodillas.

Entonces, reboté sobre la cama y, a la vez, le di con la raqueta.

De hecho, tengo un buen derechazo. Es mi mejor arma. Le asesté al asesino justo por encima de la oreja con tanta

61

fuerza que partí la raqueta. Este balbuceó de dolor, cayó, rebotó en el colchón y fue a aterrizar en el suelo con un golpe seco.

Eché a correr, abrí la puerta y salí al pasillo. Golpeé las puertas por las que pasaba con la raqueta rota.

—¡Ayuda! ¡Ayudadme! ¡Es una emergencia!

Pude oír cómo se iba levantando la gente, aún aturdida, en las habitaciones. Vi que se encendía la luz por debajo de una puerta, pero no me detuve a esperar. Tuve miedo de haber noqueado al asesino solo temporalmente. Así que fui derecho a las escaleras sin dejar de gritar todo el rato.

Casi había llegado cuando se abrió la puerta del final del pasillo y apareció mi veterana. Era la primera vez que coincidíamos, aunque el paquete de bienvenida me había informado de que se llamaba Tina Cuevo y estaba en sexto. Era alta y guapa, con el pelo azabache y la piel del color del chocolate. Llevaba un pijama de franela y unas zapatillas de conejitos. Por su expresión, intuí que no le hacía ninguna gracia que la hubieran despertado, aunque su enfado se convirtió en asombro en cuanto me vio.

Duermo solo con ropa interior.

Desde que me atacaron, solo había pensado en sobrevivir. En ese momento, y por primera vez, me di cuenta de que estaba casi en pelotas.

Me giré y vi que todo el pasillo salía de sus habitaciones. La mayoría empezó a reírse a carcajadas.

Por suerte, Tina no lo hizo. Creo que la mirada de auténtico terror que me vio en la cara la convenció de que no era una broma.

—¿Qué pasa? —preguntó.

62

—Hay un asesino en mi habitación. Acaba de intentar matarme.

Esperaba que Tina evacuase el pasillo y pidiera ayuda, pero eso iba en contra de su entrenamiento. En su lugar, se sacó una pistola del bolsillo del pijama —parece ser que dormía con ella— y se puso en modo acción.

—Yo me ocupo. Hay una bata en la habitación. Póntela, ¡por Dios!

Se pegó a la pared, moviéndose con rapidez hacia mi habitación.

Entré en su habitación, que era más grande que la mía y estaba decorada con mucho mejor gusto. Había todo tipo de toques hogareños, como fotos enmarcadas, cortinas y alfombras, objetos que me hacían sentir a salvo y seguro, teniendo en cuenta que unos segundos antes me había estado jugando la vida. El albornoz de algodón colgaba de un gancho detrás de la puerta. Me lo puse. Estaba calentito y olía a canela.

No sabía qué hacer. Huir me seguía pareciendo una opción perfecta y racional. Sin embargo, me pareció mal salir corriendo con el albornoz de una chica mientras ella se enfrentaba a un asesino por mí. Ya había recorrido el pasillo casi desnudo; sería mejor no volver a meter la pata aquella noche. Vi una butaca mullida y acogedora bajo una pila de libros y manuales, y me senté.

Al cabo de un minuto, un estudiante asomó la cabeza por la puerta:

—Esto... Tina quiere hablar contigo.

—¿Dónde está?

—Pues en tu habitación. ¿Dónde iba a estar?

63

Volví a salir al pasillo. En cada puerta se asomaba alguien; todos me miraban. Me parecía una temeridad volver a mi cuarto, dado que había un asesino allí, pero todo el mundo estaba mucho más tranquilo de lo que debería, si es que todavía andaba suelto un agente enemigo. Así pues, allá que me fui bajo la atenta mirada de los curiosos.

Tina salió de la habitación mientras me acercaba:

—Respecto al asesino...

—¿Lo he matado? —Tragué saliva, preocupado.

—Cómo decirlo... —Tina me invitó a pasar—. Me está costando un poco encontrarlo.

Entré en la habitación. La luz estaba encendida. Todo estaba revuelto. Los muebles estaban destrozados. Y mis cosas, tiradas por el suelo.

Pero el asesino se había esfumado.

ESTADO DE LA CUESTIÓN

Residencias Armistead
17 de enero
02:05 horas

—Dices que alguien ha intentado matarte. Esta noche.

—¿No me cree? —pregunté.

El director clavó sus ojos en mí un momento. Me costaba distinguir si estaba midiendo las palabras o simplemente seguía dormido. Eran las dos y cinco de la madrugada. Solo hacía diez minutos que lo habían despertado y el hombre parecía necesitar cafeína con urgencia. Como vivía en el mismo recinto de la escuela, se había puesto una bata gruesa sobre el pijama y había ido directo a la residencia. La nieve le había empapado las pantuflas.

—No hay rastro del asesino —dijo—. Ni del arma.

—Ha disparado a la ventana —respondí.

—Hay muchas cosas que podrían haber roto esa ventana.

—Tiene que haber una bala.

—Claro. En algún lugar afuera bajo dos hectáreas cubiertas de nieve.

Yo estaba perdiendo la paciencia. Puede que no fuera lo más sensato, pero yo también estaba cansado:

—¿Cree de verdad que he destrozado mi habitación adrede y me he golpeado a mí mismo para que parezca que alguien ha intentado matarme? ¿Por qué haría algo así?

—No lo sé —contestó el director—. Puede que para llamar la atención. Lo más importante es descubrir por qué alguien querría matarte. Acabas de empezar. Si ni siquiera has aprobado el ECSE de hoy. Si alguien quisiera meterse en problemas burlando todas nuestras defensas y entrar en una habitación para matar a alguien, tendría sentido pensar que iría detrás de alguien que mereciera la pena liquidar.

Me detuve a meditarlo. Aunque sus palabras eran ofensivas, tenía que reconocer que no le faltaba razón.

El director le había requisado la habitación a Tina, por así decirlo, para interrogarme. Habían acordonado mi habitación hasta que llegara un equipo de expertos en escenarios del crimen. No me habían dejado coger mi ropa. Todavía llevaba el albornoz esponjoso de Tina. Tanto el director como yo parecíamos sacados de un catálogo de ropa del hogar de unos grandes almacenes.

Llamaron a la puerta.

—¿Y ahora qué pasa? —dijo el director con brusquedad.

—Pensé que podría serle útil. —Alexander Hale entró en la habitación. A diferencia del director, él sí estaba bien despierto. De hecho, parecía que todavía no se hubiera acostado. Aún llevaba puesto el esmoquin, aunque con la pajarita desatada y el cuello desabrochado. Tenía una pequeña mancha roja en el cuello de lo que parecía un pinta-labios—. He venido en cuanto me he enterado.

Lo más probable es que el director le hubiera echado la bronca a cualquiera que interrumpiese su interrogatorio, pero se achantó respetuosamente ante Alexander.

—¿Dónde estabas? —preguntó.

—Trabajando de incógnito en la embajada rusa. —Pícaro, Alexander guiñó un ojo y se volvió hacia mí—. Pero eso no es lo importante ahora. ¿Estás bien, Benjamin?

—Sí.

—¿Cómo has escapado? ¿Quién te ha rescatado?

—Yo mismo.

Alexander silbó con admiración:

—¿En serio? ¿Cómo? ¿Kárate? ¿Jiu-jitsu? ¿Krav Magá?

—Una raqueta de tenis.

—¡Ah! ¿Ves? Ya te dije que te vendría bien. Buen trabajo.

El director, poco impresionado, se encogió de hombros:

—El trabajo hubiera sido aún mejor si no hubiese dejado escapar al asesino.

—Es su primera noche aquí —respondió Alexander—. Si todavía no ha cursado ni Introducción a la Defensa Personal, y mucho menos Arresto y Subyugación del Enemigo.

—¿Y aun así se ha defendido de un asesino profesional? ¿Y con una simple raqueta de tenis? —preguntó incrédulo el director—. Puede que no fuera un asesino. Tal vez haya sido uno de los mayores, que le ha gastado una novatada y no la ha resistido.

Pensé por un momento en Chip Schacter. Parecía lo bastante imbécil como para pensar que asustar a alguien con una pistola cargada era divertido.

67

Pero entonces recordé algo, algo que había olvidado por culpa del pánico.

—Me ha preguntado sobre algo llamado Molinete —dije.

El director y Alexander se giraron hacia mí, sorprendidos. Y ambos intentaron ocultar su sorpresa. Alexander lo hizo bastante mejor.

—¿Molinete? —preguntó el director, como si fuera una de las palabras más raras que hubiese oído jamás.

—¿Qué es? —quise saber.

—Ni idea —respondió el director de una manera que sugería que estaba mintiendo—. No lo había escuchado en la vida.

—Bueno, pues él, sí —repliqué—. Ha dicho que estaba en mi ficha.

El director y Alexander se miraron. Un atisbo de comprensión —o puede que de preocupación— asomó a sus ojos.

—Benjamin, quiero que te concentres mucho en lo que ha pasado —dijo Alexander—. ¿Qué quería saber exactamente el asesino sobre Molinete?

Intenté acordarme de la conversación mantenida en el cuarto. Aunque no hubiera pasado mucho tiempo, me costaba. Tenía los recuerdos hechos un lío por el miedo y la adrenalina.

—Solo quería saber lo que era. Creo.

Alexander se sentó en la cama de Tina y me miró a los ojos:

—Y tú, ¿qué le has dicho?

—Que no tenía ni idea de lo que era.

—¿Seguro?

—Sí... No, espera. Le conté que tenía algo que ver con la criptografía. Pero me lo inventé.

—¿Y te creyó? —preguntó el director, intrigado.

—Ha dicho que ya sabía que tenía que ver con la criptografía —respondí—. Quería que le dijera lo que hacía. He intentado inventarme otras cosas, pero se ha dado cuenta de que le estaba mintiendo y ha intentado matarme.

—¿Estás seguro de que esto es exactamente lo que ha pasado? —saltó Alexander.

—Bueno, me ha apuntado con el arma... —empecé.

—¿Pero cuándo ha apretado el gatillo? —preguntó Alexander—. ¿Antes de que te defendieras... o después?

—Si no me hubiese defendido, me habría matado —le expliqué.

Alexander me puso la mano en el hombro para que me tranquilizara.

—Relájate un momento y piensa. Intenta acordarte de todo lo ocurrido tal y como sucedió. Tómate tu tiempo. No hay prisa. Determinar con exactitud el orden de los acontecimientos es importante.

Cerré los ojos y traté de recordar algo más. Parecía que el asesino intentara matarme de verdad. A fin de cuentas, ese es el objetivo de un asesino que se precie. Pero todo había pasado muy rápido... y, encima, en la oscuridad. Al final tuve que reconocer:

—No estoy seguro de si intentaba dispararme o no. Puede que solo quisiera asustarme y que se le disparara la pistola cuando lo golpeé con la raqueta.

Alexander y el director se miraron fijamente un momento.

—¿Eso significa algo? —pregunté.

—Puede que sí. O puede que no —dijo el director, aunque sabía que estaba mintiendo otra vez.

69

Volvieron a llamar a la puerta.

—¡¿Qué?! —gritó el director.

Entró una mujer muy atractiva. Llevaba un traje pantalón ajustado y, a pesar de tener unos treinta años, no parecía amilanarse por el enfado del director. Iba a lo que iba, sin rodeos.

—Soy la agente Coloretti, de la policía científica. Tengo el informe preliminar del posible asesino.

—Ya era hora —se quejó el director—. ¿Qué tiene?

—Nada —contestó Coloretti—. Ni huellas, ni sangre. No ha dejado ni un solo pelo.

—Entonces... ¿no había asesino? —preguntó el director.

—Yo no he dicho eso —respondió Coloretti—. Solo que no hay pruebas concretas.

—¿Qué hay de las cámaras de vigilancia de la residencia? —se interesó Alexander—. Habrán grabado algo.

Coloretti suspiró:

—Sí, deberían... si no las hubieran inutilizado.

El director se incorporó:

—¿Todas?

—No, todas no —dijo Coloretti—. Pero las suficientes, empezando por las del perímetro norte unos veinte minutos antes del incidente. Después, las del camino que lleva a la residencia. Y, por último, las del interior de la residencia. Sabía la posición exacta de todas e inutilizó las que podían grabarlo. Esto, en sí mismo, es una prueba de que alguien ha accedido al campus.

—Alguien que sabía muy bien lo que estaba haciendo —añadió Alexander—. Alguien profesional.

—Pues tan profesional no sería cuando le ha arreado un novato con una raqueta de tenis —se burló el director.

—Puede que subestimara al objetivo —concluyó Alexander—. A todo el mundo le pasa en algún momento.

—¿En serio? —preguntó el director—. ¿A ti también?

Alexander lo pensó un poco y luego reconoció que no.

La agente Coloretti me miraba con tanta atención que tuve que comprobar que no llevaba la bata abierta.

—Dada la naturaleza de la situación, quizá el resto de la conversación deba estar bajo el Nivel de Seguridad 4C —dijo ella.

En ese momento, también me miraron el director y Alexander.

—Sí —coincidió el director—. Será lo mejor.

Los tres salieron por la puerta sin decirme nada.

—¡Esperen! —grité.

Se detuvieron.

—¿Me van a dejar aquí solo? —pregunté—. ¿Después de que alguien haya intentado matarme?

—Ya te has salvado una vez —dijo el director—. Si alguien más viene a por ti, hazlo de nuevo.

—Pero mi habitación es la escena de un crimen —protesté—. ¿Dónde se supone que voy a dormir hoy?

El director suspiró como si yo fuera peor que un dolor de muelas.

—Pues en la Caja. ¿Dónde va a ser, si no?

REVELACIÓN DE SECRETOS

La Caja
17 de enero
05:00 horas

«Hasta aquí —pensé en cuanto vi mi nueva habitación—. Lo dejo».

La Caja no había sido diseñada para servir de dormitorio, sino como celda de detención. De haber conseguido atrapar al asesino aquella noche, habría sido él quien acabara en la Caja. En vez de eso, me metieron a mí. Menuda suerte.

Que me trasladaran allí no era oficialmente un castigo. La razón era que la Caja era el lugar más seguro del campus para mí. Había sido diseñada para evitar que los enemigos consiguieran escapar, pero eso significaba también que a los enemigos les era endiabladamente difícil entrar. Era un búnker de cemento reforzado situado debajo del subsótano del edificio de Administración. Las paredes tenían casi un metro de grosor y la puerta de acero tenía tres cerraduras

72

independientes. Por la parte de fuera, estaba protegida por un entramado de láseres: pasar por uno activaría la alarma, al mismo tiempo que liberaba gas sarín. También había siete cámaras, todas controladas desde el centro de seguridad de la Academia.

Aunque todo esto fuera para mi protección, no lo volvía menos incómodo. El personal de seguridad había procurado que la Caja pareciera un poco más habitable: una colcha a cuadros en la cama, algunas novelas de espías con las páginas dobladas que pertenecían a la biblioteca, una planta de plástico... Pero seguía siendo un frío bloque de hormigón sin ventanas, apartado del resto de mis compañeros. Después de todo un día de amenazas y humillaciones, la Caja era la gota que colmaba el vaso. Si no hubiese sido de noche, habría llamado a mis padres en ese mismo instante para que me recogieran y me devolviesen a la vida normal. Pero pensé que podría instalarme y esperar hasta mañana. Fracasar iba a ser humillante y quizá me arrepentiría el resto de mi vida, pero al menos viviría más tiempo si dejaba la escuela de espías.

A pesar de ser la Caja el sitio más seguro del campus, no podía conciliar el sueño. Físicamente, estaba agotado; sin embargo, el ajetreo de la noche me había puesto nervioso. Cada vez que oía un ruido, me imaginaba a otro asesino entrando a hurtadillas para matarme. Además de eso, un puñado de preguntas me carcomían por dentro. ¿Qué era eso de Molinete? ¿Cómo podía yo tener conocimientos de criptografía sin saberlo? ¿Por qué el director se comportaba de forma tan extraña? Estaba pasando algo misterioso en la escuela de espías y nadie me decía la verdad.

Me sobresalté en la cama por enésima vez, pues creía haber oído chirriar la puerta. El modesto reloj de la mesilla marcaba las cinco de la mañana. Traté de observar por entre las sombras de la Caja, pero no vi nada y me reprendí al dejarme traicionar de nuevo por los nervios.

Entonces, una de las sombras se abalanzó sobre mí.

Me golpeó con toda su fuerza en el pecho y me tumbó en el catre. En cuanto abrí la boca para pedir ayuda, me introdujo un trozo de tela. Levanté la rodilla, con la esperanza de poder darle en el plexo solar, pero atrapó mis piernas con las suyas en una llave de tijera.

—Tranquilízate —siseó mi agresor—. No vengo a hacerte daño.

Si lo hubiese dicho cualquier otra persona, no lo habría creído. No obstante, reconocí la voz. Y el olor: lilas y pólvora. Era la segunda vez que Erika Hale me inmovilizaba.

Quise decirle que lo había entendido, sin embargo, por culpa de la tela, solo se oyó «Mmmmthmmpphffthh». Así pues, me relajé y asentí.

—Vale —murmuró Erika—. Voy a soltarte y a sacarte el trapo de la boca, pero como intentes forcejear o pedir ayuda, sí te voy a hacer daño, ¿entendido?

Asentí otra vez.

Erika aflojó la llave y me quitó la tela de la boca.

Estiré la mano hacia la lámpara de la mesilla, pero ella me frenó.

—No. Hay cámaras aquí dentro. Preferiría que nadie supiera que he estado aquí.

Se sentó en la cama, apenas a un palmo de mí, pues no tenía dónde ponerse en la diminuta habitación.

A medida que los ojos se acostumbraban a la oscuridad, empecé a ver su contorno. Iba toda vestida de negro, con el pelo recogido en un pañuelo también negro y la cara pintada del mismo color, como los soldados. Durante un momento, en mitad de aquel silencio absoluto, creí escuchar su corazón latir con nerviosismo, pero entonces caí en la cuenta de que era el mío.

—¿Cómo has entrado? —susurré.

—Irrumpir y colarme se me da mejor de lo que piensan. Y quería hablar contigo.

—¿De qué?

—¿Tú qué crees? Del asesino. Molinete. Aquí pasa algo raro y tú estás metido en ello.

—¿Sabes por qué?

—Pues claro. ¿No es evidente?

Pensé en mentir y decirle a Erika que no era un patán inocente, que yo también estaba al tanto de lo que sucedía, pero sabía que no aguantaría más de treinta segundos y, al final, sería peor. Así que le dije la verdad:

—No.

Erika puso los ojos en blanco.

—El tío de anoche. Te buscaba por Molinete, ¿verdad?

—¿Cómo lo sabes?

—Estoy formándome como espía. Mi trabajo es saber cosas.

—Entonces, ¿sabes qué es Molinete?

—No. Pero lo más sorprendente es que no lo sepas tú.

—¿Por qué?

—Porque, según tu ficha, tú lo inventaste.

Me incorporé en la cama.

—¿Qué? Eso no puede ser cierto.

—Exacto.

Mi mente era un rompecabezas. Entonces, de repente, las dos primeras piezas encajaron. Mi supuesto don con los códigos. Molinete. Clic. Clic.

—Alguien incluyó información falsa en mi archivo.

—Eso parece.

—Pero ¿quién?

—¿Quién te abrió la ficha?

—No lo sé. Alguien de Administración, supongo.

—No. Hay mucha gente de Administración: la Oficina de Admisión, Reclutamiento, Evaluación de Futuros Estudiantes...

—¿Y uno de ellos introdujo información falsa sin que el director lo supiera?

Erika me lanzó una larga y dura mirada de decepción.

Entonces lo entendí. Clic.

—El director se lo pidió.

—En efecto. Aunque seguramente lo hiciese solo porque alguien más le indicó a él que lo hiciera. No es que sea muy listo, precisamente.

—No le tienes mucha estima.

—¿Nunca has oído el dicho «Quienes no pueden actuar, enseñan»?

—Sí.

—Bueno, pues el director ni siquiera sabe enseñar. El tío es un caso perdido. Aunque, en su defensa, he de decir que le ha torturado el pasado.

—¿Qué le pasó? —pregunté.

—Que lo torturaron, literalmente —dijo Erika—. Mucho, de hecho. Cada vez que la CIA lo mandaba en una misión, lo capturaban. No era muy buen espía.

—¿Y la CIA lo puso al cargo de toda la escuela de espías? —pregunté, escéptico.

—Así funciona el Gobierno. —Erika suspiró—. Aunque probablemente los mandamases sepan que es un inútil. Solo quieren a alguien que no haga preguntas. Un ejemplo es que lo tengan falseando tus papeles para arreglar toda esta situación.

—¿Qué situación?

—Se supone que tu ficha está clasificada. Toda la documentación relativa al reclutamiento de nuevos agentes encubiertos, así como lo que concierne a la existencia de la Academia misma, posee un Nivel de Seguridad A1: solo accesible para el destinatario, sin que se permita difusión. Y, a pesar de todo, ocho horas después de que llegases, un agente enemigo irrumpe en la Academia, sabe de antemano detalles privados de tu ficha y dónde encontrarte exactamente.

—Entonces... ¿hay un topo? —pregunté.

—Vaya —dijo Erika con sarcasmo—. No te ha costado nada, ¿eh?

—¿Quién es?

—Esa es la pregunta del millón... y aquí es donde tú entras en juego.

Clic. Otra pieza del rompecabezas acababa de encajar. La razón por la cual mi ficha decía que tenía aptitudes que no conocía era porque no existían.

—Ay, ¡no! ¿Soy el cebo?

No lo vi bien en la oscuridad, pero por una vez parecía como si mis habilidades deductivas hubieran impresionado mínimamente a Erika, lo que no me consoló más que un poco, teniendo en cuenta lo que acababa de averiguar.

—Eso es —dijo—. Te han traído como parte de la Operación Tejón Sigiloso.

—¿Tejón Sigiloso? —pregunté con recelo.

—Deben de creer que los tejones cazan topos —explicó Erika—, cosa que no hacen realmente, pero los que le pusieron el nombre son espías, no biólogos. Sea como fuere, parece que el plan era traerte aquí, hacerte pasar por un as de la criptología y, así, conseguir que el enemigo saliese a la luz... Lo que pasa es que el enemigo ha movido ficha mucho antes de lo que esperaba la escuela, pues lo de esta noche ha cogido por sorpresa tanto al director como a todos los demás.

Mi corazón estaba latiendo aún más deprisa, pero no era por Erika.

—¿La escuela ha tendido una trampa para que el asesino venga a por mí?

—Bueno, no creo que contasen con lo del asesino. Pero sí, la idea general es esa.

Otra pieza encajó, solo que, cuanto más entendía la situación, menos me gustaba.

—Entonces... ¿mi reclutamiento es una farsa?

—Así es.

—¿Ni siquiera estoy cualificado para ser espía?

—No exactamente —dijo Erika—. Creo que te han elegido porque se te dan muy bien las matemáticas, lo que, en teoría, hace que parezcas un genio de los códigos. Y también porque vives cerca.

Agaché la cabeza. Me había enterado de muchas cosas duras hoy, pero esta era sin duda la peor. Pasar de la euforia de saber que podría ser un espía de élite a descubrir que todo era una estratagema, una, además, en la que podría haber acabado muerto, resultaba demoledor. Cuanto más lo pensaba, más furioso me ponía.

Me acordé del interrogatorio del director en la habitación de Tina.

—El director me metió en esto y luego hizo ver que era yo quien la había cagado —dije—, cuando en realidad había sido él. ¡Casi me matan esta noche!

—Seguramente no se esperaba que alguien irrumpiese con tanta facilidad en el perímetro —apuntó Erika con un suspiro—, el muy idiota. Si el enemigo puede averiguar lo que hay en nuestros archivos más secretos, ¿no podría hacer lo mismo para burlar nuestros sistemas de seguridad? El asesino desactivó todas las cámaras necesarias. Sabía con exactitud dónde estaban. Probablemente, sepa más de este campus que el propio director.

—Por lo menos, tu padre ahora está involucrado —añadí—. No cometerá esa clase de errores.

Para mi sorpresa, en lugar de estar de acuerdo, Erika se puso tensa al mencionar a su padre. La ya fría temperatura de la habitación pareció bajar unos cuantos grados.

—Sí, Alexander está involucrado —dijo evasivamente.

Me dio la impresión de que era mejor cambiar de tema.

—Estuvo mucho tiempo intentando que descubriera el orden exacto de lo que pasó en mi habitación. ¿Por qué?

—Para valorar quién podría ser el enemigo. Apenas sabemos nada de ellos, aparte de tener acceso a nuestra base de datos. Así funciona la caza de topos: traen a un cabeza de turco, que serías tú, a quien hacen pasar por un nuevo recluta de élite, un prodigio en descifrar códigos. Esto hace que cambies las reglas de juego. No solo has puesto todo su

79

material codificado en peligro, sino que has inventado algo con el nombre en clave de «Molinete» que podría cambiar todo lo relativo a la criptografía. Molinete es lo que llamamos anzuelo. No especifican de qué se trata, solo que es revolucionario y, así, llaman la atención del enemigo. Después, se sientan a esperar a que este salga de su escondite.

»Eso sí, podemos saber cómo es el enemigo en función de lo que haga con la información. Si simplemente tratan de matarte, son mafiosos. Te ven como una amenaza y quieren liquidarte. Sin embargo, si te coaccionan para que les expliques qué es Molinete, eso ya es otra historia.

—Eso es lo que quería ese tipo. Asustarme para que se lo contase.

Erika asintió.

—Quienquiera que sea, es listo. Y van tras la pista de lo que tú sabes. O, por lo menos, de lo que ellos creen que sabes. La buena noticia es que, probablemente, les sirvas más vivo que muerto.

—Y la mala, que esta no es la última vez que alguien vaya a por mí.

—Exacto. Aunque no procederán de la misma forma la próxima. Ya han jugado esa carta.

—¿Tienes alguna idea de quién es esta gente? —pregunté—. ¿De quién estamos hablando?

—Bueno, hay muchas opciones: organizaciones criminales, multinacionales que quieran proteger sus intereses, antiguos agentes descontentos que quieren ajustar cuentas... pero yo apostaría por una agencia rival de otro país. Una que considere como amenaza a los Estados Unidos y a la CIA.

—¿Por qué dices eso?

80

—Si tenemos en cuenta lo que hicieron la última vez, tiene sentido.

—Espera, ¿esta no es la primera vez que se infiltran en la escuela?

Erika se me quedó mirando durante un momento, valorando cuánto podía decirme.

—¿No crees que es raro que te recluten en una nueva escuela en pleno mes de enero?

—Sí. Ya se lo pregunté a tu padre.

—¿Y qué te dijo?

—Que acababa de quedar libre una plaza.

En cuanto las palabras salieron de mi boca, me di cuenta de que eso era, como muchas otras cosas que había oído en la escuela de espías, un eufemismo de una historia mucho más oscura.

—Ay, ¡no! ¿Alguien ha muerto?

—Joshua Hallal. Uno de sexto. Un portento. Habría sido un referente entre los suyos, uno de los mejores agentes secretos formados por la Academia y una verdadera amenaza para nuestros enemigos.

Erika se dio la vuelta. No podría asegurarlo, pero me pareció ver una lágrima en sus ojos. El primer indicio de emoción que le vi mostrar.

—La escuela lo tapó todo, por supuesto. Dijeron que Josh había sufrido una virulenta reacción alérgica a una picadura de abeja, algo que no le permitiría trabajar como espía. Así pues, lo sacaron y lo pusieron, junto a su familia, bajo el Programa de Protección de Testigos. Ya puestos, podrían habernos dicho que lo habían mandado a una granja al norte para que pudiese correr libremente.

81

—¿Qué le pasó en realidad?

Erika se encogió de hombros.

—No conozco los detalles... aún. Solo sé que pasó. Y que aterrorizó a todo el mundo desde la Administración hasta el mismísimo presidente. Nadie de fuera de la Academia debía haber sabido quién era Josh. Ni siquiera sus padres.

Fruncí el ceño.

—¿Qué? —me preguntó Erika.

—Aquí debe de haber un montón de futuros buenos espías —respondí—. A lo mejor, no todos sean tan buenos como tú o como Joshua. Pero casi. ¿Por qué se tomarían, entonces, tantas molestias para matarlo a él? Sobre todo, si eso ponía de manifiesto que había un topo.

Erika me devolvió la mirada. Creí ver un amago de sonrisa en las comisuras de sus labios.

—Puede que se te dé como el culo ser espía ahora mismo, pero no eres tonto. Tienes razón. Era arriesgado acabar con Josh. Lo que implica que tenían una razón para hacerlo.

—¿Alguna idea?

—Estoy trabajando en ello.

—¿Ellos lo saben?

—No. Es cosa de la Administración, pero hasta ahora no han hecho más que chapuzas. Y la visita de esta noche lo demuestra. Todo podría haber acabado esta noche si me hubieran permitido involucrarme. O a cualquiera competente, vaya. Una pena. Josh se merece algo mejor. Así que, por ahora, digamos que se trata de nuestro trabajo secreto para subir nota.

Sentí un arrebato de emoción.

—¿Nuestro?

—¿Crees que me he puesto en peligro para colarme aquí y contarte todo esto solo por diversión? El mayor error cometido de momento por la Administración ha sido no decirte que eras el chivo expiatorio. Es cierto que debieron de haber pensado que te entraría el canguelo e intentarías salir de aquí, pero aun así... no es forma de llevar una operación. La nuestra será mucho mejor. Descubriremos al topo y para quién trabaja, y desmantelaremos todo esto. ¿Cuento contigo?

Erika me tendió la mano. La miré con cautela.

Estaba claro que mi plan de irme a casa a la mañana siguiente se había ido al garete. Unos agentes de una desconocida organización enemiga me estaban buscando y, si estaban dispuestos a infiltrarse en un campus secreto tan bien protegido para raptarme, dudo mucho que una patrulla local pudiese mantenerme a salvo. Estaría mejor en la escuela de espías que en cualquier otro sitio.

No obstante, esa convicción no tenía nada que ver con la Administración —que había echado al traste casi todo lo que había tocado—, pero sí mucho con Erika. Y, aunque ella recelase de la participación de su padre, yo no lo hacía. A mí me alegraba tener a Alexander Hale en el caso.

Pero ser parte de una investigación encubierta era algo totalmente distinto. Era temerario, peligroso, irreverente... y abrumador, teniendo en cuenta que aún no había asistido a una sola clase de espionaje.

Por otro lado, sería una excusa para pasar más tiempo con Erika. Seguramente, la única que tendría jamás. Si la rechazaba, seguramente no se dignaría a volver a hablarme.

Y todavía había otro asunto que me motivaba aún más que mi flechazo: la oportunidad de ponerme a prueba.

La Academia solo me había reclutado como cebo por mis dotes matemáticas y por lo cerca que vivía. No creían que tuviese lo que hay que tener para ser un espía; por tanto, existía la posibilidad de que, en cuanto hubiese acabado la caza del topo, encontraran la forma de librarse de mí. Sin embargo, si ayudaba a encontrar al topo, eso demostraría mi valía para la CIA. Y en ese caso, ya no podrían deshacerse de mí.

Además, aunque fuese peligroso, parecía menos peligroso que esperar a que la Administración se hiciese cargo de ello.

Pero, a fin de cuentas, lo que me decidió fue la idea de poder pasar más tiempo con Erika.

Le estreché la mano. Era suave y cálida.

—¿Qué hacemos ahora? —pregunté.

DIVULGACIÓN

Patio Hammond
17 de enero
08:50 horas

—Hola, Ben —dijo Mike—. ¿Qué tal tu aburrida Academia de Ciencias?

No tenía que haber cogido la llamada. Eran las 8:50 de la mañana y estaba intentando averiguar cómo llegar a mi primera clase. Sin embargo, después de todo lo que había pasado, me moría por oír una voz familiar.

—No es aburrida —repuse—. De hecho, es bastante emocionante.

—Seguro. ¿Qué hiciste anoche? ¿Deberes?

—No exactamente.

—¿Quieres saber qué hice yo? Salí con Elizabeth Pasternak.

La sorpresa me hizo romper el ritmo.

—¡No!

—Sí.

—¿Cuándo?

—Después del partido de jóquey de mi hermano mayor. Su hermano y el mío están en el mismo equipo. Nuestras familias quedaron para ir a comer helado después. Nos sentamos juntos y hasta me dejó probar el suyo.

—Ah. —Eché un vistazo a mi mapa del campus. El viento lo agitaba. Hacía un frío terrible. Ya se habían derretido unos cinco centímetros de nieve en los senderos del campus.

—Y no te lo pierdas —continuó Mike—: sus padres le dejan invitar a unos amigos mañana por la noche. Adivina quién está invitado.

—No te lo crees ni tú.

—No te deprimas tan rápido. Me dijo que podía llevar a un amigo. A lo mejor mi hermano me acerca y te recogemos.

—No creo que pueda. —Suspiré. Esperaba que Mike me contase que había pasado una noche aburrida viendo la tele, algo que haría que mi nueva vida sonara mil veces mejor. Pero resulta que me iba a perder no el acontecimiento social del año, sino de mi vida.

—¿Estás loco? ¿Te vas a perder la fiesta de Pasternak?

—Ni que nos fuera a hablar o algo.

—¡Pues claro que sí! Y todas sus amigas van a estar ahí: Chloe Carter, Ashley Dinero, Frances Davidson... ¡No puedes perderte algo así! ¿Acaso hay chicas en la Academia de Ciencias?

—Aquí hay muchas chicas.

—Sí. Chicas con la cabeza cuadrada.

—No, tías buenas. De hecho, hay una, Erika, que hace que Elizabeth Pasternak parezca mi tía Mitzi.

—Mentiroso.

—No, en serio. La próxima vez que la vea, te mandaré una foto.

—Venga. Y no me mandes una foto de una modelo de revista, que lo voy a saber.

—Es real, Mike. Y es increíble.

Por el rabillo del ojo pude apreciar a un grupo de estudiantes con chaquetas gordas y botas de invierno. En vez de ir a clase como todos los demás, me estaba mirando, pero, cuando me giré hacia ellos, apartaron los ojos con rapidez y fingieron mirar a otro lado.

—Vale —dijo Mike, rindiéndose—. Así que hay una tía buena. Pero nunca saldrá contigo.

—Lo hizo anoche.

Hubo una breve pausa antes de que Mike respondiera y, cuando lo hizo, percibí algo en su voz que nunca había oído antes: celos.

—En la típica sala común de una residencia, ¿no? ¿Como en *Harry Potter*?

—No. En mi habitación. Vino a verme después del toque de queda. Y se arriesgó mucho para hacerlo.

Seguramente estaba violando como doce normas de seguridad, pero no pude evitarlo. Además, no le estaba contando toda la verdad de la escuela; solo lo bueno.

—Y ¿qué hicisteis? —preguntó Mike. Había picado el anzuelo.

—Solo hablamos. Durante muchísimo rato.

—¿De qué?

—Quiere que trabaje con ella en un proyecto. Los dos solos.

—¿Qué clase de proyecto? ¿Algo de empollones?

—Es un pelín más interesante que eso. Y voy a pasar un montón de tiempo con ella.

—Vaya. Suena fascinante.

—Lo es. Tengo que irme. Llego tarde a clase. —No se lo dije para dejarlo en ascuas. En realidad, corría peligro de llegar tarde. Me uní a un grupo de estudiantes que se abrían paso a empujones para entrar en el Auditorio Bushnell.

—¡Mándame la foto!

—Vale. Adiós. —Me guardé el teléfono en el bolsillo con una sonrisa. Era hora de empezar mi formación.

NINJAS

Auditorio Bushnell
Aula 2C
17 de enero
09:30 horas

Mi primera clase ha sido Introducción a la super-vivencia. Me hubiera emocionado igual, incluso aunque no pensara que me fuera a ser útil, dadas las últimas circunstancias. Me imaginaba una inmersión rápida en un combate cuerpo a cuerpo o, quizás, una animada discusión sobre cómo incapacitar a un hombre armado.

Pero ha sido un plomazo. Durante los primeros dos minutos de la explicación, ya me estaba durmiendo.

En buena parte, se debía a que no había dormido la noche anterior, pero, sobre todo, a que el profesor Lucas Crandall tenía el carisma de una piedra. Crandall era bastante mayor, con el pelo canoso y descuidado, una postura tan encorvada como un signo de interrogación y unas cejas pobladas que parecían haber salido de un tornado. Se rumoreaba que había estado sirviendo en la CIA desde muy joven y parecía que lo hubieran mandado a la escuela de espías porque nadie había tenido el valor de despedirlo. Se iba por las ramas con una voz sibilante que apenas se oía, a menudo perdía el hilo y después se quedaba callado durante un buen rato para acordarse de lo que estaba diciendo.

Por suerte, Murray me había guardado sitio en la fila de atrás.

La clase se impartía en un aula grande, como en los campus universitarios, y no como el aula pequeña y cuadrada de mi escuela a la que estaba acostumbrado. Los asientos se escalonaban y disponían en semicírculo frente a un estrado y una pizarra. Había llegado tarde porque me había perdido por el edificio, pero, por suerte, la clase no había empezado aún porque Crandall también llegaba tarde. Mis compañeros de clase se habían sentado, con astucia, en las últimas filas, dejando un desierto de asientos vacíos en las primeras. De mala gana, empecé a bajar hacia ellos cuando Murray gritó:

—¡Ripley! ¡Aquí! —Apartó la mochila de un asiento de la fila de atrás y me hizo señas con la mano—. No te sientes nunca en primera fila en esta clase —me advirtió—. Aunque eso implique llegar temprano.

—¿Por qué no?

—Depende de la clase. En la de Guerra psicológica, a la señorita Farnsworth le canta el aliento que echa para atrás. En la de Armas y armamento, hay metralla. Y en esta... bueno, esta es un muermo. A Crandall no le gusta ver a los alumnos echando cabezadas en la primera fila. Por suerte, no puede ver mucho más allá.

Crandall entró justo después arrastrando los pies, parecía sorprendido de ver a una clase entera mirándolo fijamente, como si se le hubiera olvidado a qué venía. Se pasó los tres minutos siguientes buscando los apuntes en los bolsillos y otros dos minutos después buscando las gafas para leer. Después, por fin, comenzó la clase, que no resultó tan estimulante como yo esperaba. Crandall no era el peor profesor que había tenido. Ese puesto era para el señor Cochran, mi profesor de Historia de quinto, que no sabía cuándo tuvo lugar la guerra de 1812. Pero el estilo de Crandall era seco como la mojama.

El concepto principal en el que se basaba Introducción a la supervivencia era que la mejor manera de mantenerse con vida consiste en no meterse en situaciones en las que podrías acabar siendo el primero en morir. En teoría, tenía sentido, pero no era precisamente útil cuando unos asesinos amenazan con pasarse por tu habitación de forma regular. La clase de esta mañana iba de cómo eludir a los ninjas. Podría haber sido interesante si el primer paso no hubiera consistido en «no poner un pie en Japón». Además, Crandall se distrajo rápido y terminó contando una historia sin pies ni cabeza sobre sus días en la Guerra Fría.

A la que quise darme cuenta, Murray me estaba dando sacudidas para despertarme.

—Si vas a echarte una siesta, usa esto —dijo, poniéndome algo en la mano.

Eran unas gafas baratas, pero había recortado un par de ojos de una revista y se los había pegado en los cristales. Mientras yo estaba inconsciente, él se había puesto unas parecidas. No valían para nada y eran desconcertantes de cerca, pero, para un profesor a veinte metros, podía parecer que estabas con los ojos abiertos, prestando atención, aunque estuvieses durmiendo a pierna suelta.

—Gracias. —Acepté las gafas, pero no me las puse. Quería estar despierto, solo que no iba a ser fácil. Intenté despejarme un poco.

—No te resistas —dijo Murray—. Si pudiéramos convertir las clases de Crandall en un arma, no volveríamos a preocuparnos nunca más por los enemigos. Bastaría con matarlos de aburrimiento.

Por lo general, no suelo mantener conversaciones en mitad de una clase, pero la mayoría de los alumnos estaban charlando. Mientras, Crandall hablaba sin parar, sin darse cuenta de que lo ignoraban por completo.

—¿No te quedó esta asignatura el año pasado? —le pregunté.

—Dos veces —respondió Murray.

—¿No crees que deberías intentar estar despierto esta vez?

—Claro, si quisiera ser un agente de campo. Pero si no, la mejor manera de librarme es ser un tío que no ha aprobado el primer curso de Supervivencia. En Administración estarán tan preocupados por mí que me asignarán la mesa más segura de la agencia. Lo más probable es que ni siquiera me dejen usar la grapadora. Además, me gusta repetir esta asignatura. Así recupero el sueño —dicho esto, Murray se recostó en la silla, apoyó la cabeza contra la pared de atrás y cerró los ojos.

Yo intentaba centrarme en la explicación de Crandall, pero se había desviado del tema otra vez y estaba largando contra la sopa *borscht* en Rusia y lo mucho que la detesta. Así que me centré en lo que me rodeaba, tal y como me había pedido Erika.

La noche anterior en la Caja, me había trazado un plan:

—De momento, hay dos partes —dijo—. Lo primero es averiguar quién ha tenido acceso a tu expediente.

—Pues parece que todo el mundo —le contesté—, todo el mundo sabía lo de Molinete: tú, el asesino, Chip Schacter...

—Solo somos tres. Hay trescientos estudiantes en la escuela, cincuenta docentes y setenta y cinco miembros del personal de apoyo. —Frunció el ceño—. ¿Chip lo sabía?

—Apareció en la habitación justo después que yo con la intención de que piratease el servidor central.

—A ver si lo adivino: quería manipular las notas de los exámenes.

—Sí.

—Anda, pues es mucho más idiota de lo que pensaba.

—¿Por qué?

—¿Has visto alguna vez esas películas en las que los piratas informáticos entran en cualquier sitio en menos de un minuto?

—Claro.

—Pues es una tontería tremenda. Los *hackers* de la CIA pueden tardar meses en piratear un servidor. Después aprovechan todo lo aprendido para proteger el nuestro. Lo que significa que el servidor de la CIA es prácticamente imposible de piratear. Y aun así, Chip cree que porque sepas algo de códigos cifrados vas a poder hacerlo.

—Pero que supiera lo de mis conocimientos de criptografía quiere decir algo, ¿no?

93

—Supongo. Valdría la pena averiguar cómo se hizo con tu expediente.

—¿Cómo lo conseguiste tú?

—¿Cómo sabía mi padre tanto sobre ti cuando vino a reclutarte?

Asentí con la cabeza; de repente, lo entendía.

—Le dieron una copia.

—Un dosier, sí. La verdad es que no lo vigiló muy bien.

—Espera. ¿Le dieron una copia física de mi expediente? ¿No está todo informatizado?

—¿En la Compañía de Informáticos Analfabetos? Pues no del todo.

—Pero has dicho que hay un servidor central.

—Eso no quiere decir que todo el mundo sepa usarlo. Lo más seguro es que tu expediente estuviese en algún ordenador y almacenado en el servidor. Pero, después, se envió a varias personas para que evaluaran tu candidatura a Tejón Sigiloso. Muchos de estos tipos son de la vieja escuela: les da pavor que alguien pueda piratearles el correo electrónico, pero luego se dejan un expediente supersecreto tirado por casa. Se hicieron varias copias impresas... y una de ellas terminó en las manos del topo.

—¿Y a quién más le enviaron una copia, aparte de a tu padre?

—No lo sé. Las identidades de los miembros de la Comisión de evaluación están clasificadas. Para encontrarlas, tendremos que piratear el servidor.

—¿Qué? Si acabas de decir que es imposible...

—No, lo que he dicho es que es prácticamente imposible. Nada es imposible del todo.

94

—¿Y cómo lo hacemos?

—Aprovechándonos del eslabón más débil del sistema de protección informático: el humano.

—Te encanta mostrarte enigmática, ¿verdad? —le pregunté.

Erika me fulminó con la mirada.

—Todavía estoy trabajando en los detalles. Mientras tanto, tú puedes centrarte en la segunda parte del plan: mantener los ojos bien abiertos.

—¿En qué?

—En cualquier cosa de interés. Todo lo que sea interesante. Sabemos que el topo te conoce y te tiene controlado, así que intentaremos pillarlo con las manos en la masa. Si alguien te sigue, quiero saberlo. Si alguien te vigila, o hace como que no te vigila, quiero saberlo. Quiero saber cualquier cosa que se salga de lo normal.

—Acabo de llegar. Para mí, todo lo que ocurre se sale de lo normal.

—Bueno, pues entonces cualquier cosa que se salga mucho de lo normal. Estate alerta, ¿vale?

Así que lo hice lo mejor que supe. Estaba todo lo alerta que podía mostrarse una persona que había soportado dos intentos de asesinato el día anterior (uno me lo había imaginado, vale, pero en su momento lo viví como si fuera real) y que no había pegado ojo en toda la noche. El problema era saber quién estaba más pendiente de mí. Esto sería más difícil de lo que pensaba... porque toda la escuela lo estaba.

Intentaban hacer como que no; pero sí. No se trataba solo del grupito de estudiantes que había visto fuera del edi-

95

ficio yendo a clase. También había otros grupos en el comedor por la mañana y una pandilla en el pasillo camino de las aulas...y ahora mismo, desde la última fila del aula, había una barbaridad espantosa de alumnos que se giraban para mirarme.

La chica que estaba sentada al otro lado de Murray ni siquiera disimulaba. Tampoco podía, porque estaba muy cerca. Era una alumna de primer año que aún llevaba la inocencia por bandera y estaba tan delgada que parecía que se la iba a tragar el abrigo. Tenía unos ojos verdes tan grandes y brillantes que parecían los de un manga.

—Tú eres Ben Ripley, ¿verdad? —me preguntó—. ¿El chico que se las vio con un asesino anoche?

La forma en la que lo dijo me sonó genial. Tuve que contener la sonrisa.

—Esto... sí. Soy yo.

—¡Qué pasada! —La chica parecía emocionada de verdad por conocerme—. ¿Por eso te reclutaron en el último momento? ¿Porque eres experto en algún tipo de artes marciales?

—No —confesé—. Es solo que se me dan muy bien las matemáticas.

—Cierto —dijo la chica—. Los códigos cifrados y esas cosas. Todo el mundo ha oído hablar de eso. Pero es una tapadera, ¿verdad? Porque Adam Zarembok es experto en codificación, pero no ahuyentaría ni a un mosquito. Por otro lado, tenemos estudiantes en el último curso de Artes marciales que ni siquiera han derrotado a ningún asesino.

—Bueno, es que a ellos nunca no los ha atacado un asesino —argumentó un espabilado de aspecto ratuno

96

sentado en la fila de delante. Ahora que la chica de ojos verdes había empezado a hablarme, todos los que estaban cerca me miraban, ignorando descaradamente al profesor Crandall.

—Lo sé —dijo Ojos Verdes, después volvió a mirarme y me preguntó—: Y a ti, ¿por qué sí?

—No fue un ataque de verdad. Formaba parte de mis pruebas de acceso ECSE. —No me gustaba tener que mentir, pero Erika me había pedido que no le contase a nadie lo de la caza del topo.

—¿Qué dices? Esas pruebas nunca se hacen de noche —respondió el listillo—. Además, dicen que fallaste la tuya.

—O fingió que fallaba —le espetó la chica de ojos verdes, saliendo en mi defensa—, para que los asesinos creyeran que no podías derrotarlos. Que fue lo que hiciste después. Así que, ahora de verdad, ¿de qué iba todo eso?

—¡Eh! —los reprendió Murray sin abrir los ojos siquiera—. Dejadlo en paz, ¿vale? Algunos estamos intentando dormir.

Esto no disuadió a nadie. Cada vez eran más los estudiantes que me miraban.

—No tengo permiso para contarlo —les dije. Fue lo único que se me ocurrió.

Muchos me miraron mal, decepcionados.

—Claro que no —dijo la chica, y me tendió una mano delgada empequeñecida por la manga del abrigo—. Soy Zoe. A mí me parece que lo que hiciste fue increíble.

Nunca se me había presentado una chica y mucho menos diciendo que había hecho algo increíble. Me sentí muy bien. Y también por ver que había impresionado a tanta

97

gente, lo mereciese o no. Unas horas antes estaba abochornado, avergonzado, asustado y deprimido por todo lo que me había ocurrido en la escuela de espías. Pero ahora mismo, había pasado de ser un cualquiera a ser alguien interesante.

—Encantado de conocerte. —Le estreché la mano a Zoe por encima de las rodillas de Murray.

—Buenas manos —dijo Zoe—. ¿Puedes matar con ellas?

—No lo he intentado aún —reconocí. Zoe se rio.

—Soy Warren —interrumpió el listillo. Parecía que no se había dado cuenta de que Zoe estaba riéndose de algo que yo había dicho.

Muchos otros compañeros de primer año se presentaron también. Me esforcé por recordar nombres y caras: Dashiel, Violet, Coco, Marni, Buster, un par de Kiras...

—Dais pena —contestó alguien de la fila siguiente.

Me incliné hacia adelante para ver quién había sido y vi a Greg Hauser, uno de los matones amigos de Chip Schacter, mirándome fijamente.

—Él es un pringado y vosotros lo sois más por pensar que no lo es.

—Pues anoche le dio una paliza a un asesino —replicó Zoe—, mientras que tú, ¿cuántas veces has cateado esta asignatura? Cuatro, por lo menos.

A Hauser se le marcaron tanto las arrugas de la frente que en ellas se podría plantar maíz.

—Lo de anoche fue una farsa, me lo ha dicho Chip. Es decir, miradlo. —Me señaló con un dedo rollizo—. Es idiota. Si hubiera sido un asesino de verdad, ya estaría muerto.

—Si fue una farsa, ¿por qué la Administración activó el DEFCON 4 anoche? —preguntó Zoe—. El director iba como loco con sus pantuflas. Asúmelo, Ben es la caña. Podría fregar el suelo contigo.

—Bueno, entonces podemos comprobarlo —dijo Hauser—. En el gimnasio, hoy después de comer.

—Cuenta con ello —dijo Zoe.

—Espera —contesté. Una vez más, me había quedado perplejo ante lo rápido que se torcían las cosas en la escuela de espías—. Creo que no es buena idea.

—¿Por qué? —se mofó Hauser—. ¿Eres un gallina?

—Pues claro que no —dijo Zoe con desprecio.

La noticia de que podía haber una pelea se propagó rápidamente por toda la clase. Ahora el aula entera estaba pendiente de mí.

Miré a Murray; con un poco de suerte, él sabría cómo librarme de este entuerto, pero estaba dormido. Tenía puestas las gafas falsas y parecía ser el único que siguiera prestando atención en clase.

Así que hice todo lo que pude para dar una respuesta.

—Preferiría que no. Anoche luché contra un asesino. Creo que hoy me merezco un descanso.

—¡Señor Ripley! —gritó Crandall.

Todos los ojos, incluidos los míos, volvieron al estrado. Crandall por fin se había centrado... pero se centraba solo en mí. Sus cejas canosas y rebeldes enmarcaban unos ojos enfadados.

—Eres nuevo por aquí, ¿no?

—Eh... sí.

—¿Vienes de una escuela donde se permite dar el espectáculo en mitad de la explicación de un profesor?

—No, señor —respondí.

—Ah, entonces, por la falta de interés a mi explicación, deduzco que crees que no tienes nada que aprender sobre el arte de la supervivencia, ¿no?

El resto de los estudiantes se alejaron rápidamente de mí. Zoe hizo como que no tenía nada que ver con la conversación. Hasta Hauser se hacía el inocente.

—No, señor —repetí.

—Entonces será que el tema de hoy te está aburriendo —dijo Crandall—. Supongo que te habrás leído lo que mandé: del capítulo 64 al 67 del libro *Fundamentos de la supervivencia* de Stern.

Ni siquiera me habían dado los libros aún. Tenía pensado comentárselo al profesor al final de la clase.

—Mmm... bueno —titubeé—. Creo que ha habido un error.

—Puede ser —dijo Crandall con frialdad—. A ver, ¿por qué no probamos lo que sabes con un examen sorpresa?

Justo al pronunciar esas palabras, a todos y cada uno de mis compañeros se les pusieron los ojos como platos del miedo. Luego, desalojaron la clase a toda prisa. Los sitios de mi alrededor se vaciaron como si de repente me hubiera vuelto venenoso. Hasta Murray se despertó de repente y se largó.

—Un placer conocerte —me dijo.

En cuestión de segundos, la clase se había quedado vacía. Solo quedábamos Crandall y yo.

—¿Qué tipo de examen sorpresa va a ser? —pregunté nervioso.

—Uno sobre el tema de hoy: los ninjas. —Crandall abrió una puerta que había en el estrado y salieron tres ninjas.

Iban vestidos de negro de la cabeza a los pies y armados hasta los dientes.

«Tiene que estar de broma», pensé.

Salí corriendo hacia la salida. Justo al llegar, las puertas se cerraron automáticamente. Mis compañeros se habían asomado a la ventana, mirándome con una mezcla de preocupación y alivio por no ser ellos los que estaban dentro del aula.

Una estrella ninja se clavó en la puerta. Me volví y vi a los ninjas subiendo las escaleras lentamente. El de enfrente iba dándole vueltas a un par de dagas *sai*, afiladas como navajas. Los otros dos hacían girar sobre su eje los *nunchakus*. Crandall me miraba desde el estrado con gesto de desaprobación.

—Norma número uno para luchar contra los ninjas: nunca les des la espalda —dijo.

Me colgué la mochila delante del pecho. No creía que fuera muy buen escudo, pero no tenía nada más.

—¿No puede suspenderme y ya está? —le pregunté—. Siento mucho haber hablado en clase. ¡No volveré a hacerlo más!

—Veamos de qué pasta está hecho —dijo Crandall.

Los ninjas empezaron a gritar con tanta fuerza que podrían hacer temblar la clase entera y entonces cargaron contra mí.

Les tiré la mochila. El primero me la partió en dos en el aire.

Corrí. Me fui directo al hueco que había entre los asientos, pensando que esta escuela era una locura tremenda, mucho mayor de lo que jamás habría imaginado. Rezaba

101

para que esto solo fuese otra trampa, porque no quisieran hacer daño a un estudiante...

Algo silbó en el aire justo detrás de mí.

Me giré y vi un *nunchaku* acortando la distancia que había entre el ninja que lo había lanzado y mi frente.

A esto le siguió un dolor desgarrador.

Después, todo se volvió oscuro.

ALIANZA

El nido del águila
17 de enero
20:00 horas

—¡Por fin! ¡El joven agente se despierta!

Gemí. Era como si me hubiesen llenado la cabeza de piedras y después hubiera rodado colina abajo. Me dolía hasta abrir los ojos, aunque casi era mejor que volver a dormir otra vez: las últimas horas habían estado plagadas de pesadillas sobre ninjas y asesinos.

Lo primero que vi a mi alrededor parecía estar a años luz de la escuela de espías. De momento, todo lo que había visto de la Academia era frío y adusto: diferentes tonalidades de gris industrial y una decoración típica de la Guerra Fría. Pero la habitación en la que me encontraba era cálida y acogedora. En las paredes, había grabados de caza y estanterías repletas de libros con tapas de cuero. Se oía el chisporroteo del fuego en una chimenea grande de piedra. Estaba tumbado en un sofá sumamente cómodo que olía a pinar.

Alexander Hale apareció de repente, envuelto en un batín burdeos, dando sorbos a un vaso de Gatorade verde neón.

—¿Cómo va la cabeza?

—Me duele —respondí. Lo que más me dolía era la frente, justo entre los ojos. La toqué con cuidado y noté un chichón del tamaño de un huevo de petirrojo.

—Y que lo digas. Aún recuerdo cuando unos ninjas me atacaron por primera vez. Me había graduado en la Academia tan solo unos meses atrás. Mis habilidades en artes marciales no eran lo que son ahora, pero, por suerte, solo eran dos y yo llevaba un cinturón explosivo. —Alexander se quedó mirando el fuego con melancolía—. ¡Ay, qué recuerdos!

Me senté haciendo una mueca de dolor, miré hacia la ventana... y, para mi sorpresa, vi que se había hecho de noche.

—¿Qué hora es?

—Casi la hora de cenar. Llevas inconsciente todo el día.

—¡¿Todo el día?! ¿No debería de estar en el hospital?

Alexander se rio por lo bajo.

—¿Por un chichón? Eso no es nada. Una vez, en Afganistán, estuve inconsciente durante ocho días. Aparte, parecía que necesitaras descansar. ¿Quieres un poco de Gatorade?

—Sí, claro.

—Marchando. —Alexander entró en una cocina pequeña y abrió la nevera. Estaba llena de agua mineral y de varios tipos de Gatorade—. Hidratarse bien es sumamente importante en nuestro trabajo. Aunque tampoco haya que pasarse. Una vez, me entraron tantas ganas de orinar en mitad de un tiroteo en Venecia que perdí la concentración y casi se

104

me incrusta una bala en el cerebro. ¿Qué sabor quieres? ¿Helada glaciar? ¿Ráfaga de viento?

—Naranja.

—Ah, un tipo tradicional. Muy bien. —Alexander lo echó en un vaso alto y frío y me lo trajo.

Tenía razón. Me hizo sentir mucho mejor. El dolor de cabeza se redujo y empecé a despejarme, aunque seguía un poco confuso. Sabía que había algo extraño en la habitación en la que me encontraba, pero no sabía el qué.

—¿Dónde estoy? —pregunté.

—Sigues en el campus. Hubo que decidir si llevarte a la enfermería o no, pero dada la precariedad de tu situación respecto a los agentes enemigos, pensé que lo más seguro sería que te quedases aquí, en mis aposentos privados.

—¿Quieres decir que... vives en el campus?

Se rio a carcajadas.

—No, por Dios. Tengo una casa de verdad en la ciudad. Esto es más bien como una segunda residencia, un *pied-à-terre*, para cuando el trabajo decide que me tengo que quedar. Y ahora mismo debo estar aquí.

—Para ayudar a dar con el topo.

Alexander arqueó las cejas. Era la primera vez que lo pillaba por sorpresa. Lo que significaba que no tenía ni idea de que Erika hubiera venido a verme la noche anterior. Por alguna razón, ella no le había dicho nada. Me preguntaba por qué sería... y si había metido la pata al mencionar la búsqueda del topo.

Por suerte, Alexander no receló. De hecho, parecía encantado.

105

—Lo has descubierto tú solo, ¿verdad? Ya les dije que eras inteligente. ¿Cómo lo has averiguado?

Erika quería que su investigación fuese secreta, así que decidí respetarlo.

—Bueno, teniendo en cuenta mis supuestas habilidades en criptografía, el intento de asesinato y la reacción del director... me ha parecido bastante obvio.

Alexander se volvió a reír, después me dio un golpecito en la pierna y se dejó caer en una butaca tapizada que había cerca.

—Puede que para ti sí. Pero no lo habría sido para nadie más. Buen trabajo, Ben. Me recuerdas a mí cuando yo era más joven. Un verdadero buscavidas. Cuando solo tenía veintidós años, di con el paradero de un traficante de armas en Yakarta que llevaba esquivando a la DEA más de diez años. Bueno, ahora que ya te has quitado la venda de los ojos, creo que puedes sernos útil.

—Pensaba que el director quería mantenerme al margen de todo esto.

—Y, en lo que a él respecta, seguirás al margen. De hecho, nadie salvo yo debe saber que me estás ayudando.

—¿Ni siquiera Erika?

Otra vez, Alexander parecía desconcertado, como si no estuviera seguro de lo que debía decir sobre su hija.

—Erika es una estudiante excelente. Reconozco que le he dado unas cuantas clases particulares a lo largo de los años. Algún día, será una agente increíble... pero no creo que ya esté preparada para esto.

—¿Y yo, sí?

—Bueno, tú en realidad no tienes muchas opciones, ¿no crees? Formas parte de esto, te guste o no. Creo que deberíamos mantenerlo en secreto por ahora. Será nuestra pequeña operación clandestina. Seguro que te mueres de hambre.

Esto último lo dijo un poco deprisa, como si quisiera cambiar de tema. Pero tenía razón. No había comido nada desde el desayuno.

—Pues sí.

—Tengo comida congelada por ahí. No esperes ningún manjar, pero siempre será mejor que cualquier cosa que puedan darte en el comedor. —Alexander se fue a la cocinita y rebuscó en el congelador—. ¿Pizza está bien?

—Está genial, gracias.

Alexander sacó una de *pepperoni* y la metió en el horno.

—Vale, pues vayamos al grano. ¿Tienes alguna idea de quién puede ser el topo?

—Eh... —dije—. Esperaba que tú lo supieras.

—Bueno, tengo mis sospechas —dijo Alexander—. Pero solo llevo en este asunto desde hoy. Tú, en cambio, has estado metido en el meollo desde el principio, ergo tu opinión es importante. Así que... a ti, ¿qué te parece?

—No lo sé. No he tenido mucho tiempo para investigar... y, además, he estado inconsciente la mayor parte del día.

—Ya, pero alguna idea tendrás. ¿Algún presentimiento?

—Chip Schacter.

—¡Ajá! —Alexander se puso en el borde de la butaca con los ojos bien abiertos por el entusiasmo—. ¿Y por qué sospechas de él?

—Sabía lo que ponía en mi expediente desde el principio. Yo apenas llevaba un momento en mi habitación cuando apareció para pedirme que piratease el servidor central de la escuela.

—¿Para robar secretos?

—No, para cambiar sus notas.

—O eso te dijo —añadió Alexander con suspicacia—. Buena coartada. ¿Imagino que te amenazó con usar la fuerza contra ti?

—Sí.

—Entonces tú lo pirateabas, él robaba los archivos y, si algo salía mal, tú pagabas las consecuencias. Qué listo.

De repente, me vino a la cabeza lo que me dijo Erika de Chip la noche anterior.

—Pero Chip no se caracteriza por su inteligencia, ¿verdad?

—No, pero todo eso podría ser una trampa. Podría ser tan inteligente que se le diera muy bien aparentar que no lo es tanto. A fin de cuentas, fue lo bastante listo para entrar en la Academia, ¿no?

Eso era cierto. Sin embargo, yo solo había entrado por mi potencial como cebo. Lo que significaba que, en cierto modo, Chip era mejor materia prima que yo, pensara lo que pensara Erika de él.

—Supongo.

—Así que tiene información clasificada sobre ti y enseguida intenta aprovecharse de tus habilidades para fines infames. ¿Algo más que te parezca sospechoso de él?

—Bueno... no hice lo que me pidió... y no estaba contento conmigo, que digamos. Así que me amenazó. —De repente, me di cuenta de algo—. Y luego, esa misma noche, el asesino vino a mi habitación.

—Interesante. —Alexander se mostraba tranquilo y sereno, pero tenía la mirada iluminada por la emoción—. Puede que Chip te esté apretando las tuercas.

108

—¡Sí! Y luego, esta misma mañana, hacía correr el rumor de que el intento de asesinato era una farsa.

—Una campaña de desinformación. Muy inteligente, sin duda. Creo que el señor Schacter tiene bastantes números para ser un topo. Buen trabajo, chico. —Me dio una palmadita en la rodilla y, después, volvió a la cocina para ver cómo iba la pizza.

No pude evitar sonreír. Alexander Hale, uno de los mejores espías de Estados Unidos, no solo me estaba proponiendo llevar una operación clandestina a medias con él, sino que, además, parecía satisfecho con mis dotes para la investigación. La extraña relación que mantenía con Erika y el hecho de que ninguno de los dos quisiese que el otro supiera lo que estaba haciendo me inquietaba un poco, pero entendía sus motivos. Alexander estaba intentando proteger a su hija del peligro y Erika quería demostrar que podía ser agente sin ayuda de su padre. No me gustaba tener que ocultar secretos a ninguno de los dos, pero eso me daba la oportunidad de trabajar con ambos, el maestro espía y su preciosa hija. Casi compensaba el inconveniente que estaba a punto de presentarse: muy pronto alguien intentaría matarme.

Alexander puso la pizza caliente en una tabla de cortar. Cerca había un paragüero repleto de armas blancas. Cogió un sable y partió la pizza en ocho trozos.

—¿Algún otro sospechoso que te ronde por la cabeza?

Pensé durante un momento. Me vino a la mente otro nombre.

—No estoy muy seguro de este, pero has dicho que confíe en mi instinto...

109

—Nunca desconfíes de tu sexto sentido. Una vez, me dirigía a un piso franco en Catar cuando tuve la corazonada de que algo iba mal. No tenía pruebas, solo mi presentimiento. Así que no entré. Treinta segundos después, aquel lugar volaba por los aires. Nawaz-al-Jazzirrah se había infiltrado y había colocado la cantidad suficiente de explosivo C4 como para hundir un buque de guerra. Si aquel día no hubiese confiado en aquella corazonada, ahora mismo no sería más que una nube de polvo. Así pues, ¿qué te dice tu instinto?

—Bueno, si barajamos la posibilidad de que Chip se esté haciendo el tonto, ¿por qué no entonces uno de sus matones, que, en principio, parecen incluso más tontos que él?

—Empezamos a entendernos. ¿De quién sospechas? —Alexander puso la pizza en la mesa de centro de caoba, frente a mí. Había dejado la pizza demasiado tiempo en el horno y se habían quemado los bordes, pero me daba igual. Estaba muerto de hambre.

—Greg Hauser —dije entre bocado y bocado—. Hoy me ha metido en un lío en la clase del profesor Crandall. Ha asegurado que Chip decía que lo del asesino era una farsa, pero ¿y si Chip nunca llegó a decir eso? Puede que todo fuese idea de Hauser desde el principio y que esté intentando echarle la culpa a Chip. De hecho, el propio Hauser podría haber incitado a Chip a que me intimidase para que yo pirateara el servidor.

Alexander masticaba la pizza, pensativo.

—Mmm. El truco del Titiritero de Tegucigalpa...

—¿Qué?

110

—Ah, lo siento. Solo es un poco de jerga de espionaje. Se usa para referirte a alguien que parece solo un secuaz, pero que, en realidad, es el cerebro criminal que maneja todos los hilos. A menudo, la marioneta ni siquiera sabe que está siendo utilizada. Lo llamamos el Titiritero de Tegucigalpa en honor a un agente hondureño nacionalizado ruso, un hombre despreciable de la Guerra Fría que parecía un chupatintas subordinado en la KGB de Rusia, pero que resultó ser el que llevaba las riendas. Me gusta esta pista de Hauser. Me gusta mucho.

Empezó a sonar el móvil de Alexander. Miró el identificador de llamadas.

—Ah, tengo que cogerlo. Es un contacto.

Salió rápidamente de la habitación y me dejó ventilándome la pizza junto al fuego. No cerró la puerta, así que alcancé a oír algunos fragmentos de su conversación:

—¿Dónde quedamos?... Ah, muy bien. Me encanta la ópera... Por supuesto que usaré un alias... ¿Tan pronto?... De acuerdo.

Volvió a los dos minutos, vestido con un esmoquin muy elegante.

—Me temo que el deber me llama. Pero hemos hecho un buen trabajo. Excelente, la verdad. ¿Cómo estaba la pizza?

—Estupenda —mentí.

Alexander se puso los gemelos.

—Lo siento, pero tengo que vendarte los ojos antes de que nos marchemos. La ubicación de estos aposentos es confidencial.

—Ah, vale. —Entonces caí en la cuenta de que no me

111

había levantado del sofá en todo el rato que llevaba allí. Ni siquiera me había asomado a la ventana. Así pues, no podía relacionar los aposentos privados de Alexander con ningún otro edificio del campus.

Mi chaqueta y mis botas de nieve estaban justo en el sofá. Las cogí.

—¿Y qué hacemos ahora?

—Tú solo sigue haciendo lo que has hecho hasta ahora. No les quites ojo de encima a Schacter y Hauser, o a cualquier otro que parezca sospechoso. Veré qué puedo averiguar de ellos. Tengo una experiencia dilatada en el tema de los topos. El año pasado descubrí uno en Karachi. —Entonces me ató una bufanda de lana a la altura de los ojos que me dejó a ciegas—. ¿Ves algo?

—No.

—Perfecto.

Hubo un ruido metálico, después se oyó el sonido de algo grande que se abría despacio. Al final, me di cuenta de qué había de extraño en los aposentos de Alexander. No tenían una puerta frontal.

O no una evidente. Deduje que la entrada estaría escondida tras una de las muchas estanterías. Entramos en lo que parecía un ascensor, pero no pude averiguar cuántas plantas habíamos bajado. Sentí una ráfaga de aire frío cuando las puertas se volvieron a abrir.

Alexander me llevó por unos pasadizos laberínticos y doblamos varias esquinas antes de quitarme la venda. Estábamos en el gran salón del Edificio Hale. Fuera, la nieve se acumulaba en el parabrisas del Porsche de Alexander.

—¡Estate atento! —me dijo—. Me pondré en contacto. —Y entonces se puso la bufanda y salió al frío.

Justo cuando se estaba alejando, me di cuenta de otra cosa extraña en esa noche: yo le había dado a Alexander todas las pistas que tenía, pero él no me había contado ni el más mínimo detalle de su investigación. Ni uno solo.

GUERRA

Campo de entrenamiento de la Academia
8 de febrero
14:00 horas

¡Muérete, Ripley! —Mi agresora apareció de repente de detrás de una piedra, disparando la pistola indiscriminadamente.

Hui hacia el bosque; los disparos estallaban en los árboles que me rodeaban.

No sabía el nombre de mi atacante, pero me sonaba de Química II: Venenos y explosivos. Era un año mayor que yo, tímida y reservada en clase, aunque aquí, en el campo de batalla, hubiera descubierto cómo sacar al Rambo que llevaba dentro.

Desde luego, ella sí me conocía a mí. Todo el mundo me conocía, de hecho. Llevaba solo tres semanas en la escuela de espías, pero era famoso, ya fuera como el chico que había derrotado a un asesino con una raqueta de tenis o como aquel al que un ninja había dejado KO en su primer día de clase.

114

Llegué a una ladera nevada que terminaba de manera abrupta en un arroyo y me lancé. Una bola de *paintball* pasó rozando mi oreja y manchó una piedra. Había estado nevando en la Academia desde que llegué y se había formado una capa de escarcha que convertía la ladera en un tobogán. Yo me tiré primero y dejé a mi agresora atrás; cogí mucha velocidad demasiado rápido.

Al final, justo enfrente de mí, había un montón de piedras afiladas.

La idea de una simulación de combate me había parecido atractiva al principio. Hasta entonces, las clases en la escuela de espías habían sido una gran decepción. Tal y como Murray me había avisado, no eran muy distintas de las clases en una escuela normal: aburridas. La asignatura Técnicas elementales de investigación era soporífera; Historia del espionaje americano era lo mismo que Historia de Estados Unidos, pero con algunos relatos de espías y poco más. Podría haber sido interesante, pero nuestra docente, la profesora Weeks, había impartido la asignatura tantas veces que parecía que hasta ella misma se durmiera durante las clases. Álgebra —y sus usos para apuntar al objetivo con precisión— habría sido un reto si no se me diera tan bien el cálculo. El profesor Jacobi me dijo que me traspasarían al siguiente curso, pero todavía no habían hecho el papeleo. Y después de los nervios padecidos en el examen sorpresa, las clases con Crandall de Supervivencia se habían convertido en una sucesión de recuerdos turbios.

Un simulacro de guerra nos brindaba la oportunidad de salir al exterior y divertirnos. Básicamente, era como jugar a coger el pañuelo pero con pistolas de *paintball*. No espe-

115

raba sobrevivir durante mucho tiempo; pensé en correr un poco por entre los árboles, en dejarme llevar por una emboscada y, luego, en retirarme a la «morgue» a por un chocolate a la taza con los demás cadáveres. Pero, de repente, el tiempo se volvió helado y empezó a caer aguanieve. El entrenador Macauley, el profesor de Educación Física, nos explicó que nuestra nota iba a depender del tiempo que consiguiésemos mantenernos con vida. El primer cuarto de la clase que muriera en combate estaría suspendido.

Nadie quería suspender, a excepción de Murray, que «sin querer» se disparó en el estómago durante los primeros treinta segundos de la simulación para irse a echar una siesta.

Cada vez tenía más cerca las piedras del final de la hondonada. Clavé con fuerza la culata del arma en el hielo y me agarré fuerte. El arma me frenó con una sacudida tal que me di la vuelta. Patiné, pero pude sacar a tiempo el arma de la nieve; ahora, por lo menos, estaba resbalando con los pies por delante. Al final choqué contra las piedras con la suela de las botas de nieve y no con la cara.

Mi agresora apareció en lo alto de la ladera, con el arma preparada. Apuntó hacia mí.

Intenté colocarme bien la mía para apuntar también, pero la correa se me había enrollado en el brazo durante la bajada. Conseguí poner el dedo en el gatillo.

La chica me tenía a tiro.

—Un placer conocerte —dijo sonriendo.

Y, entonces, una bola roja le dio justo en el casco, manchándole toda la visera. Por un momento, me quedé impresionado por lo que acababa de conseguir; me alucinaba haber sido capaz de asestarle un tiro mortal.

116

Después, me di cuenta de que no había sido yo.

Zoe salió de detrás de las piedras afiladas, sosteniendo la pistola de *paintball* contra el pecho.

—¡Ahí tienes una pequeña lección! —le gritó a la chica que acababa de tumbar—. ¡Guárdate los comentarios burlones para cuando hayas matado a tu oponente!

La chica muerta nos sacó la lengua y, después, se piró a la morgue.

Me puse de pie, sacudiéndome la nieve de la chaqueta. Justo cuando iba a darle las gracias, Zoe se me adelantó.

—Buen trabajo, Tapaderas. Me la has dejado a tiro. ¿Cómo sabías que estaba escondida aquí abajo?

Me planteé decirle a Zoe la verdad: no tenía ni idea de que estaba detrás de las piedras. Ella me había salvado el culo. Pero no se lo dije. Sin ella, probablemente hubiese sido el más lerdo del campus. Pero en vez de eso, y gracias a Zoe, ahora era el Tapaderas.

A Zoe se le daba bien poner motes. Y, a pesar de todas las pruebas que había en mi contra, pensaba que yo molaba. Después de presenciar mi rápida derrota contra los ninjas, le dijo a todo el mundo que yo solo estaba fingiendo. Que era una tapadera: una estratagema para hacer creer a mis enemigos que no tenía ninguna habilidad, cuando, en realidad, era una máquina de matar. Según Zoe, yo había hecho lo mismo durante mis pruebas de acceso, lo que llevó a pensar al asesino que vino a mi habitación aquella misma noche que sería presa fácil. De hecho, Zoe iba diciendo por ahí que me había cargado al asesino y que la escuela lo había tapado. Me apoyaba tanto que incluso después de mi embarazosa experiencia con los ninjas, aún depositaba ma-

117

yor confianza en mí: «Nadie podría haber perdido una pelea así de rápido», insistía. Había sido un intento tan horrible de autodefensa que tenía que ser falso a la fuerza.

Aunque Zoe solo estaba en el primer curso como yo, era muy convincente. La historia cobró vida con rapidez. Chip y sus matones, Hauser y Stubbs, no dejaban de difundir su propia versión de la historia: que, en realidad, yo no tenía ni idea de lo que estaba haciendo y solo había tenido suerte frente al asesino. Esto se acercaba bastante más a la verdad, claro. Pero como mucha gente no confiaba en Chip ni le caía bien, solo sirvió para darle más credibilidad a la versión de Zoe. La escuela se dividía, ahora, en dos bandos. La mayoría pensaba que era el Tapaderas, una especie de superespía encubierto que, a veces, fingía ser torpe. El resto sospechaba que, en realidad, yo era torpe. La verdad es que me incomodaba un poco que tanta gente creyera esas mentiras sobre mí, pero era mil veces mejor a que supieran la verdad. Las tres semanas anteriores habían sido mucho más fáciles que mi primer día. Hasta había conseguido hacer unos pocos amigos y divertirme. El único inconveniente era que sabía que no duraría mucho. Solo era cuestión de tiempo que alguien descubriese el pastel; al fin y al cabo, era una escuela llena de espías en potencia. Así pues, pensé en seguir con esa trola tanto como fuese posible.

—He estado controlando las posiciones de cada uno —le dije a Zoe, que me miraba maravillada con los ojos muy abiertos.

Lo más importante que había aprendido durante el tiempo que llevaba en la escuela de espías se reducía a esto: todo el mundo era impresionante. Estaba claro que

118

en mi otra escuela me habían mimado demasiado. No había tenido demasiada competencia para ser el mejor estudiante; hasta creo que el profe de Matemáticas ni se molestaba en corregir mis exámenes y me ponía directamente un diez.

Mientras tanto, los estudiantes de la escuela de espías eran lo mejor de lo mejor de cada país. Eran brillantes, atléticos, alucinantes. Había alumnos que podían derrotar a diez ninjas de un tirón, deshacerse de francotiradores montando a caballo, construir bombas a partir de objetos caseros y un chicle, y por lo menos había dos que podían pilotar un helicóptero mientras luchaban contra un agresor armado con un cuchillo (al menos, en el simulador). Ahora empezaba a comprender por qué mis habilidades con las matemáticas no bastaban para aprobar.

Pero estaba decidido a demostrar que ese era mi sitio. Por muy tediosas que fueran las clases, me había centrado por completo en los estudios y devoraba los libros de texto, intentando aprender todo cuanto podía. (Todavía dormía en la Caja y, aunque no fuera muy bonita, gracias al confinamiento podía estudiar más fácilmente y sin distracciones.) También hacía horas extra en el gimnasio y en el campo de tiro.

Entonces, llegó el momento del simulacro de guerra, que me demostró que aún estaba a años luz de mis compañeros.

Zoe y yo nos escondimos en un agujero que había entre el montón de piedras en que ella estuvo oculta hasta que llegué yo.

—¿Cuál es el plan, Tapaderas? —preguntó.

119

No tenía ni idea de cuál era el plan. La mejor idea con la que contaba era esconderme detrás de las piedras y esperar a que se matasen los unos a los otros, aunque sabía que eso no iba del todo con Zoe, ni tampoco con los instructores. Sin embargo, había aprendido una lección muy valiosa de Alexander Hale: consigue que alguien que te respete, piense por ti.

—Todavía estoy barajando opciones —dije—. ¿En qué piensas tú?

—En encontrar el pañuelo —contestó Zoe—. Camaleón está haciendo el reconocimiento.

Se oyó un arrullo de paloma cerca de nosotros, algo bastante raro, dado que todas las palomas habían emigrado hacia el sur para el invierno.

Zoe arrulló también.

—Ya está aquí.

Warren se metió en nuestra pequeña cueva. No me caía especialmente bien —tenía la mecha corta y siempre iba buscando pelea—, pero, sin duda, era un experto en camuflaje. Había usado savia de los árboles para pegarse trozos de musgo y de corteza de los árboles por todo el cuerpo, y luego se había ennegrecido la cara con tierra. Por si fuera poco, se había puesto unos cuantos caracoles encima. Parecía un terrario con patas.

Por un momento, Warren se quedó sorprendido al verme y después pareció entre aliviado y molesto. En ese instante, me di cuenta de que le gustaba Zoe; la seguía a todas partes como si fuese un agente enemigo y no le hacía mucha gracia que ella me prestase tanta atención. Por otro lado, se había tragado por completo la historia que contaba ella sobre mis habilidades.

120

—Tengo buenas noticias —dijo Zoe—, ¡el Tapaderas se ha unido a nuestro equipo!

—Genial —dijo Warren sin mucho entusiasmo.

—¿Qué has descubierto? —pregunté.

—El equipo azul tiene el pañuelo en el tejado del viejo molino. —Warren dibujó un mapa en el suelo con un palo—. Hay cinco hombres vigilando: cuatro en las esquinas y Ojo de Halcón en el tejado.

Zoe frunció el ceño. Bailey, Ojo de Halcón, era el mejor francotirador de la escuela, un chico de quinto curso del que se decía que era capaz de decapitar una mosca con una bala a un kilómetro de distancia.

—Esto será chungo.

—No me digas —se quejó Warren—. Ya ha eliminado a tres miembros de nuestro equipo mientras yo vigilaba.

Zoe y Warren me miraron expectantes.

—Nunca he estado en el molino —dije—. ¿Me podéis decir cómo es?

No había tenido tiempo de explorar el campus. Dado que había asesinos peligrosos buscándome, deambular por ahí solo no me parecía buena idea. Aparte, el tiempo que no había estado estudiando o entrenando, lo había empleado en ayudar a buscar al topo.

Por desgracia, tampoco había llegado muy lejos con eso. Cada vez que me acercaba a Chip o a Hauser, parecían tan centrados en vigilarme a mí como yo a ellos. Ninguno de los dos había hecho nada sospechoso. Tampoco había encontrado a ninguna otra persona que pudiese ser el topo. La única vez que pensé que tenía una pista, fue cuando vi a Oleg Kolsky, de tercero, salir a hurtadillas del campus. Enseguida le envié un mensaje a Erika, que fue detrás de él... y descubrió que se trataba de una salida no autorizada a los recreativos.

Erika no había vuelto a visitarme en la habitación, pero mantenía el contacto conmigo metiéndome notitas en mi mochila nueva. (El campus me había dado una mochila oficial de la Academia después de que los ninjas destrozasen la mía.) No tenía ni idea de cómo lo hacía. Un día intenté no quitarle ojo a la mochila en toda la tarde y, a pesar de eso, después volví a encontrarme una nota dentro. Por lo general, los mensajes eran instrucciones para que dejase toda la información que hubiera recopilado en varios trozos de papel ocultos por todo el campus, lo que resultaba vergonzoso porque no tenía nada de lo que informar. Aparte de esto, Erika no me hacía ni caso, ni parecía que estuviésemos colaborando en una misión. Aunque tampoco había mucha diferencia con el trato que les daba a los demás. Se sentaba sola, siempre estaba estudiando, ajena a la presencia de cualquier otra persona. Zoe la llamaba la Reina de Hielo.

Y aun así, el contacto con ella era mayor que el mantenido con Alexander, que parecía haber desaparecido de la faz de la Tierra. No sabía nada de él.

—El molino se encuentra en la ladera de una colina, junto a un arroyo, en la parte de atrás del terreno —explicó Zoe—. Lleva ahí desde la Guerra Civil. Es un edificio de piedras compactas. Creo que la mejor forma de atacar es ir por detrás y acercarnos desde lo alto de la colina. —Me miró expectante.

Imaginé lo que me habría dicho Alexander.

—Bien pensado. Vamos a por ello. ¿Qué más?

Zoe rebosaba de alegría, estaba casi agradecida de que la hubiese felicitado. Warren intentaba no parecer resentido ni frustrado.

—Creo que necesitaremos una distracción para llamar la atención de Ojo de Halcón —sugirió Zoe—. Camaleón, te toca.

Entonces Warren dejó de disimular su malhumor.

—¿Yo? ¿Y por qué no puedo ir a por el pañuelo?

—¿Sabes cómo derrotar a un francotirador? —preguntó Zoe.

—No —respondió Warren.

—Pues ya sabes por qué no —dijo Zoe.

Por desgracia, yo tampoco tenía ni idea de cómo derrotar a un francotirador. Pero no podía decirles eso.

—¿Cómo accedemos al tejado? ¿Se puede escalar por las paredes?

Zoe sonrió con orgullo y nos enseñó un gancho que sacó de la mochila.

—Imagino que sabrás usar esto, ¿no? —preguntó.

Pues no. No había visto un gancho, un rezón, hasta ese mismo momento. Solo en las películas. No sabía ni de dónde lo había sacado. Nunca he pisado una tienda de ganchos, ni una sección de ganchos en un centro comercial siquiera. Jamás.

—Pues... nunca he usado ese modelo en concreto —me excusé—, solo he trabajado con modelos alemanes.

—Ah. —Zoe parecía cortada—. Yo tampoco sé cómo se usa.

—Bueno, seguro que puedes averiguarlo —le dije—. Confío en ti.

Zoe volvió a estallar de felicidad. Warren, por su parte, parecía querer abrirme la cabeza con una piedra.

—Venga, vamos —dije, aunque hubiese preferido quedarme en el escondite todo el día. Ahí no entraba el frío ni la nieve y, con los tres allí apelotonados, hacía hasta calor. Pero tenía una reputación que mantener.

Nos encaramos al frío, abriéndonos paso a través del cauce helado, agachados, escuchando los sonidos de la batalla a lo lejos. El enfrentamiento llevaba ya una hora. Suponía que habíamos aguantado lo suficiente como para aspirar al aprobado.

Sincronizamos los relojes, luego nos separamos al llegar a un roble enorme que había cerca del molino. Warren se quedó donde estaba, agazapado y cubriéndose con musgo para parecer un tronco. Zoe y yo fuimos a rodear la colina para poder acercarnos al molino por detrás. Descartamos los cantos de pájaros, o cualquier vocalización para comunicarnos, porque el otro equipo se daría cuenta enseguida. Así que el plan era el siguiente: dentro de media hora exacta, Warren empezaría la táctica de distracción. Luego Zoe y yo usaríamos el gancho para escalar el molino, eliminaríamos a Ojo de Halcón y a los demás guardias, y cogeríamos el pañuelo.

Durante todo el tiempo, yo había estado tramando un plan secreto que se basaba en que, a lo largo de aquella media hora, llegara otra persona de nuestro equipo con un plan mejor, aniquilase al equipo azul y ganase la batalla. Pero no parecía muy probable. Mientras dábamos el rodeo, vi que había un montón de miembros del otro equipo a lo lejos... y encontré varias señales que demostraban la muerte de los miembros de nuestro equipo: salpicaduras de pintura azul alrededor de las huellas de los cuerpos en la nieve. No

124

dijimos ni una palabra y seguimos avanzando despacio y en silencio.

Al cabo de veinticinco minutos, llegamos a lo alto de la colina y vimos el molino. El pañuelo seguía allí, nadie se nos había adelantado. Los cuatro guardias de alrededor del molino estaban empezando a coger frío y a aburrirse. Los dos de las esquinas más cercanas a nosotros habían abandonado sus puestos y estaban charlando de algo. Arriba, en el tejado, seguía alerta Ojo de Halcón, barriendo el horizonte con su arma.

—Tendrás que eliminarlo desde aquí —me dijo Zoe.

Temía que me dijese eso. Tenía razón. Era la mejor forma de acabar con él porque no tendríamos ninguna oportunidad de coger el pañuelo si él seguía vivo. Pero si ya me costaba disparar a una silueta a seis metros de distancia en el campo de tiro, ni te cuento a un humano a ciento treinta metros con aguanieve de por medio. Podía calcular en un momento hacia dónde debía apuntar para disparar, eso sí, pero eran otras habilidades las que necesitaba para sujetar bien una pistola cargada y dispararla. Una cosa muy importante que no se ve en las películas es que, en la vida real, las armas pesan muchísimo. Y, además, con cada disparo, te asestan un culetazo tan fuerte que pueden hasta dejarte un moratón, así que cada vez que disparas tienes que volver a apuntar. En las películas parece como si el protagonista fuera capaz de darle al enemigo entre ceja y ceja, aunque este esté lejos, en la otra punta de un campo de fútbol, rodeado de rehenes inocentes, y el héroe cuelgue de un helicóptero descontrolado mientras se agarra con una sola mano. En la vida real, ni siquiera un experto

125

como Ojo de Halcón podría conseguir una hazaña semejante.

Por otro lado, si disparaba a Ojo de Halcón y fallaba —lo que más números tenía de ocurrir—, le daría una oportunidad de oro para dispararme antes de que yo pudiese volver a apuntar y dispararle de nuevo. Además, la idea de dispararle tampoco me apetecía mucho, pero si delegaba otra tarea en Zoe, empezaría a sospechar de que no tenía ni idea de lo que hacía.

—De acuerdo —dije, colocando la pistola—, aunque esto no será fácil. Soy más ducho en el combate cuerpo a cuerpo.

—Lo sé —dijo ella—. Por eso dirigirás el ataque cuando hayas eliminado a Ojo de Halcón.

«Lo que soy es un bocazas», pensé.

Apoyé la pistola en la rama de un árbol, la estabilicé y luego miré el reloj. Faltaban dos minutos para que Warren empezase la maniobra de distracción. En teoría, Ojo de Halcón debería distraerse y yo tendría que eliminarlo.

Zoe sacó el telémetro para calcular las coordenadas de mi objetivo.

Una ramita se partió a nuestra izquierda.

Estaba lejos, pero el viento había dejado de soplar un momento y se había oído.

Zoe y yo nos giramos en dirección a la izquierda, temiendo una emboscada.

En lugar de eso, vimos a dos miembros del equipo contrario a lo lejos. Se habían quedado inmóviles, conscientes de haber hecho un ruido que los podía delatar y miraron alrededor por si hubiera alguien que los hubiese oído. Estaban a medio kilómetro de distancia, demasiado lejos para verles bien la cara.

Nosotros estábamos agachados cerca de la base del árbol; con un poco de suerte, nos habíamos camuflado bien.

—¿Nos ven? —susurré, con el volumen justo para que me oyese.

—No te sé decir. Echa un vistazo. —Zoe me dio el telescopio. Estaba mejor posicionado que ella para ver a nuestros oponentes.

Intenté mirar por él con el menor movimiento posible. El telescopio funcionaba como una lente de cámara con zum digital y enfocaba automáticamente a los otros, así que enseguida logré ver quiénes eran.

—Son Chip y Hauser —dije.

Ellos no nos habían visto. Después de unos segundos, parecían convencidos de que nadie los había oído y continuaron andando. Pero no iban hacia el molino ni se dirigían hacia donde estaba el pañuelo. Se escabullían hacia el muro trasero del terreno, alejados de la simulación de guerra. Se esmeraban demasiado en que no los viese nadie.

—No parece que vayan a por nosotros —dijo Zoe con un suspiro. Luego miró su reloj—. Quedan sesenta segundos para que empiece la distracción.

Extendió la mano para que le devolviese el telescopio, pero no se lo di. Seguía mirando a Chip y Hauser.

Parecía que estuvieran tramando algo. Si así fuera, era el momento adecuado. Todo el cuerpo estudiantil y los profesores estaban centrados en la guerra, pero nadie echaba cuentas de quién estaba en cada lugar.

127

—¡Tapaderas! —refunfuñó Zoe—. Ellos no importan. ¡Dame el telescopio!

—Lo siento. Aquí está pasando algo. —Enfoqué el telescopio para intentar ver hacia dónde se dirigían. De repente vi un cobertizo pequeño hecho de piedra que estaba junto a la valla trasera.

—¡Quedan cuarenta segundos! —dijo Zoe—. ¡Vamos a perder la partida!

—Esto es más importante —le contesté.

—Venga, solo es Chip —dijo—. Camaleón está a punto de sacrificarse ahora mismo.

Chip y Hauser llegaron al cobertizo. Chip se metió la mano en el bolsillo...

Un grito de guerra resonó desde la colina hasta el molino.

Era Warren. Treinta segundos antes. Al parecer, no habíamos sincronizado nuestros relojes del todo bien.

Chip y Hauser se volvieron hacia el ruido, sobresaltados.

—¡Diantres! —Zoe me arrancó el telescopio de las manos y miró hacia el molino.

Apenas podía ver a Chip y Hauser a través del aguanieve sin el telescopio.

Me giré para cogerlo y entonces comencé a ver a lo lejos el desastre que se estaba produciendo colina abajo. Un tronco había cobrado vida y estaba arremetiendo de cabeza contra el molino, disparando la pistola sin ningún criterio. Warren.

Todos los guardias del equipo azul se giraron hacia él. Incluso Ojo de Halcón estaba distraído.

Le apunté con la pistola, y crucé los dedos mentalmente...

Le di a un árbol que estaba a tres metros, desviándome de mi objetivo tan solo 120 metros.

Los guardias y Ojo de Halcón abrieron fuego contra Warren. Habría sido un blanco fácil incluso para mí. Un montón de bolas de pintura azules fueron hacia él y, en menos de tres segundos, ya parecía un pitufo.

Mientras esto ocurría, algo salió de debajo de la nieve, a nuestro lado del molino pero lejos de la acción. Tardé un rato en darme cuenta de que era una persona. Alguien que, de alguna manera, había cavado en la nieve a pocos metros de los guardias sin que se diesen ni cuenta. La persona llegó hasta la pared del molino corriendo y la trepó como una ardilla, sin necesidad de usar ganchos.

—¡Es Erika! —gritó Zoe, mirando por el telescopio.

Lo sabía, no podría haber sido nadie más. Pero, aun así, cogí el telescopio para verla.

En un momento, se había subido a lo alto del molino. Ojo de Halcón estuvo muerto antes de darse cuenta de que ella merodeaba por allí.

Otros miembros del equipo azul, que ni sabíamos que estaban allí, salieron de alrededor de los árboles del molino, directos hacia allá para intentar parar lo inevitable. Abrieron fuego contra Erika, pero ya era demasiado tarde. Acababa de coger el pañuelo.

Todo el mundo seguía atento al molino.

«A excepción de dos personas», supuse.

Me fui hacia donde había visto a Chip por última vez. El ataque de Erika había durado solo unos segundos, pero me había distraído demasiado tiempo.

Corrí a toda velocidad por entre los árboles, saltando sobre las piedras y derrapando sobre la nieve y el hielo, hasta que llegué al cobertizo de piedra. Dos filas de huellas me guiaron hacia la puerta, que continuaba abierta gracias a que había mucha nieve de por medio.

Empecé a dudar, no sabía si abrir la puerta del todo y sorprender a Chip y Hauser o no hacerlo, pero, en ese momento, un golpe de viento decidió por mí. Sopló tan fuerte que abrió la puerta de par en par.

El cobertizo tenía unos pocos metros cuadrados y las herramientas de jardinería forraban las paredes de arriba abajo.

No había ni rastro de Chip y Hauser.

Se habían esfumado.

VIGILANCIA

Subnivel 1
8 de febrero
14:45 horas

Aunque ocurrieran muchas cosas sorprendentes en la escuela de espías, estaba relativamente seguro de que nadie era capaz de provocar una dispersión molecular instantánea. Sabía que Chip y Hauser habían entrado en el cobertizo: el reguero de huellas dejado con las botas seguía en el suelo. El asunto consistía en averiguar hacia dónde se habían escabullido.

Me daba reparo ir tras ellos solo, ya que ambos eran bastante más grandes que yo y me llevaban años de ventaja en eso del entrenamiento para hacer daño a otras personas. Pero no tuve más remedio. A lo lejos, vi que mi equipo ya había empezado a celebrar la victoria. Zoe y todos los demás corrían en dirección al molino, coreando el nombre de Erika. Tardaría varios minutos en acercarme y convencer a alguien para que me ayudara, unos minutos que no tenía si quería seguir de cerca a Chip y a Hauser.

Pero, además de preocupación, también sentía un subidón de entusiasmo. En el exterior, todos fingían ser espías, pero era mi oportunidad de ser uno de verdad. Tenía una misión auténtica: averiguar los planes de Chip. Y si lo hacía bien, quizá la gente acabara coreando mi nombre.

Examiné el cobertizo en busca de pistas. Era un edificio independiente, lo que significaba que solo había una dirección en la que Chip y Hauser pudieran haber ido: abajo.

Miré otra vez al suelo. Era de hormigón desgastado, astillado y marcado por años de deterioro. Había un cuadradito en el centro, de unos noventa centímetros por cada lado, dentro de un cuadrado mayor que formaba el resto del suelo. Las huellas de las botas de Chip y Hauser estaban dentro del cuadrado central, salvo una. Era la huella de un dedo del pie en el lado más alejado de la puerta, como si uno de ellos hubiese querido llegar a algo que estuviese elevado.

Examiné rápidamente la pared más alejada. Había una estantería con herramientas de jardín —azadas, rastrillos, palas, cortasetos— con hojas oxidadas y mangos raídos. Era como si hubiera accedido a un catálogo de jardines de 1950. Por encima, había una segunda estantería con objetos más pequeños: linternas, paletas, cables. La huella del dedo parecía inclinada hacia una paleta. Como Chip y Hauser eran unos quince centímetros más altos que yo, tuve que subirme encima de un saco de fertilizante para alcanzarla.

La paleta estaba soldada a su gancho oxidado, así que no cedió. Al contrario, basculó hacia arriba cuando la agarré, como si fuera un interruptor de la luz.

132

Se oyó un suave clic metálico desde dentro de la pared, seguido de un fuerte silbido por debajo del cobertizo. El cuadrado interior de hormigón se hundió de repente.

Cerré la puerta del cobertizo y salté encima del cuadrado.

Bajó hasta un túnel diez metros por debajo de la superficie. El túnel era de unos cuatro metros y medio de ancho por tres de alto, suficiente para conducir un carrito de golf por dentro. Las paredes, el techo y el suelo eran de cemento. Las raíces de los árboles habían atravesado el techo por unas grietas, lo que significaba que ese túnel llevaba décadas ahí. El agua goteaba por las grietas y creaba charcos en el suelo; olía a moho y a humedad, al igual que las duchas del gimnasio del instituto.

El túnel estaba bien iluminado —había luces incrustadas en el techo cada pocos metros— aunque se curvaba de vuelta a la escuela, así que no alcancé a ver a nadie delante. Sin embargo, sí podía oírlos. Chip y Hauser no se molestaban ni siquiera en susurrar; estaban seguros de que nadie sabía que estaban aquí y el eco de sus voces reverberaba hacia mí.

Bajé del cuadrado de cemento de un salto. El túnel terminaba justo detrás de él, donde debía de estar el muro de la Academia. Había dos botones rojos con flechas que indicaban arriba y abajo en la pared cercana, como los que hay en un ascensor. Pulsé el botón de la flecha hacia arriba.

El cuadrado de cemento volvió a subir y vi cómo funcionaba. Lo accionaba una columna neumática, silenciosa salvo por el silbido del aire, lo bastante sigilosa para que Chip y Hauser no la oyeran por encima de sus voces. El cuadrado de cemento volvió a encajar perfectamente en el techo.

Como temía hacer ruido con las botas de nieve en el suelo de cemento, me las quité y las llevé en la mano, caminando por el pasillo con calcetines. Pasada una curva, vi a Chip y Hauser a lo lejos, moviéndose deprisa, como si tuvieran un cometido.

No estaban hablando de nada clandestino. Hauser se quejaba de lo injusto que había sido el último examen de conducción ofensiva del profesor Oxley.

—Tuvimos que conducir coches antiguos con caja de cambios manual. ¿Cuándo fue la última vez que alguien vio un coche con transmisión manual?

—Debemos estar preparados para lo que sea —dijo Chip.

—Pues que sepas que yo no fui el único que no pudo hacerlo —le espetó Hauser, a la defensiva—. Stubbs ni siquiera pudo poner primera. Al final, puso marcha atrás y estuvo a un pelo de atropellar a media clase.

Cuanto más nos acercábamos al corazón del campus, más túneles comenzaron a bifurcarse del principal en que nos encontrábamos. Y entonces empezaron a aparecer puertas. La primera tenía una placa: «B-213- ALMACENAMIENTO». En la siguiente ponía B-212, también de almacenamiento. Pronto, el lugar se convirtió en un auténtico laberinto. Giramos a la izquierda y a la derecha por él. Si no hubiese tenido mis objetivos a la vista, los habría perdido. Y dudaba de que pudiera encontrar el camino de vuelta al cobertizo, aunque supuse que no sería un problema. Obviamente, habíamos entrado en un importante nivel subterráneo del campus. El cobertizo, con su pequeño ascensor neumático, no podía ser la única entrada. Tenía que haber otras formas de entrar y salir.

Aun así, me asombraba el tamaño del nivel del subsuelo... y que no hubiese sabido de su existencia. Entonces caí en la cuenta de que Alexander había comentado algo sobre ese lugar justo antes de mis pruebas de acceso ECSE: «Hay muchísimo más de lo que se ve a simple vista». En ese momento, pensé que era una metáfora sin más. Durante las últimas tres semanas, había asumido que los edificios que se veían sobre el suelo formaban el campus completo. Ahora me daba cuenta de que, como tantas otras cosas en la escuela de espías, había muchas más bajo la superficie.

Comenzamos a pasar por otras salas, salas con equipamiento eléctrico y mecánico, salas herméticas sin número con diversos códigos de entrada, dormitorios y comedores que probablemente dataran de la Guerra Fría, de cuando todo el mundo temía que una guerra nuclear los obligara a vivir bajo tierra durante un año entero. Las tuberías y los cables eléctricos serpenteaban por las paredes y el techo. Varios objetos aleatorios, como archivadores y carritos, empezaron a surgir por los pasillos, como si a pesar de todos los cuartos de almacenaje, no hubiese suficientes sitios para guardarlos. Todo el lugar estaba extrañamente despoblado; todo el mundo seguía fuera.

Sin embargo, era probable que cambiara pronto, ahora que la batalla había acabado... y Chip lo sabía. Siguió mirando su reloj y metiéndole prisa a Hauser.

Entonces, se detuvo en seco. Estaban en una sección anodina del túnel que parecía exactamente igual que cualquier otra parte por la que habían pasado.

Me agaché detrás de un carrito lleno de sacos de leche en polvo justo cuando Chip miró furtivamente en mi dirección. No me vio —ni a mí, ni a nadie más— y decidió que tenía vía libre.

—Mira esto —susurró, y luego señaló algo situado entre algunas tuberías junto a la pared.

—¡Dios mío! —dijo Hauser con un grito ahogado.

Yo aún llevaba el telescopio de Zoe. Me lo acerqué al ojo y aumenté el zum. Alcancé a ver un nido de cables rojos y azules y una especie de masilla amarillenta antes de que Hauser cambiara de postura y me bloqueara la visión.

No estaba seguro, pero parecía una bomba. Claro que solo había visto bombas en las películas y nunca en la vida real. (La asignatura de Construcción y desactivación de explosivos no se enseñaba hasta cuarto, cuando la coordinación ojo-mano era un poco más estable.) Hasta donde yo sabía, una bomba real parecía un manojo de flores.

—¿Traes el equipo? —preguntó Chip.

Hauser se sacó una cajita gris del bolsillo, aunque, de nuevo, no pude ver lo que estaban haciendo con ella. Para empezar, Hauser era un tipo grande y, encima, llevaba unas prendas de invierno abultadas, así que bloqueaba la mitad del túnel.

—Así que esto es Scorpius, ¿eh? —preguntó Hauser.

—Escorpio —corrigió Chip—. Sujeta eso bien.

Hauser se apartó un poco y volví a ver los cables.

Si quería que Erika o Alexander me creyeran, necesitaba pruebas. Me saqué el móvil del bolsillo y pegué la cámara contra la lente del telescopio, pensando que quizá pudiera usarlo como teleobjetivo. Me costaba sujetar ambas piezas, así que apoyé el telescopio encima de uno de los sacos e intenté enfocar.

De repente, me vibró el teléfono en la mano.

136

Era un mensaje. Había intentado usar el teléfono bajo tierra cientos de veces en Washington —casi cada vez que montaba en el metro— y ni una sola vez tuve cobertura. Pero aquí, en un pasillo subterráneo diez metros por debajo del nivel del suelo, el teléfono había decidido funcionar en el momento más inoportuno posible. La vibración inesperada me sobresaltó. Le di un golpe al telescopio, que rodó del saco y cayó al suelo con un chasquido.

Y por si fuera poco, por si eso no hubiera sido lo bastante ruidoso en mitad de un túnel normalmente silencioso, el telescopio se alejó rodando con estrépito en dirección a Chip y Hauser.

Ya no tenía sentido seguir escondido. Eché a correr.

—¡Eh! —gritó Chip. Entonces oí sus pasos y los de Hauser en el pasillo detrás de mí.

Doblé la primera esquina que encontré, esperando que no me hubiesen visto la cara, y luego también doblé la siguiente. Intenté buscar puntos de referencia para volver a encontrar el camino hacia la bomba más tarde, pero todos los pasillos que veía eran iguales y corría demasiado rápido para leer los números de las puertas.

Vislumbré una escalera más adelante y me fui para allá, aunque no pudiera correr mucho por aquel suelo resbaladizo. Oí los pasos de mis perseguidores.

—¡Será mejor que pares, Ripley! —gritó Chip—. ¡Por mucho que corras, no podrás esconderte! ¡Te acabaré encontrando, tarde o temprano!

Si podía escoger, que fuera tarde. Fui corriendo hacia las escaleras. Dos tramos más arriba había una puerta de acero. La golpeé con todas mis fuerzas...

137

Y en ese instante, Chip me alcanzó. Enganchó la capucha de mi chaquetón de invierno, aunque mi inercia también lo empujó a él hacia delante. Caímos los dos sobre una alfombra raída.

Al darme la vuelta, vi el puño de Chip con rumbo directo a mi cara. Lo esquivé hacia la derecha. Los nudillos de Chip rozaron el lóbulo de la oreja e impactaron contra el suelo.

Mientras Chip aullaba de dolor, traté de zafarme de él, pero me cogió del tobillo y tiró de mis pies.

—¿Qué has visto? —preguntó, tajante.

—¡Nada! —Le di una patada en el brazo con el pie que tenía libre, tratando de deshacerme de él.

Chip se me abalanzó.

En las películas, cuando luchaban los espías, siempre había movimientos limpios, usando una combinación de llaves de artes marciales y armas improvisadas, a menudo en una localización superpintoresca, como un castillo en los Alpes franceses.

Esta pelea no era así en absoluto. Chip sabía luchar —resultaba que la única asignatura en la que sobresalía de verdad era Artes marciales— mientras que yo apenas había entrenado nada. Me había pasado todo el tiempo libre de las últimas semanas practicando técnicas de autodefensa. Dadas las circunstancias, usé una llave llamada el «Armadillo vergonzoso», que simplemente consistía en encogerme en una bola y taparme la cabeza con los brazos. Elegí esta por dos motivos: (1) era ridículamente fácil y, por tanto, ya la dominaba, al contrario que otros procedimientos mucho más complicados como la «Ardilla astuta» o la «Cobra espástica»; y (2) llevaba encima unas prendas de invierno muy

138

gruesas, que no solo me aislaban del frío, sino también de los ataques de Chip.

Así pues, Chip se vio obligado a luchar a mi nivel, dando vueltas en el suelo conmigo e intentando asestarme algún golpe. Me dio algunos puñetazos en los brazos y en el torso, pero el chaquetón de esquí estaba tan mullido que era como darle una paliza a una almohada. Mientras tanto, yo fui a por los puntos del pulso, intentando que me soltara —tal vez, tras sacarle los ojos o darle un rodillazo en los testículos—, aunque lo único que conseguí fue golpearme en una silla con el codo.

—¡Ah, por el amor de Dios! —gruñó Chip—. ¿Quieres luchar como un hombre?

—No, paso —contesté. El «Armadillo vergonzoso» ya me iba bastante bien.

—¡¿Qué está pasando aquí?!

La voz del director fue tan aterradora que asustó incluso a Chip. La lucha se detuvo al instante.

Por primera vez desde que salimos del nivel subterráneo, tuve la oportunidad de mirar a mi alrededor. Me había pasado toda la pelea con la cabeza bajo los brazos. Al parecer, habíamos salido al vestíbulo principal del Edificio Hale —por detrás de un panel secreto que aún permanecía entreabierto— mientras seguíamos con la refriega en el que, quizá, fuera el lugar más público de todo el campus. Varios estudiantes acababan de volver del juego de la bandera y nos habían pillado retorciéndonos en el suelo como un par de idiotas.

—Ha empezado él —dijo Chip, señalándome.

—¡Qué va! —protesté.

—¡Me da igual quién haya empezado! —gritó el director—. ¡No se permiten peleas en la Academia!

—Pero si peleamos todo el rato en clase —dijo Chip.

—¡Pero es para evaluaros! —le espetó el director—. Las peleas no reguladas son otra cosa. ¡Quiero veros a los dos en mi despacho, ahora!

Hubo un «ooooh» general por parte de los estudiantes. Ninguno quería estar en nuestro lugar.

Me incorporé, avergonzado y aterrorizado, y vi caras familiares entre la muchedumbre. Zoe parecía impresionada de que me hubiese enfrentado a Chip. Warren (que seguía azul de la cabeza a los pies) parecía cabreado por la reacción de Zoe. Murray parecía preocupado por mí. Hauser y Stubbs parecían preocupados por Chip. Tina, mi consejera veterana, parecía avergonzada, como si mi comportamiento la hiciera quedar mal de algún modo. El profesor Crandall no parecía tener idea alguna de lo que estaba pasando; estaba enfrascado sacándose un trozo de hielo que se le había pegado en las cejas.

Y entonces, apareció Erika.

Qué raro fue verla entre la multitud. Erika era tan solitaria que parecía fuera de lugar rodeada de tanta gente.

Y lo más extraño fue que se arrodilló a mi lado y me cogió la cara con ambas manos.

—¿Estás bien? —preguntó. Fue un gesto tan suave y dulce que, por un momento, me pregunté si alguien había sustituido a la Erika real por una agente doble. Debido a la reacción del resto de los estudiantes, ellos se preguntaron lo mismo. Pero sí, era Erika: tenía ese mismo olor maravilloso a lilas y pólvora de siempre, junto con un toque de pintura de látex.

—He estado mejor —respondí. Entonces me incliné y susurré—: Hay una bomba bajo la escuela.

140

Erika no dijo nada. Ni siquiera le cambió la expresión. Lo mismo le podría haber dicho que me gustaban los conejos. Me preguntaba si me había oído siquiera, pero mientras me ayudaba a levantarme, susurró:

—Estoy en ello. Ya hablaremos.

No tuve tiempo de preguntarle nada más. El director señaló las escaleras hacia su despacho. Chip y yo le seguimos diligentemente.

Mientras lo hacíamos, Chip también me susurró algo:

—Como digas algo de lo que has visto ahí abajo, estás muerto.

La multitud se separó para dejarnos pasar y me fijé en que las miradas de mis compañeros habían cambiado. Ya no parecían apenados por mí por ganarme la ira del director. Ahora me miraban con curiosidad, preguntándose cómo demonios me había ganado la preocupación de Erika. Muchos chicos parecían más impresionados por eso último que cuando supieron que me había enfrentado a un asesino.

Fue de ese modo cómo ser atacado por Chip y desfilar hacia el despacho del director casi merecen la pena.

Casi, pero no del todo.

PROVOCACIÓN

Despacho del director
8 de febrero
15:20 horas

El director llevaba ya cinco minutos con su dia-triba cuando caí en la cuenta de lo que había querido decir Erika con lo de que ya hablaríamos.

No le estaba prestando mucha atención a la diatriba, la verdad. Y creo que el director tampoco. Estaba hablando solo para oírse a sí mismo, insistía una y otra vez en que la Academia tenía a sus estudiantes en gran estima y que ahora Chip y yo habíamos caído muy bajo, que cómo esperábamos graduarnos y aspirar a un puesto de campo digno con semejante comportamiento, que lo llevábamos claro. De hecho, teníamos suerte de que no nos expulsara en ese preciso momento...

Me sorprendía estar tan tranquilo en vista del chaparrón. En mis 1.172 días de escuela pública, nunca me había metido en líos ni me habían enviado al despacho del director.

142

Pero, aunque no me gustara la situación, sabía que el director no podía echarme. Toda la caza del topo dependía de que yo estuviera allí. De hecho, me habría asustado más si me hubiera amenazado con mantenerme en activo.

Sin embargo, la razón real por la que no estaba demasiado preocupado por el director era que tenía un montón de cosas de las que preocuparme. Como lo que Chip y Hauser habían estado haciendo en el túnel.

¿De verdad había una bomba ahí abajo? ¿Qué estaban haciendo con ella? ¿Funcionaba? ¿Querían ponerla en funcionamiento? De ser así, ¿por qué?

¿Qué era Escorpio? Sonaba a nombre en clave para una operación, pero ¿en qué consistía la operación? ¿El nombre «Escorpio» era la clave que la explicaba? Sabía que se trataba de un escorpión mitológico gigante, una bestia extremadamente peligrosa que había derrotado a Orión, el cazador casi invencible. Escorpio también era una constelación y un signo del zodíaco que iba del 23 de octubre al 22 de noviembre. ¿Era eso una pista? ¿Estaba previsto que Escorpio tuviera lugar entonces? En ese caso, aún quedaba mucho tiempo.

Me alegraba haber tenido la oportunidad de contarle a Erika lo de la bomba. Con suerte, ya estaría investigando mientras nosotros estábamos allí sentados. Incluso me planteé contárselo todo al director, pero no quería hacerlo delante de Chip. En la escuela pública, si alguien te soltaba un «Como digas algo de lo que has visto ahí abajo, estás muerto», sabías que era una exageración. En la escuela de espías, te enseñaban de verdad a cumplirlo... y hasta te proporcionaban las armas para hacerlo.

De cualquier modo, Erika era mucho más competente que el director. Seguro que ya había localizado la bomba, la había desactivado y había averiguado quién estaba detrás de todo. O eso esperaba yo. Me moría de ganas de salir de ese despacho, no solo para averiguar qué pasaba, sino para evacuar el edificio por si estallaba la bomba y reducía el lugar a cenizas. (Pensé brevemente que la bomba no debía de estar activada, porque en caso de ser así, Chip habría sudado a chorros. Claro que, si Chip era tan incompetente como me había dicho Erika, no tendría ni pajolera idea de si estaba activa o no, así que seguía siendo prudente temer por mi vida.)

Por desgracia, el director no bajaba de revoluciones:

—Intentar haceros daño el uno al otro es inaceptable —decía—. Se supone que debéis atacar a nuestros enemigos, por el amor de Dios...

—Hola, Ben —dijo Erika.

Di un respingo en mi asiento, sobresaltado. Parecía que la tuviera detrás de mí. Quise darme la vuelta...

—¡No te gires! —me ordenó.

Así que no lo hice.

—No hagas nada —continuó—. Y no me respondas. No estoy en la habitación. Tú eres el único que puede oírme.

De repente, me di cuenta de que la voz de Erika no venía de detrás. Parecía venir de dentro de mí, como si fuera un pensamiento en mi cabeza.

—Te he puesto un minitransmisor wifi en la oreja cuando estábamos en el vestíbulo —explicó Erika—. Lo que significa que puedo oír todo lo que está diciendo el vejestorio ese.

Fruncí el ceño. Claro, por eso me había tocado la cara. No había sido un gesto de cariño, sino una mera estratagema para cablearme.

Tener un transmisor en la oreja resulta extremadamente inquietante. Cuando alguien te habla —o te dice que te ha colado un cacharro en la cabeza sin tu permiso—, el instinto te pide contestar. Tuve que esforzarme muchísimo para no responder.

Tal como iban las cosas, Chip ya me miraba raro. Mi sobresalto al oír las primeras palabras de Erika había llamado su atención. El director seguía sumido en su mundo. Tan concentrado estaba en su discurso que ni siquiera se habría enterado de nada si una horda de elefantes en estampida cruzara la habitación.

—Estás exactamente donde tienes que estar —me dijo Erika—. Ahora bien, necesito que hagas dos cosas: primera, necesito que prestes atención al director. No a lo que dice. A lo que hace. No quiero que apartes la vista de él ni por un segundo. Intenta recordar cada detalle... Segundo, quiero que lo insultes.

«¡¿Qué?!», quise preguntar. Y estuve a punto. Tuve que controlarme mucho para no hacerlo. No imaginaba por qué Erika querría meterme en aún más líos. Pero debido a la naturaleza unidireccional de nuestra comunicación, no se lo podía preguntar.

—Sé que es mucho pedir, pero tienes que confiar en mí —dijo ella en un tono tranquilo y seguro—. Te lo prometo; todo saldrá bien.

Por alguna razón, la creí. Quizá porque Erika era la única persona en la que confiaba. Quizá porque sus palabras

145

dentro de mi cabeza me hacían pensar que, en realidad, eran mis palabras. Lo más probable es que solo quisiera impresionarla. Supongo que hasta me pondría delante de un tren si me lo pidiera amablemente. Así pues, busqué una oportunidad para causar problemas... y no pasó mucho tiempo hasta que la encontré.

—Cuando yo estudiaba aquí, sabíamos comportarnos —nos regañaba el director—. ¿Queréis saber cómo se nos castigaba por pelear en aquel entonces?

—Guau, eso debió de ser hace mucho tiempo —dije—. ¿Lo pusieron en una empalizada? Se usaba mucho en la América Colonial.

El director se giró hacia mí.

—¿Qué acabas de decir?

—Que es usted viejo —repliqué—. ¿He sido demasiado sutil, quizá?

A mi lado, Chip me miraba boquiabierto. No podía estar seguro, porque mantenía la vista fija en el director, pero puede que mis palabras lo hubieran impresionado.

Erika lo estaba.

—¡Eso es perfecto! ¡Sigue así!

El director se había puesto rojo como el culo de un babuino. Se me acercó y se detuvo a unos centímetros de mi cara.

—¿Debo interpretar, señor Ripley, que cree que aún no tiene bastantes problemas hoy? ¿Me está pidiendo un castigo aún peor?

—Sea cual sea, no podría ser peor que su aliento —le solté—. ¿Qué ha almorzado, caca de perro?

Esta vez, Chip soltó una risita.

146

El director se apartó de mí. Durante unos momentos, parecía que no sabía qué hacer. Al parecer, ningún estudiante le había hablado nunca como yo acababa de hacerlo. Parecía que quería expulsarme en ese momento, pero no podía. Solo podía subirse por las paredes. Se le salían los ojos de las cuencas y se pasó una mano por el pelo postizo.

—¡Ya basta! —dijo al final—. ¡Voy a ponerte en libertad vigilada!

—Que lo haga ahora —me dijo Erika.

—Vale —dije—. Hágalo.

Una vez más, el director se mostró confundido. Todas sus amenazas parecían provocar el efecto contrario.

—¿Ahora?

—Ahora —dijo Erika.

—Ahora —repetí yo.

—Muy bien, listillo. Te lo has ganado.

El director se situó tras su escritorio y miró el ordenador con cara de póquer. Al cabo de un rato, cogió un diccionario de una estantería que había detrás, lo abrió —como si necesitara ayuda para recordar su contraseña—, lo cerró y se conectó. Entonces comenzó a escribir un correo electrónico, leyéndolo en voz alta para que me enterara.

—A la atención de todo el personal de la Academia: el estudiante de primer año Benjamin Ripley está, por la presente, sentenciado a libertad vigilada hasta nuevo aviso desde este despacho...

—Eh. —El susurro fue tan bajito que tardé en darme cuenta de que no venía de Erika. Era Chip.

Lo miré.

—Ha sido increíble —dijo, un decibelio por encima de un susurro.

—Gracias —contesté en voz baja.

—... y le serán denegados todos sus privilegios de estudiante de ahora en adelante —terminó el director, que entonces fijó su dura mirada en mí—. Si te metes con un toro, te llevas una cornada.

—Es curioso —contesté—. Cuando le miro, pienso más bien en el extremo opuesto del toro.

—Frena un poco, majo —dijo Erika—. Ya puedes relajarte. El trabajo está hecho.

Ya podría habérmelo dicho antes de soltarle nada más. Ese último insulto fue la gota que colmó el vaso. El director rebosaba tanta ira que casi esperaba verle escupir lava por las orejas. Aquel pésimo tupé se le había desprendido un poco y ahora lo llevaba torcido; parecía un *cupcake* mal glaseado. Se acercó rápidamente hacia donde yo estaba y me apuntó la nariz con su dedo rechoncho.

—Muy bien, sabelotodo. ¿Crees que no puedo ser más duro? Pues vamos a ponernos serios. De ahora en adelante, dormirás en la Caja.

—Pero... si ya estoy durmiendo en la Caja —dije.

El director se quedó pálido.

—¿Cómo? ¿Desde cuándo?

—Esto... pues desde que llegué aquí —contesté.

—¿Por qué? ¿Qué idiota te puso en la Caja?

Me estremecí, sabiendo que no le iba a gustar la respuesta.

—Fue usted mismo.

A mi lado, Chip intentaba contener tanto la risa que se estaba poniendo rojo, aunque el director no se dio cuenta. Mi últi-

148

ma respuesta, por muy cierta que fuera, había reavivado aún más su cólera. Todo él temblaba de rabia de pies a cabeza.

Antes de que volviera a explotar, intenté explicarme.

—Un asesino intentó matarme en mi habitación, ¿recuerda? Así que usted me destinó a la Caja por seguridad.

El director volvió a dudar, atrapado entre la rabia y la confusión.

—¿Y sigues allí? —preguntó en un tono entre rabioso y confuso.

—Nadie me ha dicho aún que pudiera cambiarme —contesté.

—¡Fantástico, porque no puedes! —me espetó con petulancia—. Pero no para que estés seguro, sino porque te castigo por insubordinación. Y te quedarás en la Caja hasta que yo lo diga. Te has pasado de la raya, jovencito. De ahora en adelante, pienso encargarme personalmente de hacértelo pasar tan mal como pueda durante el tiempo que te quede aquí. —Pulsó un botón rojo de su escritorio.

Un instante después, dos agentes armados irrumpieron en la habitación, pistola en mano. Ambos parecieron sorprendidos —y después, decepcionados— al ver que solo había dos estudiantes sentados ante el director en lugar de, pongamos, unos agentes enemigos.

—Lleven al señor Ripley directo a la Caja —ordenó el director.

—Eh... —dijo uno de los agentes—. Ese botón solo debe usarse para emergencias.

—¡Esto es una emergencia! —vociferó el director—. El comportamiento de este chico ha rayado en la insumisión. Hay que darle ejemplo.

149

Volvió a mirarme.

—Recuerda lo que te digo, Ripley: lamentarás el día en que me conociste.

—Ya lo hago. —No pude evitarlo, aunque Erika no me lo hubiese pedido. No creía que pudiera meterme en más problemas aún.

A los agentes no les hizo mucha gracia la orden del director, pero como era un oficial superior, tuvieron que acatarla. Me agarraron de los brazos, me levantaron de la silla y me sacaron del despacho.

Chip Schacter caminaba justo detrás de nosotros. El director se había enfadado tanto conmigo que, evidentemente, había olvidado que nos hubiera mandado acudir a ambos para echarnos un rapapolvo.

—Ripley, puede que seas un fraude y un mentiroso, pero tienes agallas —dijo Chip.

—Gracias —contesté.

La mirada de Chip se volvió amenazante.

—Aunque será mejor que mantengas la boca cerrada sobre ya sabes qué.

Los agentes me arrastraron por otro camino antes de que pudiera contestar.

Bueno, al menos me había ganado un poquito del respeto de Chip Schacter —y, quizá, también de Erika— y para ello solo había tenido que meterme en tantos líos con el director que los años que me quedaran en la escuela de espías serían una miseria continua.

No me parecía el mejor trato del mundo, precisamente. Solo rezaba porque Erika supiera lo que se traía entre manos.

ANÁLISIS

La Caja
8 de febrero
16:00 horas

No fue hasta que me hubieron arrastrado delan-te de todo el cuerpo de estudiantes y encerrado en la Caja que finalmente se me ocurrió comprobar los mensajes de teléfono. Las cosas habían sido tan frenéticas que aún no había leído el mensaje que alertó a Chip de mi presencia en los túneles.

Era de Mike.

«Pasternak da otra fiesta mañana por la noche. ¿Quieres que pase a recogerte?»

Un mes antes, este habría sido el mejor mensaje que jamás hubiese recibido. Ahora solo resultaba un recordatorio de lo pésima que era mi vida en la Academia. Mike se había convertido en un invitado habitual en casa de Elizabeth Pasternak, mientras que yo me había pasado la tarde entre golpes... y ahora me quedaría en confinamiento durante los

151

próximos cinco años y medio. Escuela pública: 1. Escuela de espías: -1.000.

«Claro, Mike —quería responder—. Me encantaría que me recogieras. Para tu información, necesitarás un equipo de asalto y un coche para huir».

Tal como estaban las cosas, ni siquiera podía inventarme una triste excusa para no ir. La Caja tenía la cobertura wifi de una mina de carbón. Ninguna.

Quizá me hubiera sentido mejor si hubiese sabido algo de Erika, pero solo había habido silencio en el transmisor desde que salí el despacho del director. Seguía sin tener idea de por qué me había hecho enfadar al director o, ya de paso, si había localizado la bomba. Si no la había encontrado, eso significaba que ahora yo estaba encerrado en una planta subterránea con un dispositivo explosivo activo.

Si es que era un dispositivo explosivo activo, claro; no había podido echarle un buen vistazo...

Aunque aún podía hacerlo. De repente, me acordé de que había sacado una foto de la bomba cuando recibí el mensaje de Mike. Saqué rápidamente la *Guía de campo para bombas y otros dispositivos incendiarios* de Peachin y busqué la foto en mi teléfono.

Resultó que había hecho una foto fantástica... de la lente del telescopio. No tenía ninguna prueba fotográfica de la bomba.

Suspiré y me dejé caer en la cama; me sentía deprimido e inútil. Y encerrado, claro está. En algún sitio de la primera planta, Zoe y mis otros amigos debían de encontrarse celebrando su victoria en el juego del pañuelo en un salón estudiantil o bien practicando disparos en el campo de tiro. Mientras, yo estaba completamente aislado.

No podía hacer nada salvo los deberes. Abrí el libro de Forsyth, *Criptografía básica*, leí hasta que se me nubló la vista, entonces miré el reloj y vi que solo eran las cuatro y media de la tarde.

Qué lento pasaba el tiempo cuando estabas encerrado.

Me esforcé por leer otro capítulo, pero me quedé dormido unas diecisiete o dieciocho veces, y luego volví a mirar el reloj.

Todavía eran las cuatro y media de la tarde.

O el tiempo transcurría lento con avaricia cuando estabas encerrado o tenía el reloj roto.

Miré el teléfono. En efecto, eran las ocho y media de la tarde, lo que explicaba por qué tenía tanta hambre. Nadie había venido a buscarme para ir a cenar. Me pregunté si eso formaba parte del castigo o si la Administración se había olvidado de mí sin más. Había pasado bastante tiempo en la escuela de espías como para imaginar que se trataba más bien de lo segundo, lo cual empezó a preocuparme. Podía pasar la noche sin comida, pero como alguien se olvidara de que yo estaba en la Caja durante la mañana siguiente, las cosas podrían ponerse feas.

Aun así, no merecía la pena que cundiera el pánico todavía. Quizá fuera solo una mera prueba para comprobar cómo soportaba la presión. De ser así, les demostraría que era un hueso duro de roer. Para las posibles cámaras que me estuvieran viendo, disimulé como si me lo pasara en grande en mi encierro. Me tumbé en el catre y solté un alegre suspiro.

—Esto es genial —dije para cualquier micrófono que hubiese escondido por ahí—. Todo este tiempo para mí solo... es como estar de vacaciones.

Entonces miré el reloj para ver si podía evitar que me dijera eternamente que eran las cuatro y media de la tarde. Al cabo de un minuto, caí en que no tenía la más remota idea de cómo arreglar un reloj, así que hice lo único que se me ocurrió: darle un golpe.

Funcionó. El reloj comenzó a funcionar otra vez.

Solo por curiosidad, le di otro golpe. Se paró.

Lo golpeé una tercera vez. Volvió a funcionar. Lo puse en hora: las 20:31, y entonces me pregunté cómo matar las próximas tres horas hasta la hora de dormir.

Saqué el libro de Dyson, *Cómo seguir vivo*, el cual no resultaba precisamente una cura para el aburrimiento. Era increíble cómo se las apañaban los libros de texto de la escuela de espías para coger cualquier tema que en teoría fuera fascinante y convertirlo en algo tan apasionante como unas instrucciones de montaje. Intenté aprenderme las bases del combate mano a mano, que, además de interesarme, tendría que ser relevante para mi situación. Me quedé frito a los pocos minutos.

Desperté con una sensación inquietante de alguien inmovilizándome los brazos y tapándome la boca con la mano. Estaba demasiado oscuro para ver a mi atacante, pero por suerte, olía a lilas y pólvora.

—Hola, Erika —dije, aunque su mano amortiguó el saludo.

—No te iría mal leer el capítulo sobre el sueño ligero, por si alguien peligroso de verdad entra en tu cuarto la próxima vez. —Aunque las palabras de Erika eran duras, su

154

tono no era tan frío como de costumbre; era como si hubiese sonreído mientras lo decía. Mi calma en esas circunstancias la había impresionado.

Me apartó la mano de la boca y se sentó en la cama.

—Supongo que habrás desactivado los micrófonos —pregunté.

—Naturalmente —replicó Erika.

Miré el reloj: las 21:10.

—Has llegado antes de lo que esperaba —dije.

—Es la una de la madrugada, dormilón. Tienes que comprarte un reloj nuevo.

En realidad no la esperaba, pero sí tenía la esperanza de que apareciese. Estaba orgulloso de mí mismo por disimular tan bien, aunque confiaba en que no estuviera escuchando los latidos acelerados de mi corazón en medio de la oscuridad.

—¿Has encontrado la bomba?

—No.

Ahora sí me había puesto tenso, incapaz de controlar el miedo.

—¿Te refieres a que sigue ahí abajo...?

—Relájate, tío. No la he encontrado porque ya no está allí.

—¿Seguro que la bomba no te ha pasado por alto?

Oí el ceño de Erika fruncirse, si es que algo así era posible.

—Oye, que hablamos de mí. He revisado todas las plantas subterráneas del campus. Incluso las que se supone que no debo conocer. No hay ninguna bomba aquí abajo.

—La que te digo estaba detrás de unas tuberías en el primer nivel...

—A unos veinte metros de un palé lleno de leche en polvo. Lo sé. Encontré el sitio donde estaba, pero, como te acabo de decir, ha desaparecido. Solo quedaban residuos de masilla de explosivo C4. Y un tufillo al *aftershave* tóxico de Chip Schacter. ¿Por eso os estabais peleando? ¿Lo viste ahí abajo con la bomba?

—Sí. A él y a Hauser. Accedieron por una entrada secreta del cobertizo de las herramientas mientras...

—Yo cogía el pañuelo. Sí, te vi ir tras ellos.

—¿A través de una tormenta de aguanieve mientras luchabas contra un puñado de tíos?

—Se me da bien hacer varias cosas a la vez.

—Por supuesto. ¿Por qué no nos seguiste entonces?

—Porque tenía que conseguir el micrófono en miniatura para colocártelo cuando te pillaran peleándote.

Lo pensé durante un segundo.

—Querrás decir «por si te pillaban peleándote», ¿no?

—No —contestó Erika—. Pensé que había muchos números de que Chip te descubriera y quisiera darte una paliza.

Hice una mueca, avergonzado por lo mal que me lo había montado y lo predecible que había resultado.

—Así que... ¿Chip cambió la bomba de sitio después de pillarlo con las manos en la masa?

—Esa es una posibilidad, pero no la secundo.

—¿Por qué no?

—Porque Chip sacó un insuficiente bajo en su último examen final sobre desactivación de bombas. Si ese idiota hubiese intentado algo con una bomba, lo sabríamos, porque habría un enorme cráter humeante donde ahora está la escuela.

Me vino un pensamiento a la cabeza.

—Entonces... eso significa que quizás él tampoco la colocara.

—¿Pensabas que la había puesto él? —preguntó Erika en tono desdeñoso.

—Esto... bueno... sí —reconocí—. Es un capullo.

—Los capullos te cuelgan del palo de la bandera por los calzoncillos. No hacen explotar escuelas.

—¿Y cómo sabía lo de la bomba?

—Pues no lo sé. Quizá solo se la encontrara.

—¿Y no se lo contó a nadie?

—Bueno, como viste, se lo contó a Hauser.

—Pero no a alguien de la Administración. Eso es sospechoso, ¿no crees?

—Sí.

—¿Por qué no lo hizo?

Erika se encogió de hombros.

—Todavía estoy intentando averiguarlo. Aunque haya varias preguntas urgentes más.

—Por ejemplo: ¿quién puso la bomba ahí abajo si no fue Chip?

—Sí, esa misma.

—¿Crees que quienquiera que puso la bomba ahí es la misma persona que la cambió de sitio? —pregunté.

—Es posible. Luego, cuando se dieron cuenta de que Chip, Hauser y tú lo sabíais, debieron trasladarla. Pero también tengo algunas dudas sobre eso.

—¿Como cuáles?

—Pues, primero, por el lugar en que estaba la bomba. Si yo fuera un terrorista que quiere provocar daños gra-

157

ves aquí, habría colocado la bomba debajo de uno de los edificios principales. Pero, en cambio, estaba bajo el bosque, junto a una sala de almacenamiento para el comedor. De haber estallado, lo único que habría hecho sería desintegrar un par de árboles y un montón de latas de guisantes.

—Quizás el terrorista solo quería causar un pequeño problema —sugerí—. Para enviar un mensaje o algo.

—¿Qué mensaje envía al explotar un montón de latas de guisantes? —preguntó ella.

—Esto... ¿Parad de servir latas de guisantes?

—Creo que algo así se puede conseguir enviando un correo electrónico.

—No, si quieres asegurarte de que no queden más latas de guisantes que servir.

—Olvídate ya del asunto de los guisantes, Ben. No cuela.

Retrocedí y entonces se me ocurrió otra cosa.

—¿Hay cámaras de seguridad en los túneles?

—No.

—¿De verdad? Hay cámaras por todas partes en las demás plantas.

—Sí —dijo Erika—. Creo que la idea es: si tienes suficientes cámaras en la superficie, no te hacen falta debajo. A fin de cuentas, se supone que las únicas personas que saben que hay una planta subterránea aquí son los estudiantes y los profesores; en teoría, todos buenos tipos.

—Pero si uno de ellos decidiera trabajar para el enemigo...

—Sí, ya no sería tan buena idea. Bien visto. Por supuesto, también es posible que no haya cámaras aquí abajo porque son caras y existen alrededor de diez kilómetros de túneles

158

que tendrían que cablear. En cualquier caso, sea cual sea la razón, no hay cámaras. Por lo tanto, no existen imágenes de nadie colocando o sacando la bomba.

—¿Deberíamos contárselo a la Administración?

—¿El qué? ¿Que antes había una bomba aquí abajo, pero ahora ya no está? No se lo iban a creer.

—Pero has dicho que había residuos.

—Sí. Los había. Los recogí. —Erika sujetaba una bolsa con las pruebas. Dentro había restos de masilla amarilla.

La miré con recelo, consciente de que esa pequeña cantidad de explosivo bastaba para vaporizarnos.

—Entonces, ¿qué hacemos ahora?

—¿No está claro? —preguntó Erika—. Es hora de piratear el ordenador central.

INFILTRACIÓN

Oficina del director
9 de febrero
03:00 horas

A lo largo de los veintiún kilómetros de túneles por debajo del campus, solo había un lugar que tuviera cámaras de seguridad: el pasillo justo afuera de la Caja. Por si a algún prisionero o estudiante encarcelado ahí le daba por escapar.

Sin embargo, Erika ya se había ocupado de ellas, lo que había sido relativamente fácil. Las pirateó todas y cada una, y luego congeló la imagen que transmitían. Un plano fijo de un pasillo vacío era exactamente igual que lo que se ve en la transmisión en directo de un pasillo vacío.

—Eso es lo que hizo el asesino con todas las cámaras cuando te visitó —me explicó ella.

—No parece muy difícil dejarlas fuera de servicio —dije.

—No lo es. Pero sí tienes que saber dónde están todas. Algo que no sabría el típico chico malo que se infiltra en la

160

escuela, a no ser que alguien del centro se lo hubiese dicho primero.

Erika conocía la ubicación de todas las cámaras del campus. De las 1.672. Tuvimos que piratear sesenta y tres para pasar por el Edificio Hale y llegar hasta el despacho del director, y luego zigzaguear también un poco y realizar contorsiones varias para evitar otras cincuenta y ocho. Aunque íbamos a buen ritmo, tardamos más de una hora en llegar, tiempo durante el cual Erika me obligó a estar totalmente callado.

Un teclado automatizado nuevo había reemplazado al que chamusqué durante mis pruebas ECSE con la pistola táser; sin embargo, Erika se sabía el código de entrada.

Era 12345678.

—Al director no se le da muy bien memorizar códigos —dijo cuando ya estábamos dentro después de inutilizar las cámaras del interior del despacho—. También es un idiota.

—¿No será ese el mismo código para acceder al servidor? —sugerí.

—Por desgracia, no, ya lo he probado. La misma CIA controla el servidor, no el colegio. Y son un poco más cuidadosos que el director. Como sabes, hay una contraseña rotatoria de dieciséis caracteres.

—Sí, pero sigo sin saber qué significa.

Erika resopló.

—¿Aún no has leído *Fundamentos de la criptografía?*

—Lo he intentado, pero ese libro es tedioso. Leerlo es como inhalar cloroformo.

—Dice el que nunca ha respirado cloroformo —se quejó Erika—. Una contraseña rotatoria de dieciséis ca-

161

racteres es un código de entrada a base de caracteres elegidos por el servidor principal de la CIA todos los días y de forma aleatoria. Es imposible de descifrar. El código se manda por correo electrónico a la cuenta segura de cada uno el día anterior, así que la única forma de conocer el código es teniendo primero acceso al servidor. Así que, en teoría, cada día debes aprenderte el código de memoria.

—Pero el director no lo hace —dije.

Erika me premió con una de sus escasas sonrisas.

—Exacto. Es que recordarlos requiere mucha capacidad intelectual.

—¿Estás segura de eso?

—Es más bien una deducción bien fundamentada. El director tiene suerte de recordar qué pie tiene que poner primero para andar. Bueno, pues aquí es donde entras tú. Piensa en esta tarde. ¿Qué ha hecho el director antes de meterse en el servidor?

De repente, caí en la cuenta.

—Ah, ¿por eso querías que lo insultara? ¿Para que iniciara sesión y mandase un correo a todo el mundo?

—Exacto.

—¿Y no había otra forma de hacerlo que no pasara por mosquearlo?

—Puede, pero esto ha funcionado. Así que dime: ¿qué ha pasado ahí dentro?

Me esforcé al máximo para reconstruir lo que había pasado aquella la tarde.

—Me amenazó con enviarme a la celda de aislamiento.

—¿Y después?

—Me has dicho que tenía que insistir y eso he hecho. Después se ha ido al ordenador, pero se ha quedado en blanco al principio.

—Porque no recordaba su código de acceso. Perfecto. —Erika se me acercó con la mirada llena de emoción—. Y después, ¿qué ha hecho?

Ahora era yo el que me había quedado en blanco. Tenía unos ojos preciosos y le olía el aliento a Trident de canela. No quería decepcionarla así que, por supuesto, mi cerebro tuvo que bloquearse del todo. Me esforcé por recordar lo que había pasado, pero parecía que cuanto más lo intentaba, más borroso se volvía todo.

—Perdona. No me acuerdo.

Erika se acercó aún más, hasta que estuvo a escasos centímetros de mí, mirándome directamente a los ojos.

—Si me lo dices, te doy un abrazo.

—Abrió el diccionario —dije inmediatamente. Fue algo automático. Algo en mi cerebro de reptil se activó, desesperado por tener contacto con ella.

Erika sonrió, contenta consigo misma.

—Ese es mi chico. —Pero en lugar de darme mi recompensa, se dirigió a la estantería y cogió el diccionario.

—Esto... —dije—. ¿No has dicho que me ibas a dar un abrazo?

—Sí, pero no cuándo.

—Ah. Pensé que iba a ser ahora.

—Un error por tu parte. Tienes que aprender a negociar. —Erika abrió el diccionario sobre la mesa y encontró lo que estaba buscando dentro de la portada—. ¡Ah! ¡Aquí está!

Había una ficha de siete por doce centímetros pegada ahí. Había otros treinta y dos códigos de entrada, de dieciséis caracteres, escritos y tachados. La tarjeta estaba casi llena. Cuando lo estuviera, el director seguramente la rompería y pegaría una nueva en la portada; había muchos restos de cinta adhesiva que indicaban que esta tarjeta era una de las cientos que se habían pegado a lo largo de los años.

El último código de entrada era: h$Kp8*&cc:Qw@m?x.

Erika reinició el ordenador del director, abrió la página inicial del servidor e introdujo el código.

«Acceso al servidor concedido», nos dijo el ordenador.

—¡Estamos dentro! —presumió Erika.

Sonreía de oreja a oreja; estaba en su salsa. Parecía que se hubiera olvidado de mí mientras sus dedos danzaban por el teclado. Darle acceso a los archivos secretos de la CIA era como darle a un niño las llaves de Disneyland. De vez en cuando, se detenía, decía «¡Vaya!» o «¡Qué interesante!» y, luego, de vuelta a buscar archivos otra vez.

Intenté ver lo que estaba haciendo por encima de su hombro, pero las páginas pasaban volando demasiado rápido, una cada pocos segundos. A lo mejor, las estaba leyendo a velocidad ultrarrápida; puede que solo leyera por encima las primeras frases y luego siguiera adelante. No había tiempo para preguntarle.

Por fin, Erika soltó una carcajada triunfal. Encontró lo que había estado buscando.

—Aquí está, Ben. Todos los que recibieron una copia física de tu expediente. Mira a ver si te suena alguien.

Imprimió la página y me la entregó. Había trece nombres.

El primero era del director de la CIA.

Los cinco siguientes eran nombres que no reconocía: Percy Thigpen, Eustace McCrae, Robert Friggoletto, Eleanor Haskett, Xavier González.

—¿Quién es esta gente? —pregunté.

—Espías de alto rango de la CIA. Los que aprobaron tu reclutamiento. —Erika volvió al ordenador de nuevo y empezó a escribir—. Todos son bastante discretos, no esperaba que los conocieras. Pero, bueno, no pasaba nada por preguntar.

El siguiente nombre de la lista era Alexander Hale.

El que vino a continuación me hizo gracia.

—¿Quién narices se llama Barnabus Nalgudo?

—Estás en su despacho —contestó Erika.

—¿El director se llama Barnabus Nalgudo?

—Sí.

—Ya veo por qué prefiere mantenerlo en secreto.

Me pareció escuchar a Erika reír, aunque, cuando la miré, se estaba limpiando la nariz. O, al menos, hacía como si se la limpiara para que no pensase que la había hecho reír.

Volví a centrarme en la lista. Los próximos cuatro nombres eran profesores de la escuela de espionaje. Sabía un poco de todos ellos; Murray, Zoe y Warren me habían puesto al día sobre los miembros del claustro para que supiera qué clases escoger y cuáles evitar como la peste.

Joseph Crouch era profesor de criptografía, el único de los cuatro con el que había tenido clase de momento; había venido un día a sustituir al profesor de criptografía habitual por tener la gripe. (O, al menos, desde el colegio afirmaron que tenía la gripe. Zoe sospechaba que lo habían llamado

165

para una misión secreta.) Crouch era un anciano ya, aunque no había perdido la chaveta y podía impartir unas clases fascinantes. Sin embargo, era tan listo que a veces resultaba tremendamente difícil seguirlo.

—¿Fue Crouch quien mintió sobre mis «habilidades criptográficas»? —pregunté.

—Me imagino que sí. —Erika estaba tan centrada en lo que fuese que estuviera escribiendo en el ordenador que ni siquiera me miró.

Kieran Murphy enseñaba las complejidades de pasarse varios años de encubierto. Su clase era tan avanzada que estaba reservada solo para los alumnos de sexto y algún que otro alumno aventajado de quinto. El profesor Murphy era uno de los mejores agentes infiltrados que hubiera tenido jamás la CIA. Había participado en varias misiones supersecretas que se prolongaron durante años, aunque se decía que lo había hecho tan bien, a la hora de hacerse pasar por un agente de fiar en una célula terrorista, que el líder de dicha célula le había pedido que fuera el padrino en su boda.

Harlan Kelly nos enseñaba a ir de incógnito. Creo que solo lo he visto un par de veces, pero no estoy seguro. Nadie sabe cuántas veces lo ha visto en realidad, porque tiene la costumbre de presentarse cada día como una persona completamente distinta. Y no siempre bajo la figura de un hombre. Murray me dijo que, en una ocasión, el director estuvo dándole palique a una profesora durante media hora hasta que se dio cuenta de que era Harlan.

Lydia Greenwald-Smith enseñaba contraespionaje. Era una buena profesora, pero no se sabe nada más de ella. En clase solo hablaba de la materia que cursaba, y mantenía su vida privada lo más alejada posible de la Academia. Según mis amigos, había organismos microscópicos con más personalidad que ella.

El último nombre de la lista fue el que más me sorprendió. Tina Cuevo.

—Tina está en la lista —dije.

—Sí, lo he visto. —Erika seguía sin levantar la mirada de lo que escribía. Sus dedos volaban frenéticamente por el teclado como si estuviera redactando un manifiesto.

—¿No te parece extraño? —le pregunté.

—¿Por qué?

—Es la única alumna.

—Sí, pero también iba a ser tu consejera hasta que te trasladaron a la Caja. Como eras el blanco de agentes enemigos, tiene sentido que se lo notificaran para que pudiese supervisar mejor tu seguridad.

Volví a recordar la primera vez que vi a Tina la noche en la que entró aquel asesino en mi habitación. Llevaba una pistola en el bolsillo del pijama y reaccionó rápidamente cuando le dije que había un asesino en el pasillo. No se lo pensó dos veces y fue a ocuparse de la situación. En retrospectiva, ahora me encaja si ya sabía que yo era el cebo para el topo. Pero...

—Puede que merezca la pena investigarla —dije—. Chip fue uno de los primeros en saber lo de mis habilidades criptográficas.

—No, fue uno de los primeros en reconocer que sabía lo de tus habilidades criptográficas.

—Aun así, es un alumno. ¿Qué resulta más probable: que obtuviese la información por Tina o por uno de sus profesores?

—No me imagino a Tina dándole información clasificada a Chip —dijo ella—. Es la tercera de la clase. Cualquiera no puede ser consejero en la residencia.

—Entonces, puede que Chip se colara en su habitación.

—Tina no es tan tonta como para dejar un archivo secreto donde un patán como Chip pudiera encontrarlo.

—Bueno, pues alguien tuvo que hacerlo. Y dudo que sea el jefe de la CIA.

Erika apartó la mirada del ordenador.

—Tan solo porque alguien haya ascendido a una posición de poder no significa que no la cague de vez en cuando. Cualquiera de esos profesores podría haber filtrado tu información. Con la probable excepción de Kieran Murphy. No duras mucho como agente secreto si sueles meter la pata.

—Pero fue él quien pasó más tiempo con el enemigo. A lo mejor, alguien le cambió.

Erika frunció el ceño al pensar en eso, pero no me lo negó.

—Siempre hay tiempo para repasar los nombres de esa lista. Pero si la segunda fase de nuestro plan funciona, no tendremos ni que investigarlos. El enemigo vendrá directamente a nosotros.

Erika terminó de escribir haciendo una floritura, después pulsó la tecla «Intro» y el ordenador zumbó.

De repente, me empecé a preocupar.

—Estooo... ¿Cuál es la segunda fase?

—El correo que acabo de mandar. Aunque he usado la cuenta del director para que se piensen que ha sido él quien lo ha enviado.

—¿A quién?

—A un grupo selecto de destinatarios, pero sin limitarnos a tu lista de doce personas.

Todo el afecto que había sentido hasta entonces por Erika comenzaba a evaporarse.

—Erika, ¿qué has hecho?

—¿Yo? —preguntó con timidez—. No he hecho nada. Has sido tú. De hecho, has desarrollado algo más importante que Molinete. Enhorabuena.

—No tiene gracia.

Erika borró el historial de búsqueda y cerró la sesión del servidor.

—Molinete iba a ser solo un avance en el cifrado de mensajes —explicó—. Muy chulo y tal, sí, pero ahora la Administración sabe que tienes algo aún más importante entre manos: la Taladradora. El descodificador definitivo capaz de demoler cualquier encriptación. Un cambio total en las reglas del juego. La Administración te ha organizado una presentación supersecreta sobre ella para mañana por la noche. Hasta entonces, te han puesto en confinamiento para protegerte.

Me estremecí viendo adónde iba a parar esto.

—Porque si se corre la voz, cualquiera que quiera la Taladradora vendrá a por mí.

—Exactamente. —Erika apagó el ordenador y comenzó a eliminar cualquier prueba que indicase que habíamos estado ahí. Me daba rabia ver lo tranquila que estaba tras poner mi vida en peligro a propósito.

—¡Me has convertido en un cebo! —exclamé.

—Ya lo eras —me dijo.

—Bueno, en un cebo más grande —dije—. Un cebo para tiburones. Sabes que esto se va a filtrar de nuevo.

169

—Pues claro que se filtrará. El topo no se podrá resistir. Pero no te asustes. He pedido un refuerzo de tu seguridad a la central de la CIA. Y lo cumplirán.

—¡Eso si el enemigo no encuentra una forma de pillarnos a todos con el culo al aire otra vez!

Erika se sacó un paquete de toallitas antisépticas del bolsillo y empezó a limpiar las huellas dactilares de la mesa del director.

—Mira, podemos jugar a este juego de dos formas. Puedes quedarte sentado, esperando a que vengan los malos a por ti cuando quieran; o puedes hacerles venir cuando a ti te convenga. Yo elegiría la segunda opción, así estamos preparados para cuando vengan.

Lo medité un minuto. Por mucho que odiara admitirlo, el argumento de Erika era muy lógico. Pero seguía enfadado.

—Al menos, me podrías haber dicho que ibas a hacer esto.

—Es lo que acabo de hacer.

—Me refería a antes de hacerlo.

—Si te sirve de consuelo, también he cancelado tu libertad provisional —dijo—. Que los demás sepan, esa orden viene directamente del director. Y que sepa el director, bueno... ya se le habrá olvidado que te ha puesto en libertad condicional para empezar. Si quieres, puedes salir ya de la Caja y volver a una habitación de verdad.

Mi enfado empezó a disiparse, aunque no estaba listo para enamorarme de ella otra vez. Me estaba utilizando al igual que la Administración, poniéndome en peligro para avanzar en sus propios planes.

—Yo creo que es mejor que me quede otra noche ahí —dije—. Al menos hasta que la CIA llegue mañana.

170

—Es lo más sensato, sí. —Erika le echó un último vistazo al despacho del director; determinó que estaba igual que cuando entramos y me dirigió hacia la puerta.

—¿Qué pasa si el enemigo sospecha que es una treta?

—Es lo más seguro. Aun así, no pueden descartarlo del todo.

—Es decir, que vendrán a por mí pase lo que pase.

—Sí, eso es. —Erika esbozó la sonrisa más grande que le había visto jamás—. ¿A que es emocionante?

PRUEBAS

La cantina
9 de febrero
13:10 horas

—Tengo un consejo para ti —me dijo Murray al día siguiente en la comida—. Huye.

—¿Que huya? —repetí—. ¿Adónde?

—A cualquier parte. De vuelta a casa. Al Lincoln Memorial. A Las Vegas. Da igual, con tal de que salgas de aquí, porque, si te quedas, morirás. —Murray le dio un mordisco a un bocadillo de mantequilla de cacahuete y mermelada de varios pisos que se había preparado. No era mala idea, dado que ese día servían bocadillos de carne picada en el comedor.

—No puede huir —dijo Zoe—. Eso lo pondría en un peligro mayor. Mirad toda esta seguridad. —Señaló el comedor con la mano.

—Sí —intervino Warren—. Este sitio está más vigilado que Fort Knox.

De hecho, había un buen puñado de agentes de la CIA en la sala, todos ellos para protegerme. Algunos estaban apostados junto a las puertas de la sala, en guardia, mientras otros estaban más escondidos, fingiendo ser profesores visitantes. Todos sabían que estaban ahí para protegerme; la Academia no habría permitido que profesores visitantes comieran en el comedor por miedo a que fueran envenenados.

La estratagema de Erika había funcionado a la perfección. Todos los agentes de la CIA a los que había mandado el correo sobre la Taladradora habían mordido el anzuelo, con el gancho, el sedal y el peso de plomo incluidos; lo que era un poco inquietante dado que muchos de ellos eran los mejores espías del país. Creyeron que el mensaje lo había enviado el director; al fin y al cabo, su cuenta estaba en el servidor y se suponía que este era impenetrable. Así que también se creyeron que existía la Taladradora y esta se tenía que proteger a toda costa. Organizaron el dispositivo de seguridad en un pispás. Me despertaron con un golpe en la puerta de la celda a las seis de la mañana. Era Alexander Hale, a quien habían retirado de otra misión (clasificada, por supuesto) para supervisar esta operación a cambio. Había venido tan rápidamente que aún llevaba puesto un *dashiki*.

Por desgracia, la historia se había extendido más rápido de lo que Erika había predicho. El departamento de seguridad informática de la Academia tenía, de hecho, más filtraciones que el *Titanic*. No les había dicho nada a mis amigos sobre la Taladradora, pero lo habían averiguado igualmente. Todo el colegio lo sabía. Todos lo sabían todo antes del

173

desayuno: que yo había inventado el mejor decodificador, que lo iba a presentar a la Administración de la Academia aquella misma tarde... y que tenía una diana en la espalda.

Alexander no estaba en el comedor en ese momento. Estaba fuera, revisando a su tropa, apostada alrededor de todo el perímetro del centro y también en varios puntos de importancia táctica del campus. Me informó de que había un total de cincuenta y dos agentes de la CIA trabajando ese día, encargados exclusivamente de mantenerme a salvo.

También estaba Erika, quien había quedado en un segundo plano, pero que no me había perdido de vista en todo el día. (Ni cuando tenía que ir al baño, algo que me resultaba incómodo.) En aquel momento estaba a dos mesas de mí, en teoría leyendo la *Guía del usuario para la artillería del sudeste asiático* de Driscoll mientras comía una ensalada, pero sabía que estaba más al tanto de lo que pasara en la sala de lo normal. Erika no había montado lo de la Taladradora para dejar que participara la CIA y la eclipsara; tenía la intención de estar en el meollo de la cuestión.

Habíamos pasado la mañana intentando rastrear la fuente de la filtración sin éxito. El topo había eliminado muy bien sus huellas. Nuestra investigación era un bucle infinito: todos señalaban a otros hasta que volvíamos a descubrirnos en el punto de partida.

—Zoe tiene razón —dije—. Si abandono este sitio, seré una presa fácil.

—Y si te quedas, estás muerto. —Murray tenía un trozo tan grande de bocadillo embutido en la boca que parecía una ardilla acumulando nueces—. Considera esto: ¿qué pa-

174

sará después de que hagas tu pequeña presentación esta noche? Cuando cuentes los detalles sobre la Taladradora, serás un objetivo aún mayor. Y para siempre. ¿Crees que la CIA montará este circo por ti todos los días, durante el resto de tu vida?

Tragué un bocado de mi bocadillo de carne picada, preocupado. No lo había pensado.

—Pero huir no soluciona nada —dije—. Nuestros enemigos seguirán queriendo la Taladradora, dé la información o no.

—Bueno, no sería huir y ya —explicó Murray—. Primero tienes que montar una campaña de desinformación. Difundir que no inventaste la Taladradora. Que era una treta para escampar a nuestros enemigos. De hecho, ni siquiera eres un criptogenio. Más bien un cabeza de turco traído por la CIA como cebo.

—Sí, claro —se mofó Zoe—. Como si alguien se lo fuese a creer.

—Sí —dijo Warren, como hacía con cualquier cosa que decía Zoe—. Es absurdo.

Era el indicador perfecto de cuán complicada se había vuelto mi vida: decir la verdad sobre mí se consideraría ahora una campaña de desinformación que nadie iba a tragarse de todas formas.

—El genio ha salido de la lámpara —dije—. Y ya no hay forma de volver a meterlo. La única forma de estar a salvo es que la CIA pille cuanto antes a quien vaya a por mí.

—Ben tiene razón —le dijo Zoe a Murray.

—Zoe tiene razón al decir que Ben tiene razón —confirmó Warren.

175

—No necesariamente. —Murray se giró hacia mí—. Supón que alguien intenta eliminarte hoy y que la agencia lo pilla. Puede que no sea el cerebro de la operación, sino un pobre idiota que se vio envuelto en una misión patética. O hasta puede que sea un asesino autónomo que no sabe quién lo ha contratado. Sí, es una pista, pero la CIA podría tardar años en averiguar a quién conduce. Y esa es solo una organización enemiga. Me apuesto lo que sea a que hay muchas más a las que les gustaría hacerse con la Taladradora. ¿Crees que atacarán todos hoy? ¿Crees que la CIA los pillará a todos?

Tragué saliva. Tampoco había pensado en eso. Eché un vistazo a Erika, que seguía enfrascada en su libro. ¿Había pensado ella en todo esto? Me parecía extraño que no se lo hubiese planteado. Erika pensaba en todo, lo que significaba que me había puesto en un gran peligro por su propio beneficio.

Hasta Zoe parecía preocupada, aunque intentara mostrar algo de positivismo. Me dio una palmadita en la rodilla, supuestamente para tranquilizarme, y me dijo:

—El Tapaderas podrá encargarse de esto. Recuerda que no es solo un cerebrito. Es una supermáquina de guerra.

—Pues a mí me abandonó ayer en mitad de la guerra —se quejó Warren.

Zoe frunció el ceño.

—Para empezar, la cagaste con tu sincronización y atacaste demasiado pronto. Segundo, estaba en una misión siguiendo a Chip. Y por último, no te abandonó; se fue cuando supo que la Reina del Hielo tenía las cosas bajo control.

Warren hizo un mohín, aunque tengo que reconocer que yo también me hubiese enfadado de estar en su lugar. Lo

176

bombardearon con tantas bolas de pintura que, tras pasarse una hora en la ducha, seguía teniendo la piel teñida de azul claro.

—Me da igual lo bueno que sea Ben—dijo Murray—. Ni siquiera Alexander Hale podría aguantar todo lo que se le viene encima. —Se metió otro medio bocadillo en la boca.

—Pero ¿qué haces con toda esa mantequilla de cacahuete, Desastre? —preguntó Zoe—. Se te va a disparar el colesterol.

—Eso espero —contestó—. Tengo una prueba física para evaluar si estoy listo para la actividad de campo la semana que viene. A propósito, voy a por tarta. ¿Alguien quiere?

—Yo quiero un trozo —dije—. Con helado.

Si alguien iba a intentar matarme ese día, consideré que, como mínimo, merecía el postre.

—Hecho. —Murray se marchó a la cola.

Warren se quedó inmóvil de repente; miraba detrás de mí.

—Ahora entiendo por qué Murray se ha ido tan deprisa...

Me di la vuelta y vi a Chip Schacter, Greg Hauser y a Kirsten Stubbs: venían directos hacia mí.

Casi todo el comedor se puso alerta. Unas cien cabezas se giraron hacia mí. Todos se pusieron tensos; dispuestos a presenciar otra pelea.

Sin embargo, me sentía extrañamente tranquilo enfrentándome a Chip. Tal vez por haber doce agentes especiales de la CIA cuya tarea consistía en protegerme. Si Chip se atrevía a pellizcarme siquiera, le darían una buena paliza.

Chip cogió la silla de Warren, aunque Warren estuviera sentado en ella. Simplemente la echó hacia delante y tiró a Warren al suelo, para luego sentarse frente a mí.

177

—Pensé que estabas en libertad condicional —dijo—. ¿Qué estás haciendo aquí fuera?

Me encogí de hombros.

—El director ha cambiado de opinión.

—¿Y eso? —preguntó Chip—. ¿Es por esta cosa de la Ametralladora?

—La Taladradora —le corregí, preguntándome si quedaría alguien que aún no lo supiera, dado que en teoría era secreto—. A lo mejor. No sé por qué el director hace lo que hace.

—No es el único difícil de descifrar —dijo Chip—. Viendo cómo le apretabas las tuercas ayer, daba la sensación de que querías el castigo. Y hoy parece como si no hubiera pasado nada.

—¿Le apretaste las tuercas al director? —me preguntó Zoe con los ojos más abiertos de lo normal.

—¿No te lo ha dicho? —preguntó Chip—. Ripley cabreó tanto al director que pensé que le iba a dar un enfisema.

—Un aneurisma —lo corregí.

Zoe estaba boquiabierta.

—¿Estás loco? ¿Por qué lo hiciste?

—Pues eso me pregunto yo —dijo Chip mirándome fijamente—. ¿Por qué lo hiciste?

Intenté restarle importancia con sutileza.

—Lo estaba pidiendo a gritos. ¿Nunca os han entrado ganas de decirle lo que pensáis de él?

—Claro —dijo Zoe—, pero no tantas como para arriesgarme a una expulsión.

—Bueno, quizás ese sea el asunto —dijo Chip—. A lo mejor, Ripley sabe que no lo pueden expulsar del colegio.

178

La afirmación quedó flotando en el aire un momento. Zoe y Warren me miraron fijamente, por una parte preguntándose si era verdad y, por otra, sorprendidos de que fuera precisamente Chip quien lo hubiese averiguado.

—¿Es esto verdad? —me preguntó Warren con una mirada de recelo.

—Eso, Ripley, ¿qué te traes entre manos? —dijo Chip, aunque había un deje burlón en su voz, como si ya supiese la respuesta.

—Puede que tenga cierta inmunidad por la Taladradora —mentí.

—¡Claro! —dijo Zoe—. No eres un mero genio codificador. ¡Eres el genio codificador! ¡No te pueden expulsar, pase lo que pase!

—Puede que sí, puede que no —dijo Chip intencionadamente. Se levantó, me puso una mano en el hombro y me susurró al oído—: Te vigilo, Ripley. Pensé que debías saberlo.

Después, se fue con sus secuaces a la cola de la comida. Chip no miró atrás, pero me di cuenta de que Hauser no me quitó los ojos de encima en todo el rato.

Vi que me temblaban las manos. La conversación con Chip me había dejado inquieto y tenía mil preguntas. ¿Cuánto sabía de mí? ¿Conocía toda la verdad? Y si era así, ¿eso lo convertía en el topo? ¿O lo había averiguado de otra forma? ¿O tal vez solo pensara que sabía la verdad? En ese caso, no se trataría del topo, sino del cabeza de chorlito que ya sabíamos que era. ¿Y qué tenía que ver todo esto con la bomba que hubo debajo de la Academia?

—¿A qué ha venido eso? —Murray se sentó de nuevo a mi lado y me pasó un trozo grande de tarta de plátano con

179

una bola de helado. Supuse que había esperado a que Chip se fuera para volver. Él se había cogido dos trozos de tarta y tres bolas de helado con una montaña de nata por encima: lo mejor para dispararle el colesterol.

—Mi dosis diaria de intimidación a cargo de Chip Schacter —dije.

—No sé yo —rebatió Zoe—. Esto ha sido diferente. Chip parecía... A ver, suena raro, pero... parecía como si ahora le cayeras bien.

—¿Tú crees? —Murray arqueó tanto las cejas que desaparecieron bajo su pelo—. ¿Qué has hecho, quitarle una astilla de la zarpa?

—Ayer insultó al director —dijo Zoe.

Murray levantó las cejas muchísimo más.

—¿En serio? Mira que intento ser el peor espía del campus, pero ni siquiera yo haría eso. ¿Estás loco?

—Eso mismo he dicho yo —le dijo Zoe.

—A lo mejor está loco de verdad —susurró Warren pensando que lo decía lo bastante bajo para que yo no lo oyera.

No contesté a eso. Otra cosa me había llamado la atención. Tenía algo en el bolsillo de mi chaqueta que no estaba ahí unos minutos antes. No tenía claro cómo podía saberlo con certeza —ya que la chaqueta colgaba del respaldo de la silla—, pero me daba la sensación de que algo había cambiado, como si se hubiera producido un cambio mínimo en su peso. A lo mejor, mis dotes de espía comenzaban a surtir efecto, pensé, y ahora gozaba de mayor sensibilidad hacia cuanto había a mi alrededor.

Sin tratar de llamar la atención, metí la mano en el bolsillo. Y sí, había un papel doblado debajo del móvil.

—Chip se ha dado cuenta de que el director no puede deshacerse de Ben —decía Zoe—. Ahora que ha inventado la Taladradora, es demasiado importante.

—Dios mío, Chip tiene razón —Murray estaba impresionado—. No había pensado en eso. ¡Ben, eres invencible! ¡Tienes que aprovecharte de ello! Si no te pueden expulsar, no tienes por qué hacer los deberes. ¡No tienes ni que asistir a clase! ¡Podrías llenar el coche del director con espuma de afeitar y no te podría hacer nada!

—Sí podría —saltó Zoe—. Que la Administración no pueda expulsar a Ben no significa que no pueda castigarlo.

—Es verdad —reconoció Warren.

Aprovechando que estaban distraídos, pasé el papel por debajo de la mesa y lo desdoblé.

«Nos vemos en la *bivlioteca* esta noche. A medianoche. Tu vida depende de ello».

No estaba firmado, pero estaba casi seguro de que era de Chip. Primero, porque parecía que lo había escrito un simio y «biblioteca» estaba mal escrito. Además, estaba casi absolutamente convencido de que ese papel no estaba en mi bolsillo antes de sentarme a comer... y Chip había tenido la ocasión perfecta para meterlo cuando me susurró al oído.

Ahora me planteaba otras preguntas. ¿Qué podría contarme Chip sobre algo de lo que dependiera mi vida? Si él era el topo, ¿por qué me abordaba de ese modo? Si no lo era, ¿qué sabía? Ahora que lo pensaba, la nota podía interpretarse de dos formas: tenía que quedar con Chip para hablar de algo de lo que dependía mi vida... o me estaba amenazando con matarme si no quedaba con él.

181

Eso si la nota era de Chip. Caí en la cuenta de que Hauser y Stubbs también tuvieron la oportunidad de meterme algo en el bolsillo; los dos habían estado acechando por detrás mientras hablaba con Chip. Y a ambos los creía capaces de escribir mal «biblioteca». A lo mejor, uno de ellos quería hablar conmigo sin que Chip lo supiera. O tal vez tenderme una trampa en la biblioteca.

O quizá me equivocara y alguien me había puesto la nota en el bolsillo antes de comer. De ser así, podría haberla escrito prácticamente cualquiera del colegio.

«¿Por qué no han firmado la maldita nota? —me preguntaba—. ¿Tanto le costaría a ese alguien de la escuela mostrarse menos críptico por una vez?».

Por desgracia, sabía que la respuesta a esa pregunta era que probablemente sí.

Vi que, en la mesa, la conversación seguía su curso. La había estado silenciando mientras pensaba en la nota, pero ahora volvía a un primer plano. Murray, Zoe y Warren hablaban de Chip.

—Ni de coña le cae bien Ben —dijo Murray—. Y aunque pareciese que le cae bien, Chip siempre tiene un motivo oculto.

—No estabas aquí —dijo Zoe—. Te habías escondido en la cola del postre hasta que has visto que podías volver y ponerte a salvo. Yo estaba aquí mismo y te digo que Chip parecía distinto. Como si intentara hacerse el simpático.

—Pues a mí no me ha parecido tan simpático —respondió Warren.

—Bueno, eso es porque no tendrá mucha práctica —contestó Zoe—. Creo que quería acercarse a nuestro amigo Tapaderas. Ha sido algo bonito; raro pero bonito.

—Ay, no —dijo Warren, sorprendido—. Te gusta, ¿a que sí?

Zoe se echó para atrás, ofendida.

—¿Qué?

—Que él te mola —dijo Warren con amargura—. Eres como las demás. Sabes que es un capullo, pero como es guapo, en el fondo deseas que sea un buen chico.

—Y en el fondo, tú eres idiota —le espetó Zoe—. No me gusta Chip.

—Bueno, pues si te gusta, ya te puedes ir olvidando —dijo Murray—, porque Tina y él están juntos.

Me enderecé, incapaz de controlar mi asombro, aunque Zoe y Warren tampoco lo hicieran.

—¿Que están juntos? —preguntamos todos a la vez.

—¿No lo sabíais? —respondió Murray—. Pues menudos espías estáis hechos.

—Mejor que tú —saltó Zoe—.Y tú, ¿cómo sabes eso?

—Me doy cuenta de las cosas. —Murray se metió media bola de helado en la boca—. Quieren mantenerlo en secreto, claro, pero los he visto comiéndose la cara algunas veces.

La cabeza me echaba humo. Si Chip y Tina estaban juntos —y Tina era la única estudiante con una copia física de mi expediente en su poder—, a Chip le habría resultado relativamente fácil ponerle las manos encima. Eso explicaba por qué fue el primero en presentarse en mi cuarto y por qué sabía lo de mis habilidades criptográficas secretas antes que yo mismo. Erika, por su parte, había informado a Tina sobre la Taladradora, lo que explicaba por qué Chip

183

había dicho que me vigilaba. Y ahora me había dejado una nota en el bolsillo diciendo que quería quedar en secreto...

Se lo tenía que decir a Erika. No me podía creer que no supiera lo de Chip y Tina, aunque, a decir verdad, si había algo que la Reina del Hielo no controlaba eran las relaciones interpersonales.

—Tengo que irme —dije levantándome de la mesa.

—¿Ahora mismo? —preguntó Murray—. ¡Si ni has probado la tarta!

—Ya no tengo hambre —dije.

—¿Me la puedo comer yo? —preguntó Murray.

—Claro. —Cogí la chaqueta y me dirigí al otro lado de la sala, hacia Erika.

Notó que me acercaba antes incluso de haber dado tres pasos. Me miró, en guardia, y me pregunté si estaría rompiendo algún tipo de protocolo por acercarme a ella en público.

Pero entonces me di cuenta de que no solo me miraba a mí. Estaba analizando, al mismo tiempo, toda la sala a mi alrededor.

Los agentes de la CIA situados alrededor del comedor se mantenían alerta. Los dos más próximos a mí se acercaron corriendo. Uno me interrumpió antes de llegar junto a Erika. La otra me agarró por detrás, me cogió el brazo y me dirigió hacia la puerta.

—Tienes que venir con nosotros —dijo—. Ahora.

—¿Por qué? —Intenté ocultar la preocupación en mi voz.

Alexander Hale irrumpió en el comedor por delante de nosotros. Un murmullo de emoción recorrió la sala, como si hubiese entrado una estrella de cine. Alexander pareció

184

no darse cuenta. Por el contrario, parecía aliviado de verme a salvo.

—Han cancelado tu presentación sobre la Taladradora —me informó—. Acabamos de recibir información. Tenemos que llevarte a un lugar seguro ahora mismo.

—¿Más seguro que un campus rodeado de agentes de la CIA? —pregunté.

—Sí —contestó Alexander—. El enemigo viene a por ti.

SEGURIDAD

Sala de seguridad
9 de febrero
13:30 horas

Alexander Hale me llevó directamente a la sala de seguridad, el centro de mando de toda la Academia.

Era un gran búnker escondido en el laberinto de túneles debajo del campus. Alexander insistió en que era el lugar más seguro en treinta kilómetros a la redonda, aunque imaginé que exageraba, puesto que la Casa Blanca y el Pentágono estaban a menos de dieciséis kilómetros.

Aun así, era impresionante desde fuera. Dos agentes de la CIA equipados con armas de asalto flanqueaban una gruesa puerta de acero con un sistema de acceso muy sofisticado.

Alexander tecleó un código, el sistema le escaneó la palma y la retina, y luego pronunció la frase «Mi perro tiene pulgas» en un micrófono que analizó su voz.

—Acceso concedido —respondió una voz femenina y sensual.

Pero la puerta no se movió.

Alexander la golpeó, enfadado.

—¡Abrid! —gritó—. ¡La maldita puerta de seguridad no funciona, otra vez!

Sonó un clic y un agente avergonzado abrió la puerta desde dentro.

—Estos sistemas de acceso tan tecnológicos son una basura —murmuró Alexander—. Es lo que pasa cuando el Gobierno subcontrata todo al postor más barato. —Luego se controló y esbozó una sonrisa tranquilizadora—. Pero es seguro. Si a mí me resulta tan difícil entrar, imagina cuánto lo será para el enemigo.

No había sido un comienzo muy prometedor, pero tuve que reconocer que la sala parecía segura. Me fijé en que la puerta tenía casi treinta centímetros de grosor y una cerradura tan grande como el fémur de un tiranosaurio. La habitación estaba rodeada de imponentes muros de cemento revestidos de acero. Cuando la puerta volvió a cerrarse, fue como si estuviéramos en el vientre de una ballena de metal.

A lo largo de una pared, había un panel con doce monitores vinculados con el sistema de cámaras de seguridad del campus. Dos agentes de la CIA se sentaron donde se encontraban los ordenadores, frente al panel, lo que les permitía acceder a cualquier transmisión en directo procedente de la cámara que quisieran. Dos agentes más —uno era el que nos acababa de abrir la puerta— flanqueaban la entrada desde dentro. En la habitación había otros dos ordenadores y un pasadizo que conducía hacia otra zona.

—¿Qué hay por ahí? —le pregunté a Alexander.

—Los dormitorios —contestó—. Por si alguien tuviera que quedarse durante un largo periodo de tiempo. Échales un vistazo si quieres.

El pasadizo llevaba a una zona de descanso sobria y frugal. Había ocho camastros y cómodas, dos duchas, varios sofás de polipiel colocados alrededor de una mesita de café, una cocina diminuta y, como este búnker se remontaba a la Guerra Fría, también un bar completo. Alexander fue a la nevera y cogió una bebida energética de color amarillo neón. Parecía una muestra de orina radioactiva.

—¿Cuánto tiempo se aloja la gente aquí, normalmente? —pregunté.

Alexander se encogió de hombros.

—Pues no mucho. Esto se construyó hace ya un tiempo, cuando los mandamases creían que los rusos iban a conquistar el país en cualquier momento. No te voy a mentir, ha habido algún que otro susto con el transcurso de los años, pero nunca nada serio. Todos los problemas se abordaron con gran rapidez. Creo que el periodo más extenso en el que alguien se ha tenido que quedar aquí ha sido de una semana.

—¿Habíais vivido una situación como esta antes? —pregunté.

Alexander dudó medio segundo de más antes de responder; entonces se dio cuenta de que él mismo había sacado el tema y tenía que solucionarlo.

—No exactamente. Pero no te preocupes. Tenemos lo mejor de lo mejor ahí fuera trabajando para protegerte. Y yo estoy al mando. Una vez tuve que proteger a la mismísima reina de Arabia Saudí de una horda de terroristas con tan

188

solo un cuchillo del ejército suizo y sobrevivió sin recibir ni un rasguño. No te pasará nada. ¿Una bebida energética? —Señaló la nevera.

Negué con la cabeza. Tenía el estómago demasiado revuelto. La comida amenazaba con tomar el camino de regreso... aunque eso fuera lo normal cuando tocaba bocadillos de carne picada.

—Cuando has dicho que el enemigo venía a por mí, ¿a qué te referías exactamente? ¿Me quieren capturar... o matarme?

—Te seré sincero: no estamos seguros. —Se sentó en uno de los sofás y señaló otro para que me sentara ahí—. Si tuviera que apostar, diría que están pensando en sacarte de aquí. Alguien con tu talento vale más vivo que muerto. Pero no te lo puedo garantizar. Necesitas estar en guardia en todo momento. ¿Llevas alguna arma?

—Pues no —reconocí.

A los estudiantes de la escuela de espías les recomendaban llevar armas en todo momento, incluso cuando no había una amenaza directa contra su vida... y muchos las llevaban encima. Pero aunque hubiera pasado mucho tiempo en el campo de tiro últimamente, me las había apañado para empeorar mi puntería. El instructor jefe, Justin alias Vista de lince Pratchett, llegó a sugerirme que lo más seguro sería que no llevara encima un arma cargada, aunque me dio una pistola de juguete muy realista para que pudiera huir de cualquier asomo de peligro sin dispararme en el pie. Se lo conté a Alexander y le enseñé la pistola de pega.

Este chasqueó la lengua en señal de desaprobación.

—Si las cosas se ponen feas, no es que vaya a pasar, claro, necesitarás algo más que un juguete. —Golpeó la mesita de café y se abrió un panel secreto: aparecieron una serie de pistolas en su interior, desde pistolas a rifles de asalto—. Y, por si acaso, hay un lanzador de misiles portátil en un panel situado detrás de la barra.

Miré las pistolas con cautela, luego ojeé el pasillo que llevaba al centro de mando. Todo había permanecido en silencio desde que llegamos. O los agentes que estaban supervisando las cámaras de seguridad no habían visto nada que les preocupara o habían visto algo y habían conseguido no perder la calma.

—¿Qué información has conseguido sobre el enemigo?

—Recogimos algo de cháchara. La agencia tiene varios superordenadores dedicados únicamente a monitorizar todas las comunicaciones electrónicas —dijo Alexander—. Líneas fijas, móviles, satélites, correo electrónico, cuentas de Twitter...

—¿En serio creemos que los terroristas contarán sus planes por Twitter? —pregunté.

—No queremos descartar nada —dijo—. Una vez logré desmantelar una célula terrorista entera en Kandahar porque uno de ellos subió varias fotos de su escondite en su página de Facebook. Bueno, a lo que iba: introdujimos la palabra «Taladradora» en la matriz esta mañana y nos salió una coincidencia justo antes de ir a buscarte.

Me senté en el borde del sofá, preocupado.

—¿Y qué decía?

—El sistema no funciona así —explicó Alexander—. Tiene que revisar una cantidad insondable de información. Trillones de bites por segundo. Solo sabemos cuándo recoge muchas palabras clave a la vez, que es lo que ha pasado. Obtuvimos «Taladradora» varias veces... en árabe. Y la frase «id a por Ripley» una vez, también en árabe. Tenemos a cien técnicos trabajando en esto ahora mismo, repasando toda la información, intentando encontrar y descifrar el mensaje entero y, con suerte, rastrearlo hasta su fuente. Pero eso llevará un tiempo.

—¿Cuánto?

—Si tenemos suerte, horas.

—¿Y si no?

Alexander apartó la mirada.

—Semanas.

Me incorporé de un brinco.

—¿Quieres decir que tengo que quedarme aquí hasta entonces?

—Claro que no —dijo Alexander en el tono más suave que pudo—. Te aseguro que encontraremos a esa gente mucho antes.

—¡Cuando intenten matarme!

Alexander me puso una mano en el hombro para tranquilizarme y me llevó de nuevo al sofá.

—Benjamin, sé que esto es estresante. Aún recuerdo la primera vez en que yo fui un blanco. No fue un lecho de rosas, pero lo superé y tú también lo harás. De hecho, si lo piensas bien, es una experiencia bastante emocionante.

—¿En qué sentido? —pregunté, abatido.

—Solo llevas aquí unas semanas y ya eres una pieza clave en una misión real —respondió—. ¿Sabes cuántos compañeros de clase matarían por tener esta oportunidad? Y lo digo literalmente. Hay estudiantes de primera ahí fuera que llevan seis años haciendo simulaciones. Hay espías de verdad que nunca tendrán la oportunidad de participar en algo tan emocionante como esto.

—¿No tendrán asesinos detrás que vayan a por ellos? —masuclé—. Pues qué mala suerte.

—Muy mala suerte, sí —repuso él—, porque ninguno ha visto nunca este búnker. Ni tampoco la CIA se ha movilizado por ellos. Y no quiero parecerte pretencioso, pero ninguno ha tenido la oportunidad de trabajar conmigo. Ni siquiera mi propia hija y eso que le he enseñado todo lo que sabe. La Academia de Espionaje es esto. Este es el anillo que todos quieren conseguir... y ha caído en tus manos. Es la oportunidad de tu vida. Hazlo bien y puede que acabes siendo el niño bonito de aquí.

«Y si lo hago mal, acabaré muerto», pensé. Pero no lo dije porque sabía que Alexander tenía razón. Cuando opté por venir a la escuela de espionaje, sabía que aceptaba una vida llena de peligros. Lo único es que no esperaba que fuese tan pronto. Ahora que había llegado el momento, me parecía mucho menos romántico de lo que había imaginado... pero tenía que reconocer que también era emocionante.

—Tienes razón —reconocí al final.

—¡Así me gusta! —Se dio una palmada en la rodilla y se rio—. Voy a comprobar el estado de seguridad. ¿Por qué no te pones cómodo? Familiarízate con las armas, sírvete una bebida, coge una revista. Creo que hay una caja de galletas en la despensa. O, si quieres, ven a la estación de vigilancia y de paso nos observas en acción.

Se alejó por el pasillo.

Acepté su consejo e intenté tomármelo lo mejor posible. Me serví un Gatorade verde y encontré los dulces. Había una caja de pastelitos Ding Dong que parecía de 1985, pero tenían tantos conservantes que aún sabían bien. Pasé de examinar las armas —debido a las paredes de acero del búnker, seguro que, si se disparaba alguna por accidente, la bala perdida rebotaría durante horas hasta terminar alojada en mi cráneo—, así que me decanté por acompañar a Alexander en la estación de supervisión.

Resultó que aquello no era muy emocionante.

En las pantallas se veían varios planos estáticos del perímetro del colegio que no estaba siendo atacado. Los agentes seguían cambiando imágenes, de transmisión en transmisión, pero todas eran más o menos iguales. Era como ver el Canal de la Pared 24 horas. Al cabo de media hora, empecé a desear que nos atacaran. Al menos, pasaría algo. El momento más emocionante fue cuando uno de los agentes vio una ardilla.

Pasada una hora, opté por ir a leer revistas; algunas estaban ahí desde principios de la década de 1970. Descubrí bastante sobre el reparto de Bonanza.

A las dos horas hubo un cambio de turno.

A las tres horas, estaba dormido.

A las cinco horas y cuarenta y dos minutos, no obstante, exactamente a las 19:30, hubo un pitido.

Era un pitido molesto y persistente, pensado para que le prestaras atención pero no enloquecieras; más bien como el típico temporizador del microondas, en lugar de un claxon. Me desperté en el sofá y oí voces agitadas en la sala de supervisión.

Fui corriendo y me encontré a los agentes examinando todas las cámaras, una por una, mientras Alexander observaba por encima de sus hombros. Ninguna de las transmisiones mostraba nada que no fueran las paredes y el bosque, todo en ese verde típico de la visión nocturna, porque ya era de noche. Nadie parecía muy preocupado, aunque me percaté de que a los dos agentes más jóvenes les sudaba el labio.

—¿Qué está pasando? —pregunté.

—Ha saltado una alarma —contestó Alexander—. En el perímetro sudoeste.

Noté que se me empezaba a acelerar el corazón.

—¿Es el enemigo?

—Los amigos suelen usar la puerta principal, en vez de trepar el muro —dijo Alexander—. Además, sea quien fuere, es astuto. Nos está costando localizarlo.

—¡Lo tenemos! —exclamó uno de los agentes—. Cámara 419. En la parte de atrás del bosque, al lado del estanque.

Nos giramos hacia ese monitor y vimos a alguien con un abrigo gordo de invierno que corría por entre los árboles a toda mecha. Era imposible distinguir sus facciones en la oscuridad.

—Va directo a la escuela —advirtió el otro agente—. Cámara 293.

Nos volvimos hacia ese otro monitor y, justo a tiempo, el intruso tiró una bola de nieve a la lente de la cámara para taparla.

—¿Solo es uno? —pregunté.

—Que veamos, sí —contestó Alexander—. Lo que significa que probablemente haya varios más que no logramos ver. —Activó su radio con una mano; en la otra sujetaba la pistola—. Atención a todos los agentes, aquí Sabueso. Captamos actividad en el cuadrante sudoeste de la propiedad. El enemigo ha traspasado el perímetro y parece que se dirige a la residencia. Todos los agentes disponibles, acudan ahí de inmediato. —Señaló a los dos agentes que había apostados en la puerta—. Vosotros dos, venid conmigo.

—¿Te llevas a mi protección? —pregunté.

—Cuando terminemos con estos tíos, no necesitarás más protección —me aseguró. Escribió un código en el teclado. La puerta gigante se desbloqueó y se abrió.

—Aun así, tampoco pasaría nada si los dejaras aquí, ¿no? —sugerí—. Por si acaso sale algo mal.

—Nada saldrá mal, Benjamin. Estoy yo al mando. —Alexander se miró en el acero resplandeciente, como si quisiera asegurarse de que mantenía buen aspecto para sus tropas—. Andando, chicos. Tenemos un enemigo que abatir. —Y echó a correr por el pasillo.

Los agentes que habían estado custodiando la entrada lo siguieron obedientemente.

Vi la puerta de acero cerrarse tras ellos y después esperé a oír el clic tranquilizador del cerrojo, antes de centrar de nuevo mi atención en los monitores.

Ahora las imágenes de vídeo pasaban más deprisa mientras los agentes procuraban rastrear todo lo que estaba pasando a la vez en la superficie. Vislumbré al enemigo cruzando a toda velocidad por delante de las cámaras en el bosque, a equipos de agentes de la CIA camino de la residencia, a Alexander y los dos agentes corriendo por los túneles bajo tierra para participar en la acción. Se oyó el canal de radio abierto entre los agentes: equipos que se coordinaban, solicitudes de información sobre el enemigo, Alexander que les ordenaba a todos que esperaran su llegada.

Vi al enemigo pasar por delante del gimnasio, acercándose a la residencia.

—Veo a alguien —notificó un agente apostado en la residencia.

—Que nadie dispare —dijo Alexander a todo el mundo—. Queremos a estos tíos vivos, si puede ser.

En los monitores, vi a Alexander salir a la superficie desde dos ángulos distintos, luego formó filas con un pelotón detrás de la residencia. Hubo una rápida conversación que no alcancé a oír y, acto seguido, el pelotón se desplegó, listo para la acción.

El enemigo estaba bordeando el pasillo del comedor; casi había llegado a las habitaciones, pero ahora empezaba a preocuparme algo. La forma de andar de ese tipo me resultaba extrañamente familiar. Y además...

—Parece que realmente solo haya uno —dije.

—Sí —convino uno de los agentes desde los monitores—, es verdad.

—¡Atacad! —ordenó Alexander.

Las pantallas de los monitores mostraron un terreno que cobraba vida: los agentes de la CIA salían de detrás de los edificios, se dejaban caer por los tejados, aparecían por entre montones de hojarasca. Se lanzó una docena de redes a la vez. Cuatro alcanzaron su objetivo, mientras que dos atraparon a unos agentes que habían terminado en medio del fuego cruzado. El enemigo quedó hecho un ovillo, completamente enredado, y al girarse vio a cincuenta agentes rodeándolo con las pistolas en alto.

No hubo más ataques desde el bosque, lo que significaba que había solo un hombre.

Se encendieron los focos, que iluminaron el suelo con una luz cegadora. En cada monitor, las cámaras hicieron zum en el objetivo. Una consiguió una imagen de su rostro.

—Ay, no —dije.

Era Mike Brezinski.

Al cabo de un segundo, una explosión hizo que la puerta de acero saliera disparada por los aires detrás de mí.

Me giré y vi que la sala se estaba llenando de humo. Entonces me di cuenta de que me había dejado el arma en la otra sala, aunque no habría servido de nada.

Unos dardos sedantes inmovilizaron a los agentes de los ordenadores antes de que pudieran coger sus pistolas. Otro dardo se me clavó en el hombro.

Lo último que vi fue a tres hombres encapuchados, que aparecieron entre el humo y, a continuación, me engulló la oscuridad.

SECUESTRO

Washington, D. C.
Calles cercanas a la Explanada Nacional
9 de febrero
19:45 horas

Cuando recuperé el sentido, me movía. Era lo único de lo que estaba seguro. Llevaba un saco en la cabeza que impedía el paso de la luz e iba atado como un ternero en un rodeo: tenía las manos atadas detrás de la espalda y los tobillos, entre sí. Estaba tirado en la parte de atrás de un vehículo. Supuse que era una furgoneta, porque parecía haber mucho espacio, pero no estaba seguro. Nadie se había molestado ni siquiera en colocarme en un asiento; me habían tirado allí dentro como una maleta. El hombro me ardía en el punto donde me había dado el dardo; era como si me hubiese picado una avispa del tamaño de un labrador.

Estaba aterrorizado, pero tuve cuidado de no decir nada ni de hacer un movimiento brusco. Por ahora, lo mejor era hacer creer a mis secuestradores que seguía inconsciente. Quizás así pudiera descubrir algo sobre ellos. Si me concen-

198

traba lo suficiente, alcanzaba a escuchar una conversación lejana que venía de la parte delantera de la furgoneta, aunque el ruido del asfalto contra el suelo del vehículo ahogara las voces casi por completo. Me concentré todo lo que pude, tratando de distinguir las palabras.

—Creo que los Wizards van a llegar a la eliminatoria esta temporada —dijo alguien.

—Pues yo creo que eres imbécil —dijo otro.

Fruncí el ceño: era la radio.

No pude evitar preguntarme qué clase de organización terrorista internacional escucha la radio deportiva norteamericana.

De repente, se oyó un fuerte golpe en el techo de la furgoneta, como si algo hubiese caído encima con la fuerza suficiente como para abollar la chapa del automóvil.

Me asustó y, por lo visto, tuvo el mismo efecto en mis secuestradores, porque alguien en el asiento delantero reaccionó con sorpresa en un idioma que no entendí. Inmediatamente después, oí que se rompían los cristales, seguido por una bofetada y unos quejidos.

Me empezó a entrar miedo de verdad. No tenía ni idea de lo que estaba pasando: era posible que alguien estuviera tratando de rescatarme, pero también que otra facción enemiga se hubiese unido a la fiesta. Podía tratarse de una emboscada, de una puñalada por la espalda o de un completo desastre. Fuera lo que fuese, yo era un pasajero desamparado en un vehículo a la fuga que varias personas muy peligrosas intentaban controlar, lo cual no era precisamente la clase de comportamiento al volante que te recomiendan en la autoescuela.

La lucha parecía prolongarse en los asientos delanteros mientras el vehículo viraba con violencia. El movimiento me lanzaba de un lado a otro de la furgoneta, las ruedas chirriaban y el viento entraba con fuerza por la ventana rota. De repente, hubo un frenazo, acompañado por un choque lateral con otro vehículo y, a continuación, dos objetos pesados —supuse que se trataba de dos personas inconscientes— cayeron con fuerza a mi lado. Después de eso, vino una serie de golpes —no supe muy bien cómo, pero reconocí el sonido de una cabeza estampándose repetidas veces contra el salpicadero de la furgoneta— y finalmente el impacto de un tercer cuerpo que aterrizaba en el suelo. La furgoneta viró durante un par de segundos más y finalmente se estabilizó.

—Ben —dijo Erika—, ya puedes dejar de hacerte el inconsciente.

Jamás en mi vida había estado tan feliz de oír la voz de alguien.

—¿Estamos a salvo?

—No del todo, pero estoy en ello. Espera.

Se oyó el ruido de una metralleta disparando detrás de nosotros, seguido por el sonido de las balas perforando un lado de la furgoneta.

Los frenos chirriaron y la furgoneta empezó a derrapar violentamente, como si Erika la estuviera haciendo girar a propósito. Se oyeron disparos provenientes del asiento delantero, después de los cuales oí que el coche que nos perseguía se estampaba contra una pared.

La furgoneta dejó de zigzaguear y continuó circulando con normalidad.

—Vale, ahora estamos a salvo —dijo Erika—. Al menos, por un rato.

—¿Puedes desatarme?

—Espera un momento, todavía nos están siguiendo.

La furgoneta continuó moviéndose rápidamente pero dentro de lo que parecían los límites de velocidad. Oí sirenas de policía que iban en dirección contraria a la nuestra un par de veces —como si estuvieran yendo a ver el accidente que habíamos dejado atrás—, pero no nos pararon. Después de cinco minutos y veintitrés segundos, la furgoneta redujo la velocidad, botó como si se hubiese subido a un bordillo y se detuvo.

A los cinco segundos, Erika abrió las puertas traseras, me sacó de la furgoneta a rastras y me quitó la capucha de la cabeza.

Lo primero que vi fue su cara. Estaba manchada de pintura de camuflaje y de sangre, pero no sabía si era suya o de otra persona. Tenía un bulto del tamaño de una nuez en el ojo izquierdo, el labio hinchado y el pelo como el nido de una rata, pero aun así me pareció que estaba preciosa. Aunque, claro, es posible que si una gárgola te salvara la vida, también pensaras que es lo más bonito que has visto en tu vida.

Erika cogió mi cara entre sus manos y se acercó. Durante medio segundo, pensé que iba a besarme.

Sin embargo, ladeó mi cabeza en dirección a la luz de una farola y me examinó los ojos.

—Tienes las pupilas un poco dilatadas—dijo—. Parece que te han dado Narcosodex. Es un tranquilizante suave. ¿Estás mareado?

—Sí, pero creo que es del viaje. He estado yendo para todos los lados ahí dentro.

201

—Mejor fuera que dentro, así nos aseguramos —dijo Erika, y me clavó tres dedos en el estómago.

Caí de rodillas y vomité.

Era lo último que quería hacer delante de Erika, pero lo cierto es que me sentí bastante mejor después.

Cuando estaba de rodillas en el suelo, sujetándome el estómago, me di cuenta de que Erika iba vestida de camuflaje de pies a cabeza. Llevaba la versión blanca de invierno, para camuflarse mejor con la nieve; y a modo de complemento, un cinturón de herramientas negro. Abrió uno de los muchos compartimentos que tenía el cinturón, sacó un comprimido blanco y me lo ofreció.

—¿Es una pastilla para contrarrestar el tranquilizante? —pregunté.

—No, es un Tic Tac. Para contrarrestar el aliento después de potar.

—Dame dos —dije.

Erika me las metió en la boca, y después sacó unas tijeras industriales y se puso a trabajar en los nudos.

No iba esposado; llevaba las muñecas y los tobillos rodeados por una especie de cable flexible, así que Erika tardó más de medio minuto en cortarlo.

Mientras lo hacía me dediqué a observar a mi alrededor. Estábamos al sudeste de la Explanada Nacional. La furgoneta estaba aparcada en una franja estrecha de tierra entre la carretera y el río Potomac, a unos quinientos metros del monumento a Lincoln, que asomaba por encima de los árboles a mi izquierda como si fuera un aparato de aire acondicionado gigante de mármol. A mi derecha, más lejos, se erguía la cúpula resplandeciente del monumento a Jefferson, mientras que enfrente de nosotros había una gran extensión de campos de béisbol y la cuenca Tidal. Más allá, el monumento a Washington se alzaba hacia el cielo.

Me giré y miré la furgoneta. Era de color verde oscuro, con una matrícula de Virginia que estaba casi seguro de que era robada. El techo estaba completamente abollado y el parabrisas hecho añicos. Los lados estaban llenos de agujeros de bala y la chapa parecía repintada varias veces. El retrovisor del asiento del copiloto colgaba de un solo cable. Si la furgoneta era alquilada, a alguien no le iban a devolver el dinero de la paga y señal.

Los hombres que había dentro de la furgoneta tenían peor aspecto aún. Los tres estaban inconscientes, con la nariz rota y los ojos morados. Tenían la cara tan hinchada que era imposible saber cómo eran normalmente.

—¿Qué ha pasado? —pregunté.

—Que te he salvado el pellejo. —Erika cortó el cable que me inmovilizaba los tobillos y lo tiró dentro de la furgoneta. Acto seguido, me arrancó algo del trasero y me lo enseñó. Un pósit—. Llevabas esto pegado en el culo. Supongo que es suyo. ¿Alguna idea de lo que significa?

Solo tenía escrito un número: 70.200. Negué con la cabeza.

Erika guardó el pósit en una bolsa de pruebas y, después, me agarró del brazo, arrastrándome hacia los campos de béisbol.

—Vamos. Antes de que vengan los refuerzos.

—¿No deberíamos llevarnos a alguno de ellos? —dije señalando a los hombres inconscientes de la furgoneta—. Ya sabes, para interrogarlo.

—No es mala idea, pero no tenemos tiempo para ir cargando con él. Este sitio va a estar lleno de gentuza en un par de minutos.

Supe que tenía razón, así que eché a correr.

Aunque la Explanada Nacional de Washington era una de las atracciones turísticas más populares de todo el país, era increíble la poca gente que había en algunas partes. Incluso en un día de verano, con el monumento a Lincoln lleno de turistas, el lado sur del Estanque Reflectante estaba prácticamente vacío. En una noche de invierno, directamente no había ni un alma. Si no hubiese sido por los pocos coches que circulaban por la avenida de la Independencia mientras cruzábamos, habría parecido que estábamos a kilómetros de la civilización.

Una gran arboleda recorría la orilla sur del Estanque Reflectante. Mientras nos adentrábamos en ella vimos las luces de tres coches detenerse donde habíamos dejado la furgoneta. Habían tardado menos de dos minutos en llegar. Me detuve a observar, pero Erika tiró de mí.

—No te pares. No tardarán mucho en adivinar que hemos venido por aquí, tampoco hay muchas más opciones.

Tenía razón. Entre el río Potomac y la cuenca Tidal había muy pocas direcciones que no implicaran tener que nadar. Por un momento, pensé que Erika se había equivocado dejando la furgoneta donde la había dejado. Estábamos en la zona de la ciudad más alejada de cualquier sitio a cubierto o de alguna estación de metro, y nuestros enemigos tenían coches y un montón de hombres. No les iba a costar mucho alcanzarnos.

Pero, como de costumbre, Erika había pensado en todo.

No muy lejos, entre los árboles, había un pequeño (y casi olvidado) monumento a Chester Alan Arthur, uno de nuestros presidentes menos eficaces. Me había topado con él una vez yendo con Mike hacía algunos años, después de un partido de la miniliga de béisbol. En ese momento pensé que era raro que se hubiesen molestado en construirle un monumento a Arthur, y que, si a alguien le hubiese importado de verdad, no lo habrían construido en un sitio en el que todo el mundo, salvo algún turista despistado, ignoraría por completo su existencia. Era un monumento pequeño, de mármol, como todo en Washington, con una pérgola romana que cubría la estatua de Arthur, que estaba hinchado y con pinta de tener gases.

Erika giró un anillo que llevaba la estatua en uno de los dedos. Se abrió un pequeño panel en el mármol y salió un teclado antiquísimo. Tecleó un código.

Se oyó un crujido y la estatua giró noventa grados; tras ella, apareció una escalera escondida.

Después de los acontecimientos de aquella noche, pensé que nada podría volver a sorprenderme, pero eso lo consiguió. No podía creerme lo que estaba viendo.

Nos colamos a través de la apertura y la estatua volvió inmediatamente a su sitio, sumiéndonos en la oscuridad. Las escaleras solo bajaban un piso. Erika pulsó un interruptor, que encendió unas cuantas bombillas que colgaban del techo: estábamos en un túnel. Parecía bastante más antiguo que los túneles del campus. Las paredes eran de piedra en lugar de cemento y el techo estaba sujeto por unas vigas de madera podridas, como el túnel de una mina. Hacía más frío allí dentro que fuera.

Empecé a tiritar. Solo llevaba una sudadera encima de la ropa.

—Ten. Ponte esto. —Erika sacó un paquetito de otro de los compartimentos de su cinturón y lo desdobló. Era una chaqueta ultrafina hecha de un material plateado y brillante—. La desarrolló la NASA para los astronautas.

Me puse la chaqueta y fue como si sellara mi calor corporal alrededor de mi cuerpo: entré en calor casi al instante.

Corrimos por el túnel durante cinco minutos hasta que este desembocó en una antigua puerta de hierro. Allí no había ningún teclado de ordenador, solo una cerradura oxidada. Erika se sacó un llavero del cinturón y cogió una enorme llave de hierro. Cabía perfectamente en la cerradura y la puerta se abrió con un chirrido de protesta.

Ahora estábamos en una gran sala cuadrada. Las paredes estaban hechas de piedras enormes, de unos tres metros de ancho cada una. Una escalera de caracol subía hasta una trampilla construida en el techo de madera. Parecía como si estuviéramos en los cimientos de una estructura mucho más grande.

Calculé cuánto debíamos de haber andado y traté de adivinar dónde estábamos, pero no tenía sentido. No hasta que me fijé en que muchas de las piedras tenían inscripciones. En una de las esquinas, una rezaba: COLOCADA POR ZACHARY TAYLOR, PRESIDENTE DE LOS ESTADOS UNIDOS DE AMÉRICA, EL 14 DE MAYO DE 1849.

—¡Madre mía! —dije—. Estamos dentro del monumento a Washington.

—Como le cuentes a alguien que tengo las llaves, te mato. —Erika cerró la puerta de acero y echó la llave por dentro.

—¿Cómo narices tienes las llaves del monumento a Washington? —pregunté—. ¿Te las ha dado tu padre?

—No digas tonterías —rio Erika—. Me las dio mi abuelo.

Comenzó a subir por la escalera. La llave también abría el candado de la trampilla, que nos permitió asomarnos de los cimientos al monumento en sí. Aparecimos detrás de una estatua de George Washington en una pequeña sala. El ascensor para turistas estaba justo delante de nosotros, pero Erika me llevó por una puerta trasera hacia otras escaleras.

—Vamos a tener que ir a pie —dijo, empezando a subir—. El ascensor hace demasiado ruido. Cualquiera que pase por fuera podría oírlo si presta atención.

La seguí. Aquel obelisco hueco se elevaba 170 metros por encima de nosotros.

—¿Por qué tenía tu abuelo las llaves del monumento a Washington?

—Mi familia tiene las llaves desde que se construyó, porque era una parte muy importante del sistema de defensa de la ciudad.

—¿Esto se construyó para defender la ciudad? —pregunté, incrédulo.

—Es una torre de cincuenta pisos erigida en mitad de la capital del país y construida en vísperas de la Guerra Civil —respondió—. ¿En serio pensabas que la habían construido para los turistas?

—Estoy casi seguro de que todo el mundo en Estados Unidos lo cree —contesté a la defensiva—. Menos tú.

Aunque ahora que estábamos dentro del edificio me daba cuenta de que la versión de Erika era bastante probable. Washington D. C. había ardido hasta los cimientos en la

207

Guerra de 1812 y, después, había limitado justo con la frontera de los Estados del Norte durante la Guerra Civil. Tenía sentido que hubiesen construido algo que permitiera al ejército ver llegar a los Confederados desde lejos. Cuando terminó su construcción, fue el edificio más alto del mundo. La verdad es que hubiese sido bastante raro que lo hubieran construido solo para los turistas.

—Todo lo relativo al monumento se basó en una campaña de desinformación para conseguir que la población pagara las obras —explicó Erika—. Por aquel entonces, no había impuestos. Y aunque ya esté desfasado tecnológicamente hablando, sigue funcionando a la perfección. No hay mejor sitio que aquí arriba para observar lo que está pasando en la Explanada.

En ese instante, me quedó claro el plan de Erika. Había estado en lo alto del monumento varias veces, normalmente en excursiones con el colegio. Era el lugar perfecto para esconderse. Tenía ventanas apuntando hacia todas las direcciones, lo que nos iba a permitir tener al enemigo vigilado, y ellos jamás sospecharían que estábamos ahí arriba.

Aun así, no podía evitar sentir un poco de miedo. Esos tíos me habían secuestrado de una sala de seguridad supuestamente impenetrable hacía menos de media hora.

—¿Y si descubren que nos escondemos aquí? Estaríamos atrapados.

—No lo van a descubrir. He estado aquí por la noche cientos de veces. Nadie le presta la menor atención a este sitio.

Continuamos el resto del camino en silencio. Era duro subir todas aquellas escaleras e incluso Erika estaba jadean-

208

do. Cuando llegamos arriba, fuimos directos a la ventana que se orientaba al oeste.

La ciudad lucía preciosa a nuestros pies. El monumento a Lincoln brillaba en el Estanque Reflectante y las luces de Virginia se reflejaban en el Potomac. Si no hubiese estado tan centrado en encontrar a los enemigos, habría pensado que no había lugar más romántico para ir con una chica guapa.

Tampoco es que Erika tuviera en mente el romance.

—Ahí están—dijo, tras mirar apenas un momento por la ventana.

—¿Dónde? —pregunté.

—Hay tres grupos de dos hombres. Dos de ellos acaban de sacar a sus colegas de la furgoneta. Los otros dos están peinando la zona sur del Estanque Reflectante para buscarnos.

Estudié el paisaje lo más detenidamente que pude. Ahora que lo decía, podía distinguir más o menos a dos hombres donde habíamos abandonado la furgoneta. Estaban metiendo a sus compañeros en otro coche, que salió escopeteado mientras yo seguía observando. En cuanto a los dos grupos que nos estaban buscando, no vi a ninguno de ellos. La arboleda estaba totalmente oscura.

—¿Cómo puedes verlos? —pregunté.

—Porque como muchas zanahorias. —Erika observó la arboleda durante veinte segundos más y anunció—: Nos han perdido la pista. Estamos a salvo.

Se apoyó pesadamente contra la pared y exhaló un suspiro, agotada.

De repente, caí en la cuenta de que debía de haber gastado un montón de energía en rescatarme.

—¿Cómo me has encontrado si nadie en la CIA sabía dónde estaba?

—No te perdí de vista en ningún momento. Estaba monitorizando cuanto pasaba. Cuando todos los agentes del campus se empezaron a mover en una dirección, decidí ir hacia el lado contrario por si se trataba de una maniobra de distracción. Y, por desgracia, tenía razón.

Negué con la cabeza.

—No era una distracción. El enemigo simplemente tuvo suerte. El chico al que cogieron... es mi mejor amigo.

Erika abrió mucho los ojos. Probablemente fuera la primera vez que la veía sorprenderse por algo.

—¿Y qué leches hacía colándose en el campus?

—Hay una fiesta esta noche y quería sacarme de allí. Pero con toda la emoción, se me olvidó responder el mensaje y decirle que no. Así que se presentó de todos modos.

—¿En el momento justo para distraer a la CIA? Un poco sospechoso.

—Mike Brezinski no es de los malos —dije—. Lo conozco desde la escuela infantil.

—No puedes confiar en nadie —me contestó.

Intenté cambiar de tema.

—¿Qué pasó después?

—Mientras todo el mundo estaba rodeando a tu amigo, el enemigo te cogió a ti. El topo colaboraba con ellos. Conocían todo el trazado de la escuela, tenían hasta un mapa del subsuelo. Te sacaron por la cabaña por cuyo túnel seguiste a Chip el otro día, y después hicieron un agujero en la pared. La furgoneta estaba esperando.

—¿Y los seguiste?

—Esperaba pararlos dentro del campus, pero eran más rápidos de lo que pensaba. Por suerte, pude mangar una moto y alcanzarles.

La miré por un segundo.

—Y por suerte sabes conducir... y acabar con todo el equipo enemigo en una furgoneta en marcha... y también sabes dónde se encuentra la entrada secreta al monumento a Washington.

Erika esbozó una sonrisa y trató de quitarle importancia, como si no fuera para tanto.

—Supongo que aprendí un par de cosas de mi abuelo.

Hubo algo en su comentario que me molestó, pero no sabía exactamente el qué. Se me estaba formando una idea en la cabeza que no conseguía cristalizar. Miré por la ventana de nuevo, pero seguía sin distinguir al enemigo entre los árboles.

—¿No deberíamos pedir refuerzos? —pregunté.

Erika negó con la cabeza.

—Es demasiado peligroso. Yo ni siquiera llevo el móvil. La CIA podría usarlo para triangular mi posición y ahora que hay corruptos en la agencia el enemigo también puede encontrarnos. Lo único que podemos hacer es esperar a que se cansen e irnos a casa.

Reparé en que también me había desaparecido el teléfono. El enemigo me lo había quitado.

—¿Esa es toda tu estrategia? —pregunté con exasperación—. ¿No tienes un plan B?

—¿Como cuál, por ejemplo?

—No sé. Tu padre es Alexander Hale. Tarde o temprano, se dará cuenta de que has desaparecido, ¿verdad? ¿No acor-

211

daste algún sistema o algo con él en caso de que la misión no saliera bien?

Erika suspiró.

—No. No me pareció que fuera muy buena idea.

Lo que llevaba pensando todo aquel tiempo encajó de repente. No parecía cierto al principio, pero según iba pensando en los acontecimientos de aquella tarde y en el comentario que había hecho Erika sobre su padre, todo empezó a cobrar sentido.

—Tu padre no es muy buen espía, ¿no es cierto? —pregunté.

Erika se giró hacia mí con curiosidad.

—¿Por qué dices eso?

—Eras tú quien sospechaba de que podía haber una trampa, no él. De hecho, él cayó tanto en ella que aceptó protegerme, permitiendo que los malos me cogieran sin oponer resistencia.

—Aun así, tuvieron que eliminar a los agentes que había en la puerta...

—Vale, sin oponer casi resistencia. Es un error bastante grave en alguien que ha hecho todo lo que Alexander dice haber hecho.

—¿A qué te refieres con «dice»? —Erika me preguntó como lo hacían mis profesores cuando me pedían que justificara mi respuesta.

—Bueno... tu padre habla mucho de todas las cosas increíbles que ha hecho... pero nunca lo he visto hacer nada increíble. Así que, a lo mejor, tu padre solo es increíble convenciendo a la gente de lo increíble que es.

—Vaya. —Había algo en los ojos de Erika que no había visto nunca: respeto—. Por fin alguien se da cuenta.

No estoy seguro, pero creo que me ruboricé.

—¿Quieres decir que nadie más lo sabe?

—¿Como quién?

—No sé... ¿El director de la CIA, tal vez?

—Si el director de la CIA supiera que mi padre es un fraude, ¿te crees que le habría mandado protegerte? —Erika negó con la cabeza—. Alexander los tiene a todos engañados: a los peces gordos de la agencia, al personal de la escuela, a todos los demás agentes...

—¿Cómo ha podido salirse con la suya durante todo este tiempo? —pregunté.

—Antes has dado en el clavo. Solo tiene un talento: hacerse pasar por bueno, vender humo. Y eso se le da de maravilla. A veces se inventa historias, pero normalmente suele llevarse el mérito ajeno, por el trabajo de los demás.

—¿Y nadie se ha quejado nunca?

—Bueno, a menudo no pueden hacerlo porque están muertos. —Erika vio mi cara de sorpresa y añadió rápidamente—: No porque los mate Alexander. Al menos, no directamente. Es casi tan malo disparando como tú. Pero mucha gente ha acabado muerta debido a su incompetencia. Y sin embargo, no sé cómo, siempre acaba vendiendo una historia en la que él termina siendo el héroe.

—¿Cuándo te enteraste?

—Un día, cuando tenía seis años, mi padre hizo estallar la cocina por accidente. Le acababan de instalar unos misiles en las luces del coche. El gatillo era una réplica de uno de los botones de la radio del coche, pero, por supuesto, a mi padre se le había olvidado. Una tarde en la que se metió en el garaje, apretó el botón equivocado... y sin pre-

213

vio aviso, todos los electrodomésticos de la cocina entraron en órbita.

—¿Hubo heridos?

—No, pero el ego de mi padre sí se llevó un mazazo. Además, la cocina quedó destrozada. La nevera acabó en la piscina del vecino. Y encontraron el microondas a tres manzanas de nuestra casa. —Erika rio sin poder remediarlo. Era como si llevara guardándose aquellos sentimientos muchos años y ahora la presa se estuviese rompiendo, dejándolos escapar en oleadas de carcajadas—. Ay, perdona —dijo casi sin aliento—. Cuando lo miras con perspectiva, resulta muy gracioso. Mamá se puso hecha una furia. Papá intentó esquivar la culpa, pero estaba tan alterado que acabó diciendo que unos radicales suecos le habían saboteado el coche.

Me eché a reír yo también. La alegría de Erika era contagiosa. Después de tantos días de tensión, yo también necesitaba liberarme.

—¿Volvió a cagarla alguna vez más?

—Bueno, él solito echó a perder las relaciones diplomáticas entre Estados Unidos y Tanzania. —Erika volvió a reír de nuevo.

—¿Cómo? —pregunté sorprendido.

—Estaba intentando hacerle un cumplido a la mujer del presidente, pero se hizo un lío con el suajili y le acabó diciendo que olía a ñu enfermo.

Y eso fue solo el principio. Ahora que Erika por fin podía contárselo a alguien, las historias empezaron a brotar sin parar: cómo Alexander estuvo a punto de provocar el colapso político de Tailandia; de qué modo había iniciado una

214

guerra entre tribus en el Congo; cómo había estado muy cerca de lanzar un ataque nuclear contra Francia. Cada una de las historias era más increíble que la anterior y, sin embargo, no podíamos dejar de reírnos todo el rato. (Erika hacía imitaciones clavadas de Alexander, el director, y de todos los demás miembros de la Inteligencia.) Al cabo de media hora, me dolían las costillas por la risa más que después de que me hubiesen atacado unos ninjas.

Podría haberme pasado toda la noche allí, escuchando las historias de Erika, pero por desgracia el deber nos llamaba. Después de relatar cómo Alexander había perdido un maletín lleno de secretos militares en una sala de karaoke en Tokio, Erika miró por la ventana y pasó inmediatamente de ser una chica de quince años a ser de nuevo la Reina de Hielo.

—Parece que por fin han reconocido la derrota. Es hora de irse.

Los equipos enemigos se habían reagrupado en el lado este del Estanque Reflectante, al lado del monumento a la Segunda Guerra Mundial. Hasta yo podía verlos. Ni siquiera estaban tratando de esconderse, deambulaban entre los pocos turistas que se habían atrevido a enfrentarse al frío. Erika sacó un par de prismáticos, pero no le sirvieron de nada: el tiempo gélido había dado a los enemigos la excusa perfecta para taparse las caras con bufandas.

Una furgoneta se detuvo en el bordillo. Los hombres se metieron dentro y, luego, arrancó a toda velocidad.

Erika se giró hacia mí.

—Por cierto, todo lo que te he contado esta noche es totalmente confidencial. Una sola palabra y te destruyo.

Echó a andar hacia las escaleras. Sin embargo, aunque tratara de actuar como la chica fría y distante de siempre, alcancé a ver una pizca de arrepentimiento en sus ojos, como si hubiese querido quedarse allí arriba contándome los trapos sucios de su padre y riéndose todo lo que quedara de la noche.

La seguí hacia la oscuridad del monumento.

—¿Has pensado alguna vez en contarle todo eso a alguien importante? —pregunté—. ¿Alguien que pueda sacar de ahí a Alexander antes de que provoque daños serios?

Erika negó con la cabeza.

—Nunca se lo creerían. Mi padre ha cubierto muy bien sus huellas. Y tiene amigos en las altas esferas. Le quitarían importancia diciendo que son tonterías de una adolescente con problemas con su padre. Y, entonces, tendría que despedirme yo de mi carrera.

Erika parecía abatida mientras lo decía, como si se tratase de algo más que de una simple especulación y lo dijera por experiencia.

—A lo mejor, tú no tendrías que decir nada —me ofrecí—. A lo mejor, la información podría venir de otra fuente. De mí, por ejemplo.

Erika me dirigió una de sus inesperadas sonrisas, pero negó con la cabeza.

—No creo que fuera muy buena idea para ti tampoco. Además, tenemos cosas más importantes de las que ocuparnos ahora mismo.

Asentí, aunque a cada paso que dábamos hacia la salida del monumento, más me resistía a marcharnos de allí. En primer lugar, había una gran probabilidad de que el enemigo fingiera que había dejado de buscarnos para hacernos salir de nuestro escondite. Y, quizá lo más importante, este era el primer sitio en el que Erika se había sentido lo bastante cómoda como para abrirse conmigo. No tenía ninguna duda de que, en cuanto saliéramos de allí, se volvería a cerrar en banda.

—¿Adónde vamos?

—Al campus.

Me quedé parado en mitad de la escalera.

—¡Pero si me acaban de secuestrar allí! ¡Del búnker más seguro que hay!

—Por eso precisamente vamos a volver. ¿Te crees que el director de la CIA dejaría que volviera a pasar? Vas a estar más seguro que el presidente.

—Entonces, igual deberíamos ir directamente a la CIA. A ver al director en persona.

—No —dijo ella—. Vamos a ver a la única persona en la que podemos confiar.

SUPLANTACIÓN

Academia de Espionaje de la CIA
Residencia de los profesores
10 de febrero
02:00 horas

Nos llevó un buen rato recorrer el camino de vuelta a la Academia. Volvimos por una ruta lo más indirecta posible, zigzagueando de un lado a otro de la ciudad, cogiendo el metro, un taxi y a pie, mirando constantemente hacia atrás para ver si nos seguía alguien.

Cuando estuvimos por fin a una manzana del campus, comprobé con alivio que había agentes de la CIA apostados por todas partes alrededor de él. Tres custodiaban la entrada, aún alerta a pesar de la hora que era, poniéndose hasta arriba de café y echándose el aliento sobre las manos para mantenerse en calor.

Eché a andar hacia ellos, pero Erika me detuvo.

—No tan rápido.

—¿Qué pasa? —pregunté, preocupado—. Están de nuestro lado, ¿no?

—No te preocupes, son de fiar. Pero puede que tengan órdenes de trasladarte al despacho del director para dar parte en cuanto te vean, y lo único que saben hacer allí es soltar mentiras. Si queremos saber la verdad sobre lo que ha pasado esta noche, tenemos que averiguarla nosotros.

Rodeamos el campus hasta llegar a un banco que había en el lado más alejado de la calle. Entramos al cajero automático y Erika tecleó un PIN en una de las máquinas. Unas cortinas de acero cayeron de forma instantánea delante del escaparate, ocultándonos de la vista, y el cajero automático se separó de la pared, detrás de la cual apareció una escalera. Llegados a ese punto, lo que me hubiera sorprendido habría sido entrar en un edificio con Erika y que no hubiese ningún pasadizo secreto.

Las escaleras conectaban con el laberinto de túneles que circulaban por debajo del campus, salvo que aquí había otra puerta de seguridad que teníamos que pasar para acceder.

—Esta es la única ruta desde los túneles que sale del campus —explicó Erika—. Por lo tanto, es extremadamente confidencial.

—Y, por supuesto, tú sabías de su existencia —dije.

Erika se limitó a sonreír.

Me guio por el laberinto subterráneo sin dudar ni un segundo, como si se hubiese aprendido cada pasillo y cada cruce de memoria. Finalmente, subimos por unas escaleras y aparecimos detrás de una máquina expendedora, en un edificio en el que no había estado jamás. Estábamos en el vestíbulo de lo que parecía una residencia, pero mucho más bonito. La sala era cálida y acogedora, aunque estaba un poco deslucida. Había unos sillones de cuero colocados de-

219

lante de una chimenea que aún ardía, las paredes estaban forradas de libros, y olía a tabaco de pipa y a aceite lubricante de armas.

—¿La residencia de los profesores? —pregunté. Muchos de los profesores vivían en sus casas, pero se sabía que algunos residían en la Academia.

Erika asintió, y después me llevó por otro tramo de escaleras hasta un pasillo corto de solo cuatro puertas. Usó su propia llave para entrar en una de ellas.

Las viviendas de los profesores eran muchísimo mejores que nuestra residencia, aunque tampoco era muy difícil: había cárceles mejores que nuestra residencia. Esta era una habitación individual bien equipada, con salón y una minicocina. Sin embargo, estaba increíblemente desordenada, con papeles de periódico tirados por todas partes y vasos de agua a medio beber amontonándose sobre cualquier superficie disponible.

El profesor Crandall estaba dormido en una butaca delante de la televisión, con un albornoz de felpa raído encima de un pijama a rayas y un folleto de carreras de caballos sobre el regazo. Cuando entramos, se despertó de un salto y miró hacia todas partes, desorientado.

—¿Eres tú, Thelma? —preguntó; parecía bastante senil—. ¿Ya has vuelto de Tuscaloosa?

—No hace falta que te hagas el viejo chocho —dijo Erika—. Ripley es de fiar.

Inmediatamente, Crandall se convirtió en otra persona. Su habitual mirada ligeramente perdida se afiló, enderezó la postura y, por primera vez desde que lo conocía, parecía saber todo lo que estaba ocurriendo a su alrededor.

—Claro. Supongo que habéis venido para que os diga cuán enfangado está todo.

Aquello me sorprendió.

—Espera —dije—. Tu personalidad... todo eso de hacerte el profesor senil... ¿es solo una farsa?

—Claro. —Crandall parecía ligeramente ofendido—. La mejor manera de enterarse de todo es fingir que no te enteras de nada. No te haces una idea de la cantidad de información que suelta la gente delante de ti cuando cree que estás atolondrado. Además, ayuda a confundir a tus enemigos y yo me he ganado unos cuantos de esos a lo largo de los años. Tienden a subestimarte cuando piensan que no estás en tus cabales.

Apartó el folleto de carreras y vi la pistola semiautomática cargada que había mantenido en el regazo durante todo ese tiempo.

—¿Os apetece un té?

—Yo quiero uno de naranja, si tienes —dijo Erika.

—Que sean dos.

Crandall se levantó de la butaca y se dirigió a la minicocina. Ahora que no estaba fingiendo, se movía como si tuviera cincuenta años menos, con tanta energía como cualquiera de mis compañeros de clase.

—Erika, por tu presencia aquí deduzco que has tenido que volver a limpiar el desastre que ha ido dejando tu padre —preguntó.

—Sí —contestó Erika—, ¿se ha dado cuenta alguien importante?

—¿De que ha cometido una cagada monumental? —dijo Crandall—. Claro que no. Tiene a todos los peces gordos

221

comiendo de su mano. Pero uno de los agentes de la sala de seguridad ha sospechado un poco. Fincher, creo. Así que tu padre le ha echado toda la culpa a él y ha salido como siempre airoso, para variar. Seguramente le den otra medalla... en cuanto se enteren de que Ripley sigue vivo, claro.

—Pero aún no lo saben, ¿no? —pregunté.

—No, no lo saben. —Crandall rio—. Sospecho que los altos cargos estarán tirándose de los pelos ahora mismo.

—¿Ha habido repercusiones? —preguntó Erika.

—Unas cuantas. —Crandall puso las tres bolsitas de té en tres tazas—. Nunca antes se había producido un secuestro aquí. Han pedido ya, por lo menos, tres investigaciones internas distintas. También se han movilizado varios pelotones de agentes para buscar a Ripley. Es como el Día D. El director de la CIA se ha tragado hasta el fondo vuestra trampa sobre la Taladradora y está aterrorizado por que pueda caer en manos equivocadas. Creo que se le ha olvidado ya de quién fue la idea de falsificar las criptocredenciales de Ripley.

—Entonces quizá debería decirles que estoy bien —dije.

—Tienes ganas de que te interroguen, ¿no? —Crandall vertió agua caliente en las tazas—. Porque eso es lo que va a pasar en cuanto aparezcas por allí. Te van a meter en un calabozo y te van a interrogar de todas las formas posibles.

Fruncí el ceño.

—¿Y no me lo podrían preguntar amablemente?

—Quizá, pero si lo hacen así se cubren las espaldas —explicó Erika—. Lo último que quiere la Administración es que aparezcas por allí como un héroe por haber escapado del enemigo y que cuentes al resto de los estudiantes lo que ha pasado de verdad esta noche. Necesitan tiempo para rea-

222

lizar un control de daños y establecer su propia versión de la historia, una en la que no parezcan tan idiotas como para necesitar que te rescatara una adolescente.

—Así que... ¿por qué no descansas un poco primero? —Crandall me tendió la taza de té y me ofreció una bandeja de galletas caseras con pepitas de chocolate.

Probé una. Era lo mejor que había comido jamás en la escuela de espías.

—Está buenísima.

—El secreto consiste en añadir un pellizco de ralladura de coco —dijo Crandall con orgullo—. Bueno, probablemente nos corresponda a nosotros llevar a cabo una pequeña investigación. Para hacernos una idea, al menos, de a qué nos estamos enfrentando. ¿Puedes decirme algo de los secuestradores, Benjamin? Cómo eran, qué voz tenían... incluso cómo olían.

—La verdad es que no —admití—, estuve inconsciente y con un saco en la cabeza la mayor parte del tiempo que estuve con ellos. Lo único que sé es que habían sintonizado en la radio una emisora deportiva. La estadounidense.

Crandall enarcó una ceja, intrigado.

—La principal teoría por ahora, según las conversaciones escuchadas de momento, indica que nuestro enemigo es árabe. ¿Estás diciendo que podría ser errónea?

—Posiblemente —dije—. Aunque también es posible que a mis secuestradores simplemente les gustaran los deportes. No hay muchas radios por aquí que retransmitan en árabe. Y justo después de que Erika saltara encima del techo de la furgoneta, uno de los malos dijo algo en un idioma que no entendí.

223

—¿Podría tratarse de algún tipo de árabe? —preguntó Crandall.

—No estoy seguro —reconocí con tristeza—. No oí mucho, Erika los dejó inconscientes enseguida.

—Sí, suele hacer eso. —Crandall le dirigió a Erika una sonrisa de satisfacción y se sentó de nuevo en su butaca con la taza de té en las manos—. ¿Tú qué piensas, querida? ¿Qué impresión te dieron a ti?

—Sí parecían árabes —contestó ella—, pero estaba demasiado ocupada tratando de que no me mataran como para preguntarles de dónde eran. Pero lo que ha dicho Ben de la radio es interesante. A lo mejor solo intentaban parecer árabes para que la CIA dejara de seguirles la pista. Y lo mismo ocurre con la retransmisión de la charla en árabe.

—¿Para qué retransmitir la charla siquiera? —pregunté.

Crandall me miró con curiosidad.

—¿Te parece raro?

—Sí —respondí—. ¿Para qué alertar a la CIA de que iban detrás de mí? Si conocían tan bien el campus, ¿por qué no se colaron directamente y me sacaron en plena noche?

Crandall se giró hacia Erika y arqueó las cejas de nuevo.

—Es más listo de lo que pensabas —dijo.

Erika se encogió de hombros.

—Va mejorando.

Crandall dirigió su atención de nuevo hacia mí.

—Tienes razón, pero ten en cuenta que el campus ya estaba plagado de agentes. El enemigo tenía un tiempo muy limitado para sacarte de allí y no tenía forma de saber dónde estabas en un momento dado. Pero, con el chivatazo, sabrían exactamente dónde ibas a estar: en la sala de seguridad.

—Aun así, no podían lidiar con todos los agentes —dije—. A no ser que el enemigo supiera de antemano que iba a producirse una maniobra de distracción... y era imposible que supieran que Mike iba a venir. No lo sabía ni yo.

Sin embargo, algo se me ocurrió de repente mientras hablaba. Se me debió de notar enseguida, porque Crandall y Erika se inclinaron hacia delante.

—¿Qué pasa? —preguntó el profesor.

—¿Sigues teniendo ese pósit? —le pregunté a Erika.

Lo sacó de su cinturón de herramientas, donde lo guardaba metido en la bolsa de pruebas.

—Estaba en la furgoneta que usaron para secuestrar a Ben —le contó a Crandall.

Lo cogí. En el pósit figuraba el número 70.200, tal y como lo recordaba. Simplemente necesitaba verlo otra vez para asegurarme de que mi cabeza no me la estuviera jugando.

—Sí sabían que Mike iba a venir —dije.

Erika se sentó a mi lado.

—¿Cómo lo sabes?

Era la primera vez que sabía algo que ella no. Probablemente en otras circunstancias me hubiera regodeado, pero tenía demasiadas ganas de impresionarla.

—Es una hora. Aunque, en lugar de escribirla en horas y minutos, está escrita en segundos. Es probable que para evitar que nadie se diera cuenta de que se trataba de una hora. Setenta mil segundos desde medianoche equivale a las siete y media de la tarde.

—Exactamente la hora a la que llegó tu amigo al campus. —Crandall golpeó el brazo de su butaca—. ¿Estás completamente seguro?

225

Empezó a hacer cuentas en una hoja de papel.

—No es necesario —le dijo Erika—. Las habilidades criptográficas de Ben serán un bulo, pero sus habilidades matemáticas no son ninguna broma.

Crandall soltó el lápiz.

—Así que filtraron la conversación y, de este modo, consiguieron que la CIA te pusiera exactamente donde querían. Después, le dijeron a tu amigo que fuera a verte exactamente a las siete y media para distraer a la CIA.

—¿Cómo? —pregunté.

—Averígualo y probablemente encontremos al topo —dijo Erika—. Tenemos que hablar con tu amigo.

—Espera. ¿Dónde está Mike? —según lo pregunté, me enfadé conmigo mismo por no haber pensado en ello antes. Había estado tan centrado en mi propio drama aquella noche que se me había olvidado por completo que mi mejor amigo también había sufrido una situación que daba bastante miedo. La última vez que había visto a Mike lo estaban apuntando con cincuenta pistolas a la vez. Mike ya estaba acostumbrado a padecer encontronazos con las autoridades, pero aquello debía de haberlo dejado muerto de miedo.

—Lo último que sé es que estaba encerrado —dijo Crandall.

—¿Lo han metido en la cárcel? —pregunté, compungido.

—No. —El profesor levantó una mano para indicarme que me relajara—. Solo lo están interrogando. Pero, dadas las circunstancias, creo que le va a costar bastante demostrar su inocencia. Por lo que sabemos, aún podrían estar interrogándole.

Un escalofrío me recorrió la espalda al pensar en lo mal que lo debía de estar pasando Mike.

—¿Y qué tienen pensado hacer con él luego?

—Probablemente, un lavado de cara completo —dijo Erika.

—¿Y qué es eso? —pregunté.

—Le mentirán —contestó Crandall—. Le contarán la mentira más elaborada que haya oído nunca para eliminar toda sospecha que pueda albergar sobre este sitio. Le dirán que es una Academia de Ciencias, pero que se la cedieron a los marines para que realizaran sus prácticas en ella y que él llegó justo en mitad de sus ejercicios... o que se trataba de una redada del FBI... o Dios sabe qué. Harán lo que sea necesario para que la historia sea creíble, aunque tengan que arrastrar al mismísimo jefe de las fuerzas armadas hasta ahí.

—¿Y si Mike no se lo traga? —Conocía bien a mi mejor amigo. Nadie tenía menos respeto por la autoridad que él, y yo estaba empezando a pensar que era una ideología bastante sana.

Crandall frunció el ceño.

—Digamos que lo mejor para él es que se lo crea.

Me incliné hacia delante de mi asiento, preocupado.

—¿Lo van a matar?

—No —dijo el profesor—. La gente que está al mando de la CIA puede ser muy incompetente y estar prácticamente chalada, pero no está psicótica. Simplemente harán lo que sea necesario para que se olvide de lo que ha visto. Hay distintos métodos; eso sí, te aseguro que ninguno es agradable.

Me dejé caer de nuevo en la silla, deseando no haber oído hablar nunca de la escuela de espías. Que yo me hubiese metido en un buen lío era una lata ya de por sí, pero al menos me había presentado voluntario. Ahora era mi mejor amigo el que estaba en peligro simplemente porque había querido llevarme a una fiesta en casa de Elizabeth Pasternak. Había querido hacer algo por mí y ahora estaba sufriendo por ello. Empecé a entender por qué Erika mantenía el menor contacto humano posible; su familia llevaba siendo espía el tiempo suficiente como para saber que, si te acercabas demasiado a alguien, podía salir herido.

—O sea, que el enemigo le lleva varios años de ventaja a la CIA —dije— y, en lugar de intentar arreglarlo, está perdiendo el tiempo con Mike.

—Ah, es aún peor —dijo Crandall—. Se están planteando iniciar el Proyecto Omega.

Nunca había visto a Erika tan preocupada por algo hasta aquel momento. Se giró hacia Crandall con los ojos como platos.

—¿Por esto? ¿Por qué?

—Porque tienen miedo —le dijo Crandall.

—Esperad —los interrumpí—, ¿qué es Omega?

—El programa para situaciones desesperadas, el último recurso —dijo Erika con amargura—. Cerrar la Academia.

—¡No pueden hacer eso! —dije.

Teniendo en cuenta lo cabreado que había estado con la escuela de espías hacía apenas un minuto, me sorprendió lo mucho que me desagradaba la sola idea de que la cerraran. A lo mejor no era para mí, pero sin la Academia, ¿adónde iría alguien como Erika? ¿Y cómo podría verla de nuevo?

—Claro que pueden —respondió Erika—. Un topo puede arruinar décadas de trabajo. No importa lo buena espía que sea: si mi nombre se filtra, no sirvo para nada como agente. Y lo mismo pasa con todo el mundo que está aquí. Así que, ¿para qué dejarla abierta? Sería malgastar dinero...

—Calma, calma —dijo Crandall tratando de reconfortarla—. Estás hablando como si ya se hubiese tomado la decisión.

—Bueno, ¿por qué no iban a poner en marcha Omega? —preguntó Erika—. El enemigo ya ha demostrado que conoce todos los rincones del campus. ¡Si hasta secuestraron a Ben de la sala de seguridad! ¡La escuela no podría estar más amenazada!

—Admito que tiene mala pinta —dijo Crandall—, pero los altos cargos no piensan reunirse para hablar de Omega hasta esta misma tarde. Si hubiese algún progreso importante en la caza del topo antes del encuentro, quizá podría influir algo en su decisión.

—¿Cómo de importante? —pregunté.

—Tendríamos que encontrar al topo —Erika se giró hacia Crandall—. ¿A qué hora es la reunión?

—A la una en punto —respondió el profesor—. Aquí mismo, en la sala de conferencias.

—¿Dónde está eso? —pregunté.

—En el Edificio Hale, al lado de la biblioteca —dijo Crandall.

Miré el reloj. Eran las dos y media de la mañana. Teníamos menos de doce horas para encontrar al topo que había engañado a toda la CIA la noche anterior. Parecía un objetivo imposible.

229

Erika, sin embargo, no se achantó. Estaba acelerada, dispuesta a hacer lo que fuera por salvar la Academia.

—¿Cuál es nuestra mejor pista? —preguntó.

Tardé un momento en darme cuenta de que me estaba preguntando a mí, no a Crandall. Traté de encontrarle sentido a lo que había pasado aquel día. Un nombre me vino a la mente antes que los demás.

—Ehhh... Chip Schacter.

—¿Chip? —Crandall rio—. Pero si ese chaval es imbécil.

—O a lo mejor solo quiere que pensemos que lo es —dije, y pareció surtir efecto en Crandall, porque se calló rápidamente—. Quería verme hace unas horas.

Saqué la nota arrugada del bolsillo y se la enseñé: «Nos vemos en la *bivlioteca* esta noche. A medianoche. Tu vida depende de ello».

Erika la leyó y me miró, sorprendida.

—Esa es la letra de Chip, en efecto. ¿Por qué no habías dicho antes nada de esto?

—Se me pasó. Con todo el asunto de que el enemigo me secuestrara y demás.

—¿Alguna idea acerca de lo que quería decirte? —preguntó Erika.

—No —admití.

Crandall dejó la taza sobre la mesa, suspirando.

—Sin ánimo de ofender, Benjamin, pero esto no nos da demasiada ventaja.

—Chip está relacionado con la última bomba que pusieron debajo de la escuela —dijo Erika—. O la puso él o él la encontró. Eso lo sitúa más cerca de toda la trama que a cualquier otra persona. Y ahora quería ponerse en contacto con Ben.

—Si es que la nota es suya —dijo Crandall con cautela—. No es difícil imitar la letra de alguien. Esto podría ser un plan absurdo urdido para hacernos perder un tiempo muy valioso.

—Hay otra cosa sobre Chip —dije—. Está saliendo con Tina Cuevo.

Erika y Crandall se giraron hacia mí, sorprendidos por aquella información... y por el hecho de que lo hubiera sabido antes que ellos.

—¿Cómo lo sabes? —preguntó Erika.

Empecé a responder, pero Crandall se llevó de repente un dedo a los labios, haciéndome una señal para que me callase.

En mitad del silencio, oí el sonido de unos pasos acercándose por la escalera principal. Era un sonido tan débil que parecía increíble que Crandall lo hubiese oído mientras hablábamos.

Crandall encendió la televisión. Parecía muy antigua, pero estaba conectada al sistema de seguridad del campus. Crandall encontró rápidamente el canal de las escaleras del edificio. Seis hombres estaban subiendo, armados hasta los dientes.

—¡El enemigo! —exclamé.

—Peor —dijo Crandall—. La Administración —Se giró hacia nosotros—. Si te cogen, se acabó la investigación. ¡Marchaos! ¡Encontrad a Chip!

Erika ya había abierto la ventana.

La seguí a través de ella. Después de haber estado arropados en el calor del apartamento de Crandall, el aire frío me golpeó como una bofetada. Salté el piso que nos separaba del suelo.

Nos esperaban en el exterior: todo el edificio estaba rodeado.

Un puñado de linternas se encendió a la vez y me cegó. Unas figuras oscuras corrieron hacia mí procedentes de las sombras.

—¡Ripley! —gritó uno—. ¡No corras! ¡Solo queremos asegurarnos de que estás bien!

—¡No les hagas caso! —me advirtió Erika mientras pasaba a la acción con una oleada de patadas y piruetas. Algunos de sus atacantes sucumbieron enseguida, agarrándose varias partes del cuerpo mientras gemían de dolor. Pero había demasiados como para que pudiera salvarme el pellejo.

Ahora que ella había iniciado el ataque, los agentes dejaron de fingir cualquier tipo de preocupación por mi bienestar y me acorralaron. Hice todo lo que pude por escapar, pero no sirvió de mucho. Solo conseguí asestarle un golpe en las gafas a uno de aquellos tipos antes de que los demás se me abalanzaran. A través del amasijo de piernas y brazos, vi cómo Erika desaparecía en el bosque con una horda de agentes detrás, persiguiéndola.

En ese momento, alguien me estampó la cara contra el suelo y me susurró al oído:

—Te vienes con nosotros. La Administración quiere hablar contigo.

INTERROGATORIO

Centro Cheney de Adquisición de Información
10 de febrero
12:00 horas

Pasé las siguientes nueve horas metido en la sala de interrogatorio.

En las películas, las salas de interrogatorio siempre parecían lugares fríos y horribles, con paredes de cemento visto, un par de sillas de metal y un espejo unidireccional que todo el mundo sabía que lo era. En la Academia, las salas de interrogatorio seguían siendo sitios horribles, pero al menos estaban bien amuebladas. La mía tenía un sofá de felpa, moqueta y una pequeña fuente zen. Y en ella sonaba música *new age* a través de un altavoz escondido. Era como estar en la sala de espera de un *spa*. Todo lo necesario, pues, para inducir a cualquiera a cantar como un canario, supuse.

Una sucesión de agentes desfiló por la sala, todos ellos con el objeto de averiguar lo que sabía. Eran de todas las edades, formas y etnias posibles, e intentaron aplicar cuantos méto-

233

dos a su alcance encontraron en el manual. (El manual existe de verdad: *Métodos avanzados de interrogatorio*, de Mattingly. Lo tuve que leer para el seminario de adquisición de información.) En buena medida, estos métodos estaban pensados, sobre todo, para variar un poco de la rutina del «poli bueno, poli malo», aunque quizá la descripción de «poli competente, poli incompetente» fuera más adecuada. Tan solo unos pocos parecían medianamente interesados en lo que sabía sobre el enemigo; la mayoría estaba más preocupada por mi propia lealtad, como si yo fuera el verdadero problema.

El mayor impedimento era que nadie se creía lo que había pasado, a saber: que me había rescatado una compañera sin ayuda (una compañera de quince años, para más inri). Nadie dudaba de que Erika fuera perfectamente competente; tenían su expediente a mano, aunque no la tuvieran a ella en persona, vale decir. No solo se había escapado, sino que además les había dado esquinazo, lo cual debería de haber servido como prueba suficiente de lo competente que era. Sin embargo, aquello solo les hizo cuestionarse también su lealtad. Lo que más sentido tenía para mis interrogadores era que yo estuviera confabulado de alguna manera con el enemigo, y que me hubiesen dejado marchar a propósito como parte de una elaborada estrategia.

—¿Cómo planeó Erika tu huida exactamente? —me preguntaban una y otra vez.

—¿Por qué no intentaste contactar con nosotros después de escapar?

—¿Qué hiciste en lugar de eso?

—¿Cuál es tu relación con la señorita Hale?

—¿Amas los Estados Unidos?

—¿Eso qué tiene que ver? —pregunté.

—Limítate a contestar —dijo el interrogador.

Y así lo hice. Contesté a esa y a todas las demás preguntas con sinceridad, pero entonces entraba otra persona en la habitación y me las volvía a preguntar.

También hablé con un montón de sujetos que iban de agentes, pero que supuse que serían abogados. Todos parecían muy preocupados de que, si en verdad era inocente, fuera a denunciar a la Academia por negligencia (en concreto, por dejar que me secuestraran y no conseguir rescatarme, por ejemplo). Me pidieron que firmara decenas de documentos llenos de complicados términos legales. No firmé ni uno.

Lo que sí hice fue tratar de convencer a todo el mundo de que dejara de hacerme preguntas y darme formularios, y que se limitara a escucharme sin más. Era preciso encontrar cuanto antes a Chip Schacter. Si había que interrogar a alguien, ese era él. Estaba saliendo con Tina Cuevo. Tina Cuevo era la única estudiante a la que le habían entregado mi expediente original... y la única a la que Erika había puesto en copia en el correo sobre la Taladradora. Chip podría haber accedido fácilmente a aquella información y habérsela pasado al enemigo. O, a lo mejor, Tina había filtrado la información ella misma. Sea como fuere, había razones de sobra para investigarlos a ambos.

Casi todo el mundo me ignoró. La única que no lo hizo fue una mujer corpulenta que tenía el pelo rojo tan lleno de laca que parecía a prueba de balas. Y más que escucharme, lo que hizo fue ofenderse.

—¿Nos estás diciendo cómo tenemos que llevar la investigación? —preguntó con enfado.

235

—Estoy intentando daros información —dije—. Pensaba que ese era el objetivo del interrogatorio.

—Porque a mí me parece que nos estás diciendo cómo llevarla —vociferó—. Tú. Un estudiante de primero. Que no sabe nada de espionaje. ¿Por qué no dejas la investigación a los profesionales?

—La última vez que hice eso acabé secuestrado —respondí.

La mujer se puso roja de ira y salió de la sala dando un portazo.

Después de eso, no vino nadie en un buen rato. No debían de querer que supiera cuánto tiempo había pasado, porque no había ningún reloj en la sala y me habían confiscado el mío. Creo que se trataba de alguna técnica de interrogatorio especial, aunque también fuera posible que no tuvieran ni idea de qué hacer conmigo. Estuve gritando durante un rato a los que había al otro lado del espejo que estaban perdiendo el tiempo, pero nadie respondió, así que lo único que pude hacer fue sentarme en el sofá y poner cara de enfado para que la vieran bien.

Finalmente, tras lo que parecieron horas, la puerta se abrió y Alexander Hale entró en la sala.

Aunque la imagen que tenía de Alexander había empeorado considerablemente a lo largo de aquel día, igualmente me alegré de verlo. Llevaba un traje gris hecho a medida con un pañuelo blanco en el bolsillo. En lugar de sentarse, sujetó la puerta, mirando de reojo al espejo.

—Vamos, Ben. Hay que moverse.

No tuvo que decírmelo dos veces. Me levanté de un salto y lo seguí. Hasta que no estuvimos fuera de la sala, en lo que parecían los túneles que recorrían el subsuelo del campus, no me atreví a preguntar:

—¿Me puedo ir?

—No exactamente —dijo Alexander—. Pero por lo que a mí respecta, sí. He pedido un rato a solas contigo, de hombre a hombre. Sin observadores.

—O sea, ¿que me estás ayudando a escaparme? ¿No te vas a meter en problemas?

—Digamos que te debo una. Además, Erika dice que eres de más ayuda fuera que dentro.

Alexander me guio por los túneles rápidamente, incluso corriendo cuando nadie nos veía, hasta que llegamos a la entrada del cajero automático que me había enseñado Erika la noche anterior. Abrió la puerta de la escalera secreta, pero simplemente me indicó que pasara.

—¿Tú no vienes? —pregunté.

—Tengo que volver y borrar tu rastro. —Alexander me dio una palmada en la mejilla de forma paternal—. Pero no te preocupes. Estás en buenas manos.

Antes de que pudiera decir nada, cerró la puerta detrás de mí.

Subí las escaleras corriendo y salí por detrás del cajero automático al banco falso. Acto seguido, salí a la calle. Era libre. Los muros de piedra de la Academia se alzaban imponentes al otro lado.

—Bienvenido de nuevo, Ben —dijo Erika.

Di un respingo y luego me di cuenta de que la voz venía de dentro de mi cabeza: Alexander me había puesto una radio en el oído.

Había mucha gente por la calle. El enemigo me había

237

cogido el móvil, pero me llevé la mano a la oreja y fingí hablar por teléfono. Nadie me miró más de la cuenta; casi todo el mundo iba con el suyo.

—¿Me oyes? —pregunté.

—Alto y claro —respondió Erika.

—¿Dónde estás?

—Aún sigo en el campus, investigando unas cosillas. Pero quiero que sigas a alguien.

—¿A Chip?

—No, creo que está limpio.

—¿Qué? Pero...

—Luego te lo explico. Ahora quiero que sigas a Tina. Ella es el topo... y se está moviendo.

EMBOSCADA

Washington, D. C.
Alrededores de la Academia de Espionaje
10 de febrero
12:30 horas

Erika me comunicó que Tina iba a salir por la puerta principal de la Academia, así que apuré el paso por el perímetro del campus, acelerando para llegar antes que ella. Aminoré la marcha a una manzana de la entrada y me uní a un pequeño grupo de personas que estaba esperando el autobús.

Dos limusinas con matrícula diplomática bajaron por la calle y giraron hacia la entrada de la Academia. Los guardias apostados allí saludaron.

—Parece que los mandamases están llegando para hablar del Proyecto Omega —dije.

—Ah, sí. Hoy se reúne lo más granado del espionaje actual —contestó Erika—. Tenemos a los directores de la CIA, el FBI y la NSA; a los representantes del Comité de Inteligencia; a un par de enlaces de la Casa Blanca; y, por supuesto, ningu-

239

na reunión podría estar completa sin mi padre... Vale, por ahí va Tina.

Tina Cuevo apareció por la puerta un segundo después, envuelta en un elegante gabán con un gorro de lana bien calado. Miró a su alrededor con cautela, aunque yo no supe si lo hacía porque temía que la siguieran o si, más bien, sería la costumbre de cualquiera que estuviese en el último curso de la escuela de espías. En cualquier caso, no se dio cuenta de que yo estaba allí y aceleró el paso.

—Dale media manzana de ventaja y después síguela —me pidió Erika. Al parecer, sabía que, aunque yo hubiera estudiado cómo perseguir a alguien, nunca lo había llevado a la práctica. Nuestros exámenes prácticos de persecución clandestina no estaban previstos hasta la primavera.

Hice justo lo que me dijo.

Tina se movía con rapidez por entre las calles de la ciudad, mirando el reloj cada minuto aproximadamente, como si fuese muy justa de tiempo. De vez en cuando, miraba por encima del hombro, pero lo hacía tan rápido que no creo que me viera a menos que fuera disfrazado de gorila. Me sentía lo bastante cómodo como para hablar con Erika por mi «teléfono».

—¿Sabes hacia dónde va?

—No, pero le ha llegado un mensaje y ha echado a correr. Y justo antes de que empezara la reunión. Es sospechoso.

—¿Tan sospechoso como para pensar que ella es el topo?

—Ah, sé algo más de ella. Cortesía de Chip.

—¿Chip?

—Sí. Después de haberme librado del pelotón de gorilas, lo seguí y le pregunté de qué quería hablar contigo anoche. Al parecer, acudía a ti para pedirte ayuda.

—¿A mí? —No pude contener la sorpresa—. Pero si llevo aquí muy pocas semanas. ¿Por qué no a ti?

—Debe ser porque intimido a la gente. Tenía miedo de que lo delatara.

—¿Por qué?

—Por estar realizando una investigación no autorizada. Chip no colocó esa bomba en la escuela. Estaba intentando descubrir quién lo había hecho.

Tina cruzó corriendo la calle justo antes de que cambiase el semáforo. Me vi atrapado al otro lado y tuve que esquivar unos cuantos coches para cruzar sin peligro.

—¿Por qué no recurrió directamente a alguno de sus profesores? —pregunté.

—Primero, no estaba seguro de que fuera una bomba. Al menos, una de verdad. Pensó que quizás era una prueba. Es la típica paranoia que te entra después de cuatro años en la escuela de espías. Y segundo, Chip temía que, si la bomba era real y su primera reacción consistía en ir a contárselo a alguien más, la Administración lo considerara un inútil.

—¿Aunque pudiera salvar vidas?

—Estamos hablando de Chip. Está acostumbrado a tener a alguien que piensa por él, por eso recurrió a ti. Agradeció que no lo delatases al director de la escuela.

—No lo delaté porque me amenazó para que no lo hiciese.

—Te repito que este chico no es precisamente Albert Einstein. También se quedó muy impresionado cuando

241

le defendiste ante la autoridad porque creía que eras un pelota.

Tina se metió en un banco. Ahora estábamos a seis manzanas del campus. El banco era normal y corriente, demasiado pequeño para entrar detrás de ella sin que se diese cuenta. Así que me arrimé a la ventana y la observé mientras esperaba en la cola del cajero.

—Se ha metido en un banco —informé.

—¿Para hacer qué?

—Yo qué sé. Está esperando en el cajero.

—Supongo que no llevas prismáticos, ¿verdad?

—Perdona. Me lo han confiscado todo. No tengo ni móvil. Estoy haciendo como que le hablo a mi mano.

—Vale. No la pierdas de vista.

—Bueno, ¿y qué te dijo Chip? —pregunté.

—Que él no es el topo. Es Tina.

—¿Y confías en su palabra?

—Pues claro que no. ¿Por quién me tomas? ¿Por una novata? Lo sometí a un interrogatorio bastante duro. Pero, sea quien sea tu fuente, se equivocaba. Chip no está saliendo con Tina. Ha estado investigándola.

—¿Y Chip tiene razón?

—Bueno, no puede ser un idiota integral. Al fin y al cabo, consiguió entrar en la escuela de espías.

«Y yo, no», pensé.

—¿Qué tiene contra ella?

—Pues un montón de pruebas. Material consistente: correos electrónicos, fotos y tal. Muchísimas cosas. No he tenido tiempo de revisarlo todo, pero creo que Chip puede demostrar que ella puso la bomba en el túnel. Ade-

242

más, tiene otras pruebas circunstanciales que estoy comprobando ahora.

—¿Qué? Te pierdo. —La conexión de radio se estaba debilitando, interrumpida por interferencias constantes.

—Estoy en los túneles que hay debajo del Edificio Hale. Tengo una sospecha acerca de lo que se trae entre manos el enemigo.

Antes de que pudiese preguntarle a qué se refería, alguien me agarró por detrás.

Me di la vuelta, dispuesto a pelear.

Allí estaba Mike Brezinski de pie. Dio un salto hacia atrás, no por miedo a mis puños, sino porque seguía nervioso por el avasallamiento de los agentes de la CIA la noche anterior.

—¡Eh! ¡Que soy yo! —exclamó.

Me alivió verlo bien, aunque, al mismo tiempo, su presencia me resultara algo inquietante.

—¿Qué haces aquí? —le pregunté.

—Quería hablar contigo —dijo él.

—¿Qué has hecho? ¿Me has seguido desde el campus?

—Sí, porque la última vez que traté de verte en el campus, casi me fusilan.

—Ben, no puedes tener a tu amigo rondando por aquí ahora mismo —me advirtió Erika—. Llamará la atención de Tina. Tienes que quitártelo de encima.

—Ya lo sé —contesté, olvidando por completo que se suponía que no debía responder a Erika cuando hubiese gente cerca.

—¿Lo sabes? —Mike pensó que estaba contestándole a él—. ¿Cómo?

—Eh... No puedo hablar de eso ahora —dije con tristeza—. No es un buen momento...

—¿Me has oído? —preguntó Mike—. ¡Anoche casi me matan! ¡Por intentar invitarte a una fiesta!

—Ya lo sé —dije de nuevo— y lo siento, pero estos días ha habido problemas de seguridad en el campus y supongo que la patrulla exageró un pelín.

—Oye, Ben, no me tomes por tonto —espetó Mike—. Esos imbéciles ya intentaron venderme la moto cientos de veces anoche. Con ellos sí me hice el tonto para que me soltaran, pero no me lo haré contigo. A ver, en serio, que no me importa lo grave que sea el delito, pero nadie va vigilando el barrio con gafas de visión nocturna. Esos tipos eran profesionales, ¿verdad?

—Sí —reconocí. Ya no tenía ningún sentido que le mintiese.

—¿Qué parte de «quítate a este tío de encima» no has entendido? —me preguntó Erika por el pinganillo.

Aunque sabía que Erika tenía razón, me daba cosa deshacerme de Mike. Lo habían utilizado y estaba prácticamente traumatizado por mi culpa, de modo que me sentía fatal por ello. Además, parecía que Tina estaba de cháchara con su asesor bancario y no pensaba salir en breve.

—No es una Academia de Ciencias normal y corriente, ¿verdad? —preguntó Mike.

No estaba muy seguro de cómo debía responder a esa pregunta, sabiendo que Erika podía escucharlo todo, así que intenté eludir la pregunta.

—¿Qué te hicieron?

—Quieres decir, ¿después de intentar asesinarme? Bueno, pues para empezar, ni siquiera se disculparon. Me encerra-

244

ron en una habitación con música *new age* y un espejo unidireccional barato y me frieron a preguntas hasta medianoche. Aunque me hice el sueco, no me soltaron hasta pasada la una de la madrugada. Luego me llevaron a casa y se chivaron a mis padres. Así que no solo me perdí la fiesta de Pasternak, sino que además me castigaron.

—¿Y cómo es que ahora estás aquí?

—¿Tú qué crees? Porque me estoy saltando las clases.

—Jo, Mike, lo siento muchísimo.

—Sí, eso dices, pero ¿lo sientes de verdad?

—¿Qué? —le pregunté, sorprendido por la acusación—. ¿Cómo puedes decir eso?

—Pues porque llevas evitándome desde que me pillaron intentando rescatarte para ir a la fiesta anoche —respondió Mike—. Te he llamado, te he escrito, te he enviado correos electrónicos... Y has pasado de mí.

—Es que no llevo el móvil y...

—Y te escabulliste anoche.

Hasta entonces había estado intentando mantener un ojo puesto en Tina, pero ahora dirigí toda mi atención hacia Mike.

—¿Cuándo?

—Justo al salir del campus. Te vi desde el coche mientras me iba. Estabas entrando con una tía buena en un cajero automático. Te llamé a gritos, pero me ignoraste.

Solté un quejido; acababa de darme cuenta de lo que había pasado. A pesar de que anoche el campus estuviera plagado de agentes de la CIA, ninguno me había visto. Pero mi mejor amigo, sí. Por eso supieron que Erika y yo habíamos vuelto. El único motivo por el que a los guardias les

costó tanto encontrarnos fue que no sospechaban que fué-
ramos a la habitación de Crandall.

—Mike, te juro que no te oí —dije.

Mike levantó las manos y se apartó de mí.

—Muy bien. Te creeré esta vez. Ahora entiendo por qué
esa chica te llama tanto la atención. ¿Era Erika?

—¿Cómo sabe mi nombre? —preguntó Erika con recelo.

—¿Cómo sabes su nombre? —pregunté.

—Tío, me lo dijiste tú —contestó Mike—, hace un par
de semanas por teléfono. Estuviste alardeando de que se había colado en tu habitación después del toque de queda.

—¿Eso le dijiste? —Erika parecía molesta.

—Pero no era una cita ni nada —contesté rápidamente—. Solo quería que hiciésemos un proyecto juntos.

—No me lo contaste así —dijo Mike con una risotada—
y, sinceramente, eso no es lo que parecía anoche. Os esca-
páis los dos juntos del campus a la una y media de la madrugada, pero ¿no estáis saliendo? Ben, reconócelo. ¡Tendrías
que estar orgulloso! Cuando me dijiste lo buena que estaba
Erika, pensé que era un farol, pero tenías razón. ¡Esa chica
está de muerte!

—Ben, tenemos que hablar —dijo Erika con frialdad.

—¿Y la has besado ya? —preguntó Mike.

Me giré hacia el banco, deseando que Tina saliese. Estaba desesperado porque algo, lo que fuera, interrumpiese la
conversación. Habría preferido un tiroteo a soportar que
Erika oyese otra frase más. Por suerte, Tina ya se estaba acercando a la puerta.

—Mike —dije—, no estoy con ella. De verdad.

Mike pasó de estar emocionado a dolido.

246

—Mira, puedo aguantar que esos matones fascistas me mientan, Ben. Pero tú eres mi amigo. O, al menos, lo eras. Aunque no te hayas portado como tal desde que entraste en esta estúpida escuela.

—Es complicado...

—No, es muy fácil: estás siendo un capullo. Me mientes. Me ignoras. Y me tomas el pelo.

—¡No es verdad! —protesté.

—Me dijiste que viniera a rescatarte anoche y luego me dejaste tirado cuando me metí en problemas.

Tina estaba saliendo del banco con un paquete debajo del brazo. Sabía que debía seguirla, pero, en lugar de eso, me giré hacia Mike.

—Espera, ¿qué quieres decir con que yo te dije que vinieses a por mí?

—¡Me escribiste!

—¡Qué va!

—¿Cómo llamas a esto, entonces?

Mike se sacó el móvil y empezó a buscar algo.

Tina estaba a punto de doblar la esquina y desaparecer de mi vista.

Esperé que Erika me regañase por no seguirla, pero parecía estar distraída con algo al otro lado de la radio.

Así que me quedé ahí callado y quieto. Fue una decisión consciente basada en algo que Erika me había dicho aquella misma mañana: si averiguábamos cómo había manipulado el enemigo a Mike, podríamos cazar al topo. Ahora, Mike aseguraba que yo le había mandado un mensaje crucial, cuando no lo había hecho. Averiguar qué había pasado parecía, de repente, la clave de todo.

Mike encontró lo que estaba buscando y me tendió el móvil.

—Ahí lo tienes. La prueba indiscutible.

Tenía razón. Había un mensaje enviado desde mi móvil.

«Me apunto a la fiesta. Ven a rescatarme. 19:30 en punto».

Junto con un puñado de instrucciones explícitas: el lugar concreto por el que saltar el muro, qué camino coger hacia el dormitorio, una advertencia sobre cómo evitar las cámaras. Todo lo necesario para que Mike se convirtiera en el cabeza de turco.

Y la hora exacta a la que fue enviado: las 13:23.

Por una vez, mi habilidad para saber siempre qué hora era a cada momento tenía una aplicación práctica. Sabía exactamente qué había estado haciendo a las 13:23 de ayer y, por lo tanto, supe quién había utilizado mi móvil.

Todo encajaba. De pronto, comprendí cuál era el plan del enemigo.

Ya no hacía falta que siguiese más a Tina. Al igual que a Mike, la habían utilizado vilmente. Era una maniobra de distracción respecto de lo realmente importante.

Y eso quería decir que tenía que volver al campus cuanto antes.

Le devolví el móvil a Mike.

—Lo siento mucho, pero tengo que irme. Te prometo que te compensaré todo esto. Eres mi mejor amigo y la amistad es lo más importante para mí.

—Guau. —Mike dio un paso atrás, incómodo por tanta emoción—. Disculpas aceptadas. No hace falta que te pongas tan cursi. ¿Cuál es la emergencia?

—Necesito encontrar a Erika —dije.

—Entonces, ¿por qué sigues aquí? —Mike sonrió enseñando todos los dientes—. Ve a por ella, machote.

Eché a correr calle abajo, de vuelta a la Academia. Tenía demasiada prisa como para fingir que iba hablando por un teléfono imaginario.

—¡Erika! —dije—. ¡Sé quién es el topo!

No respondió. En cambio, sí oí un fuerte golpe y, después, el distintivo gemido de Erika mientras se desplomaba en el suelo, inconsciente.

DESCUBRIMIENTO

Academia de Espionaje de la CIA
Planta 2 del subsótano
10 de febrero
13:00 horas

Utilicé la entrada secreta del cajero automático para volver al campus. Había pensado en cruzar directamente la puerta principal y pedir ayuda a los guardias que estaban allí apostados, pero temí que me volvieran a encerrar. Había recorrido tantas veces esos túneles últimamente que ya empezaba a aprendérmelos de memoria y solo me perdí una vez.

Sabía que era una temeridad lanzarse de cabeza contra el enemigo. Sabía que debía encontrar a alguien que me ayudase, pero no estaba seguro de en quién confiar y, sin el móvil, no sabía cómo localizar a nadie sin desperdiciar mi precioso tiempo. Ni siquiera tenía tiempo de pasar por la armería y recoger un arma. Siempre se tarda, como mínimo, cinco minutos en rellenar un formulario de solicitud de armas de fuego y no tenía ni siquiera esos cinco minutos. En ese momento, cada segundo contaba.

250

Erika me había dicho que estaba debajo del Edificio Nathan Hale. No sabía en qué punto exacto, pero supuse que había estado fisgoneando por debajo de la sala de conferencias, por ser el lugar donde se reunían para hablar del Proyecto Omega. Todos los peces gordos del espionaje en Norteamérica estaban allí. Con tan solo una bomba, el enemigo podía eliminarlos a todos a la vez.

Pero ¿dónde estaba eso? Había dos pisos por debajo de la biblioteca... que yo supiera. Quizás hubiese otros diez pisos allí abajo. Y cada planta era un laberinto de túneles, conductos y salas cerradas. Ni siquiera sabía dónde estaba la sala de conferencias del Edificio Hale, un edificio inmenso, el más grande del campus, que ocupaba el mismo espacio que un campo de fútbol. Podría haber miles de sitios en los que ocultar una bomba ahí debajo.

Sin embargo, según me iba acercando al Edificio Hale, oí un pitido débil. Venía del transmisor y sonaba más alto con cada paso que daba.

«Erika», pensé. Debe de haber activado algún tipo de sistema de localización antes de quedar inconsciente. Estaba claro que solo funcionaba a corta distancia, pero con eso me bastaba. Dejé que el pitido me guiase por los túneles hacia el segundo piso del subsótano, hasta que me vi ante una puerta que decía «CUARTO DE CALDERAS». El pitido se volvió tan fuerte que tuve que quitarme el transmisor de la oreja.

Había un armario de mantenimiento al otro lado del pasillo. La puerta estaba cerrada, pero como era endeble, la eché abajo de tres patadas.

Las estanterías estaban llenas de limpiadores industriales; los materiales perfectos para construir un arma química... si hubiese cursado Química avanzada: Construcción de armas a partir de materiales de limpieza. Como no era el caso, tuve que conformarme con algo un poco más básico: partí el mango de una fregona con la rodilla y lo convertí en una estaca relativamente afilada. Y volví al pasillo.

La puerta del cuarto de calderas no estaba cerrada. Crujió con suavidad mientras la abría, pero el ruido de la puerta lo amortiguó la enorme y vieja caldera, que repiqueteaba y resonaba estrepitosamente en su esfuerzo por calentar el edificio de arriba.

Erika estaba inconsciente apoyada en la pared. Un hilillo de sangre le brotaba por detrás de la oreja.

En la pared de enfrente, estaba la bomba. Se parecía a la bomba con la que había visto a Chip en los túneles, solo que cientos de veces mayor. El bloque de explosivo C4 era del tamaño de un archivador, lo bastante grande como para reducir a escombros el Edificio Hale. Le brotaba una maraña de cables, todos conectados a un despertador digital, que justo entonces estaba siendo tuneado para convertirlo en un detonador...

Por Murray Hill.

Estaba de espaldas a mí, pero sabía que era él. Lo supe desde el momento en que vi el mensaje en el móvil de Mike. Lo habían enviado a la hora exacta en la que Murray se fue a coger el postre.

Me había birlado el móvil de la chaqueta, había mandado el mensaje a Mike y luego había borrado los envíos del historial de mensajes. No le habría costado mucho. Necesitó mi código de acceso, pero seguro que tampoco le fue difícil conseguirlo. Debí de haberlo escrito delante de él en algún momento durante las semanas anteriores, pensando que era mi amigo de verdad. Murray solo tuvo que mantener los ojos bien abiertos y recordarlo. Después de usar a Mike de cebo, había pedido a algún compinche que me distrajera, se fue a por el pastel y, al volver, me puso el teléfono en la chaqueta otra vez. Entonces, después de que Alexander me sacara del comedor, Murray se marchó a organizar mi secuestro.

Lo único que no pudo hacer fue eliminar el mensaje que había llegado al móvil de Mike, pero lo más probable era que diese por hecho que Mike jamás me enseñaría el mensaje de su teléfono... o que, para cuando lo hiciera, el Edificio Hale fuese ya un agujero humeante en la tierra.

Por lo que vi, Murray no había terminado de montar el explosivo aún, aunque no podía estar seguro. No sabía mucho de bombas, aunque sí de Murray: no podías fiarte ni un pelo de él.

Levanté el palo de la fregona, lo blandí como si fuese un bate de béisbol, y me acerqué a él sigilosamente, apuntando hacia su nuca —al mismo sitio donde seguro que le había asestado un golpe a Erika—, con la intención de zurrarle con todas mis fuerzas y dejarlo inconsciente. El traqueteo de la caldera cubrió el ruido de mis pasos mientras me acercaba...

—Si yo fuera tú, no haría eso, Ben. —Murray ni siquiera se dio la vuelta. Levantó la mano derecha, con la que agarraba un detonador de activación a presión—. Si me noqueas, se me caerá esto y entonces... ¡bum!

—Apártate de la bomba —dije, con el tono más amenazador que pude.

—Claro. Dame un segundillo. ¡Ea! Allá vamos.

Murray enchufó un último cable al reloj digital y se giró hacia mí con una sonrisa.

—¿Por qué no bajas el arma para que podamos hablar como personas civilizadas? Vamos, te compraré un helado. —Se dirigió hacia la puerta.

—Para o te atizo —le dije.

Murray se detuvo en seco y me dirigió una mirada molesta.

—No, no lo harás. Solo conseguirías que volasen todos por los aires, incluido tú. Y seguro que no quieres eso.

—También te haría estallar a ti —señalé—, y tú tampoco quieres eso. Así que parece que estamos en tablas.

—No del todo. —Murray se sacó una pistola de debajo de la chaqueta y me apuntó en el estómago—. Pistola vence a palo. Yo gano.

Con toda la tranquilidad del mundo, tiró el detonador de activación a presión, que al final solo era un cacharro inútil. Como he dicho, no puedes fiarte de él.

Y ahora estaba ya demasiado lejos para poder darle con el palo de la fregona. Lo bajé, derrotado, mirándole con todo mi odio.

—No me mires así —dijo—, si hubiese querido dispararte, ya lo habría hecho.

—¿Y por qué no lo has hecho? —pregunté.

—Porque tengo una propuesta de negocio para ti. —Señaló hacia la puerta con la pistola—. ¿Te importa si charlamos en un sitio más acogedor? Lo del helado lo decía en serio.

—Preferiría quedarme aquí —dije.

—Pago yo. Puedes pedírtelo hasta con virutillas.

—La última vez que me trajiste el postre era una treta para organizar mi secuestro.

Murray suspiró, exasperado.

—Te das cuenta de que hay una bomba ahí al lado, ¿verdad? No explotará hasta que yo lo diga, pero aun así, cuanto más nos alejemos de ella, más seguros estaremos.

—Quieres hablar conmigo, pues habla. —No estaba seguro de por qué me parecía tan necesario que nos quedásemos en la habitación, pero pensé que, si nos íbamos, perdería cualquier opción que tuviese de evitar la explosión. O de salvar a Erika—. ¿Qué me propones?

—¿Qué te parecería ser un agente doble? —preguntó Murray.

Ya contaba con que hiciese algo que me pillara por sorpresa, pero eso me desarmó por completo.

—¿Me estás ofreciendo trabajo?

—Yo, no. Mis superiores. Han visto tu expediente, por supuesto. Yo se lo filtré. Y les ha gustado lo que ven... A pesar de que todos sabemos que lo de especialista en criptografía es una trola.

—Me lo imaginaba. —Hice todo lo posible por sonar educado, esperando que eso le hiciese bajar la guardia—. Has jugado esa carta simplemente para tenderle una trampa a Escorpio, ¿verdad? Primero le haces creer a la CIA que hay un agente doble en la escuela. Filtras información. Y mandas a un sicario a mi habitación para demostrar que te puedes infiltrar en el campus. Luego, cuando Erika juega la carta de la Taladradora, haces que tus chicos me secuestren. Todo con el objetivo de asustar al Gobierno para que

255

consideren la puesta en marcha del Proyecto Omega. Porque sabes que solo una crisis como esa haría que se reunieran todos los altos cargos del espionaje; la oportunidad perfecta para borrarlos del mapa.

—¿Has averiguado todo eso tú solo? —preguntó Murray. Parecía sorprendido, pero quizás estuviera fingiendo de nuevo—. Sabía que no me equivocaba contigo. Ese es el tipo de pensamiento deductivo que estamos buscando.

—He averiguado más que eso —contesté—. Has estado manipulando a todo el mundo a diestro y siniestro. Por ejemplo, fingiste que se te había escapado que Chip y Tina estaban saliendo juntos para que centrara mis sospechas en él, pero en realidad eres tú quien la ha usado. —Recordé los manuales de tutoría que vi apilados en la habitación de Tina—. No suspendiste las asignaturas del semestre pasado para conseguir un puesto de oficina. Lo hiciste para que Tina te diera clase.

Murray sonrió.

—Culpable de todos los cargos.

—Así fue cómo conseguiste la información. Se la mangaste a ella. Pero entonces, cuando el propio Chip se empezó a dar cuenta de que se tramaba un atentado, simplemente desviaste su atención hacia Tina.

Murray se encogió de hombros.

—Reconozco que eso fue un poco chapucero. Pero déjame que te diga que no es nada fácil colar semejante cantidad de material explosivo dentro de una instalación de la CIA. Se me derramó un poco abajo, en los túneles. Por suerte, fue ese inútil quien lo encontró y no alguien inteligente.

—Pero cometiste un error —dije.

—¿Cuál?

—Tina te gusta de verdad. Así que le pediste que te hiciera unos recados hoy para sacarla del campus antes de que explotase la bomba.

—No lo hice por proteger a Tina. —Murray puso los ojos en blanco—. Lo hice para sacarte a ti del campus. No pensaba mantener esta conversación contigo antes del gran bombazo, pero me has pillado antes de lo que pensaba. Ya te digo, serás un agente doble espectacular.

—¿Cuánto llevas haciendo esto? —pregunté— ¿Eras ya un infiltrado cuando entraste aquí?

—No. ¿Recuerdas cuando te dije que antes era como tú, pero que alguien me enseñó la luz? Pues ese fue mi reclutador. Un agente doble de gran éxito en la CIA. Hizo que cambiase de bando hace más o menos un año.

—¿Para quién trabajas? —quise saber—. ¿Saudíes? ¿Rusos? ¿Yihadistas?

—Aún mejor —respondió Murray con orgullo—. ¿Sabías que Norteamérica externaliza las operaciones de paz y contrata a trabajadores autónomos para que le lleven una parte? Bueno, pues los malos están haciendo lo mismo.

Di un paso atrás, atónito.

—¿El enemigo está externalizando el mal?

—Bueno, nosotros no nos referimos a él como «mal» *per se*, pero sí. Trabajo para el consorcio internacional de agentes independientes que siembran el caos por dinero. Muchísimo dinero. Nos llaman SPYDER.

—¿Por qué?

—Pues porque suena guay. Y, la verdad, llamarnos «consorcio internacional de agentes independientes que siembran el caos por dinero» sería casi un trabalenguas.

Estaba estupefacto por lo indiferente que se mostraba con todo. Parecía que estuviésemos hablando de un club social extraescolar más que de una organización criminal en cuyas filas lo habían alistado para planear la muerte de muchas personas.

—¿Y sabes siquiera quién te ha contratado para hacer esto? —pregunté.

Murray volvió a encogerse de hombros.

—¿Qué más da, mientras me paguen la nómina? Ya sé lo que estarás pensando: soy un capullo cruel y egoísta. Pues sí, la verdad. Antes era todo un Fleming, como tú, solo quería hacer el bien en el mundo, pero entonces aprendí que, aun cuando tú desees hacer siempre lo correcto, eso no significa que la gente para la que trabajes lo haga. Lo cierto es que nadie es bueno. Bueno, sí, tal vez lo sean un par de personas... pero las organizaciones, no. Los gobiernos no lo son. Fíjate en los Estados Unidos, un bastión de la democracia y la libertad, ¿verdad? Pues hemos financiado golpes de Estado en el Tercer Mundo, hemos librado guerras inútiles por doquier y hemos provocado la degradación medioambiental. Fíjate en esta Academia. ¿Cómo te ha tratado a ti este sitio? Te han utilizado como cebo. Te han mentido desde el primer día y te han convertido en un peón. Te han usado de objetivo para el enemigo...

—¡Pero el enemigo sois vosotros! —protesté.

—Y no te hemos matado, aunque hayamos tenido la oportunidad —dijo Murray—. Piensa en lo bien que te trataremos cuando trabajes para nosotros. ¿Sabes qué harás como agente de la CIA? Dar vueltas por las cloacas del Tercer Mundo, haciendo el trabajo sucio de los políticos. No

258

serás nadie. SPYDER, por otro lado, paga muy bien. Y todo en negro, totalmente libre de impuestos. La mayoría de nuestros empleados se retira siendo millonarios antes de los cuarenta. Como es obvio, tienes que fingir tu propia muerte primero para que no te sigan el rastro, pero luego puedes disfrutar de una vida de lujo en una isla tropical. ¿Qué te parece?

—Pues bastante bien —admití. No estaba fingiendo en ese punto. Salvo por la parte mala, Murray tenía un montón de argumentos válidos—. ¿Y cómo encajaría yo ahí?

—Este es el mejor momento para que te unas —dijo Murray—. La mayoría de los agentes dobles empiezan desde cero, como tuve que hacer yo, trabajando como topo en una escuela de espías. Pero después de hoy, cuando hayamos acabado decapitando todas las organizaciones de espionaje a la vez, la red norteamericana de espías será un caos. ¡Se pasarán meses desorientados! Y SPYDER dispone de agentes muy bien colocados en ciertos cargos de poder por todo el Gobierno que serán aún más poderosos después de hoy. Podríamos meterte de becario en la CIA, el FBI o el Pentágono, todo con acceso a material altamente clasificado y sensible. O conseguirte un trabajo de verano en el Capitolio. O incluso, me atrevería a decir, en la Casa Blanca. Y desde ahí... ¿quién sabe cuán alto puedes llegar? En SPYDER se ha estado hablando de poner a un agente doble en la presidencia de turno desde hace bastante tiempo. A lo mejor podrías ser tú. Tendrías el mundo entero a tus pies, Ben. Solo tienes que decir que sí.

Murray bajó ligeramente el arma y me miró expectante.

Pensé detenidamente en todo cuanto me había dicho.

—Sí —dije.

—¿En serio? —Murray parecía emocionado.

—En serio —repetí—. Tienes razón. Este sitio me ha tratado de pena. —Realmente no me interesaba SPYDER; solo estaba fingiendo para conseguir que Murray bajara la guardia. Aun así, la frustración que sentía con respecto a la escuela de espías era real. Apenas pude contenerme—. Me trajeron aquí como un señuelo, a sabiendas de que podrían matarme, y ni siquiera tuvieron la decencia de avisarme. Me han tendido trampas, humillado, acosado, encerrado en la Caja y hasta me han atacado unos ninjas. Incluso dejaron que me secuestraran y luego —cuando por fin logré escapar— actuaron como si yo fuera el malo. Si esto es una muestra de lo que va a ser mi vida cuando me convierta en un espía de verdad, me parece una mierda pinchada en un palo. Así que, venga, seré un agente doble. ¿Dónde hay que firmar?

Me lanzó una gran sonrisa.

—Has tomado una decisión muy buena, amigo mío. Venga, vayamos a por un helado y disfrutemos de los fuegos artificiales. —Se dio la vuelta para dirigirse hacia la puerta.

Fui a golpearlo con el mango de la fregona en la nuca.

Durante todo el tiempo en que habíamos permanecido en el cuarto de calderas, había esperado que, en algún momento, Erika se levantase de repente por detrás de Murray —pensaba que fingía haberse desmayado— y lo liquidase. Pero no lo hizo. Tuve que encargarme yo solo del asunto y no tendría una oportunidad mejor que esta.

Por desgracia, Murray me había cazado; había estado fingiendo su emoción para ver si yo fingía la mía también. Así

260

que esquivó el golpe. El mango de la fregona le pasó casi rozando la nuca.

Perdí el equilibrio, como un jugador de béisbol que ha fallado una bola rápida y, cuando lo recuperé, Murray me apuntaba con la pistola mientras me dirigía una mirada de traición.

—No me lo puedo creer —dijo—. ¡Me has mentido!

—¡Tú tampoco has hecho más que mentirme! —repliqué.

—Eso eran negocios —escupió Murray—; nada personal. Te acabo de brindar la oportunidad de tu vida, ¿y así me lo agradeces? Menudo Fleming estás hecho.

—Mejor eso que ser un agente doble —le espeté.

—Al menos, seré un agente doble vivo —se burló él—. Y a partir de hoy, todo el mundo creerá que tú eres uno muerto. Acabas de tomar la peor de las decisiones de tu corta vida.

Con el arma aún apuntándome, pulsó un botón del despertador, activando el temporizador para que estallara en cinco minutos. Después, salió corriendo, dio un portazo y cerró tras de sí. Erika y yo nos habíamos quedado encerrados en la habitación con una bomba en plena cuenta atrás.

261

DESACTIVACIÓN DE BOMBAS

Edificio de Administración Nathan Hale
Planta 2 del subsótano
10 de febrero
13:15 horas

La primera vez que te quedas encerrado en una habitación con una bomba activa acuden a tu mente mil pensamientos distintos.

Y un montón de líquido amenaza con escapársete de la vejiga.

Lo que significa que uno de los pensamientos esenciales que tienes es: «Por favor, que no me mee en los pantalones».

Morirse es malo, pero dejar un cadáver con un manchurrón en los pantalones es, lisa y llanamente, humillante.

Traté de ignorar las ganas de hacer pis y manejar la crisis que nos afectaba. Mi primer (y único) plan era despertar a Erika; seguramente llevara desactivando bombas desde los tres años. Corrí hacia su lado y la sacudí con cuidado y, como no funcionó, la zarandeé mucho más fuerte. Después empecé a gritar cosas como:

—¡Erika! ¡Si no te despiertas ahora, vamos a morir! —Aun así, se mantuvo obstinadamente inconsciente.

Así que la dejé en el rincón y corrí a examinar la bomba. En las películas, parece que las bombas solo estén conectadas a dos cables: uno verde y otro rojo. Si arrancas el correcto, la bomba no explota, mientras que si arrancas el que no es... ¡bum! Aun así, la probabilidad de sobrevivir sería del cincuenta por ciento... bastante mejor que no hacer nada.

Por desgracia, una bomba de verdad resultaba mucho más complicada. Había cientos de cables serpenteando alrededor del explosivo C4, de tonos que iban del verde mar al magenta, pasando por el azul cerúleo. Conociendo a Murray, deduje que la mayoría no servía de nada, que solo los había metido ahí para conseguir que desactivar la bomba fuese un acto exasperantemente complicado. No tenía ni idea de por dónde empezar.

Así que decidí intentar huir. Sí, así la bomba detonaría y destruiría el edificio, pero si me llevaba a Erika de allí, al menos seguiríamos con vida. No obstante, Murray había cerrado la puerta desde fuera. Encajé el mango de la fregona en el hueco que había entre la puerta y la pared e intenté forzarla. Pero el mango se partió.

El temporizador indicaba que quedaban noventa segundos. Había malgastado tres minutos y medio y no había avanzado lo más mínimo.

El pánico se apoderó de mí. No sabía cómo desactivar una bomba, ni podía contactar con nadie que supiera hacerlo. Y me iba a quedar sin tiempo enseguida.

Me esforcé por relajarme. Perder el control de mí mismo —o de la vejiga— no iba a servir de nada. Pensé en las semanas que había pasado en la escuela de espías por si recordaba algo que pudiera serme útil en medio de esta situación, pero no se me ocurrió nada.

Hasta que pensé en la última conversación que había mantenido.

En algún momento, Murray había dicho algo extraño. Algo que no encajaba del todo. Me devané los sesos para recordarlo.

El reloj indicaba que solo quedaban cuarenta segundos para la explosión.

Como en un destello, me vino el comentario a la cabeza. Era prácticamente lo último que había dicho Murray antes de largarse por la puerta: «Al menos seré un agente doble vivo. Mientras que, a partir de hoy, todo el mundo creerá que tú eres uno muerto».

¿Qué había querido decir con eso?, me pregunté. ¿Por qué pensarían todos que el agente doble era yo?

El reloj marcaba solo treinta segundos.

¡El reloj!

Regresé junto a la bomba para volver a examinarla. Había estado tan pendiente del cableado que no había prestado ninguna atención al temporizador en sí. Pero ahora entendía a qué se refería Murray.

Había utilizado mi reloj para preparar el temporizador.

Otra maniobra astuta por su parte. No solo había pensado en matarme, sino que también iba a incriminarme. Cuando la bomba explotase, el Gobierno mandaría a un equipo de investigación expertos en escenarios del crimen para recoger los restos identificables, por pequeños que estos fueran. Y entre los escombros, acabarían encontrando los fragmentos chamuscados de mi reloj, lo que relacionaría la bomba conmigo. Una vez más, Murray desviaría la atención de él y haría que otro pareciese el malo. Después, seguro que volvería a las andadas como si nada.

Pero había algo con lo que Murray no había contado: mi reloj era una baratija inútil.

«No puede ser tan fácil detener la bomba», pensé. Y, sin embargo, era lo único que se me ocurría.

Quedaban diez segundos.

Golpeé el reloj con la palma de la mano.

Se congeló en 00:07.

Pasé los siguientes siete segundos en plena agonía, temiendo que el temporizador no tuviese nada que ver con la bomba y que, de alguna manera, acabara todo volando por los aires.

Pero no. La bomba no explotó.

—¿Qué está pasando?

Me di la vuelta y vi a Erika levantándose con las manos en la cabeza, aturdida.

—¿Ahora recuperas la conciencia? —pregunté—. ¿No podrías haber despertado hace cinco minutos?

Erika echó un vistazo a su alrededor y se dio cuenta de lo que había ocurrido. En un instante, estaba de pie y en marcha.

—¿Has parado la bomba? —preguntó.

—Eso creo.

—¿Cómo?

—He detenido el temporizador —dije, haciendo como si no fuera nada del otro mundo.

Erika echó un vistazo y se volvió hacia mí, asombrada.

—Buen trabajo. Aunque la bomba sigue activa.

—¿Sabes desactivarla? —pregunté.

—Claro —dijo—, llevo haciéndolo desde los tres años.

—Me lo imaginaba.

Erika se puso manos a la obra enseguida. Se sacó un par de alicates del cinturón de herramientas, examinó los cables unidos al temporizador, identificó en lugar en el que se conectaban a la bomba y escogió los que debía cortar.

Me mantuve al margen para darle espacio.

—¿Cómo has terminado aquí abajo?

—Estaba revisando las pruebas que tenía Chip contra Tina mientras hablaba contigo. —Erika cortó un cable de color aguamarina por la mitad—. Pero no encajaban del todo; era como si alguien las hubiese falseado para incriminar a Tina. Y, entonces, empecé a pensar en qué sentido tenía colocar una bomba en los túneles. Ahí abajo, no había nada que valiera la pena destruir... Aunque montando una bomba lo bastante grande, como esta de aquí, se podía derribar todo un edificio. —Cortó dos cables más: uno de color hueso y el otro, carmesí—. Y en el momento en que se me ocurrió eso, me di cuenta de que no existía un objetivo mejor que la conferencia del Proyecto Omega. Así que bajé a ver qué podía encontrar. Por desgracia, Murray se me echó encima. Supongo que me distraje un poco con la conversación que tú y tu colega estabais manteniendo sobre mí.

Noté que se me ponían coloradas las orejas.

—¿Por qué no me dijiste lo que estabas haciendo? Podría haberte ayudado.

—Supongo que me puse chulita. Ya sabes... mi complejo de heroína. —Erika cortó una maraña de cables fucsia y dejó escapar un suspiro de alivio—. Listos. La bomba ya no está activa.

Para demostrarlo, dio una palmada al C4.

Me encogí por reflejo, pero Erika tenía razón. Sin la carga conectada a la bomba, era tan peligrosa como un montón de plastilina.

—¿Quieres salir de aquí o no? —Metió el explosivo en la grieta alrededor del cerrojo, retrocedió y, al levantarse una pernera, vi que llevaba una funda atada a la pierna.

Me quedé mirando la pistola que llevaba ahí guardada.

—Habría estado bien saber que tenías eso cuando Murray estaba aquí.

—¿Por qué? ¿Ha intentado matarte?

—Eh... no. Me ha ofrecido trabajo.

Erika se volvió hacia mí, sorprendida.

—Qué interesante. —Señaló detrás de la caldera—. Será mejor que te pongas a cubierto.

Lo hice. Erika se apretujó a mi lado y disparó al C4 que cubría el cerrojo.

Hubo una explosión. Cuando me asomé otra vez por detrás de la caldera, la puerta ya estaba abierta; un agujero del tamaño de una bala de cañón reemplazaba la cerradura.

—Vamos —dijo ella, corriendo hacia el pasillo—, antes de que escape Murray.

La seguí, pisándole los talones.

—¿Quieres decir que necesitas mi ayuda?

—Creo que hoy has demostrado lo que vales. —Se sacó una radio del bolsillo (otra de las cosas que habría estado bien saber antes que tenía) y habló por ella—. Papá, soy yo. Hay una bomba en el cuarto de calderas, debajo de la biblioteca... Oye, no te alteres. Ha sido neutralizada. Pero es necesario que alguien baje a llevársela. Ben y yo estamos en el segundo piso del subsótano persiguiendo al topo. Se llama Murray Hill... No, no sospechaba de él... Pues porque no, por eso. Ahora no es el momento de debatir sobre mis capacidades analíticas. Cuelgo. —Tiró la radio y soltó un suspiro de exasperación—. Padres. No me hagas hablar.

—¿Alguna idea de dónde está Murray? —pregunté.

—No exactamente. Aunque apuesto a que sigue en el campus. Un buen topo no desaparecería antes de que la bomba explotase, parecería sospechoso. Pero seguro que, a estas alturas, ya sabe que algo va mal. La bomba no ha estallado, lo que significa que tú y yo aún estamos vivos y sabemos quién es. Así que debe darse prisa. Pero solo lo sabe desde hace... —Erika miró su reloj.

—Tres minutos y treinta segundos —dije.

—Exacto. Así que solo hay que comprobar las cámaras.

Llegamos al cuarto de vigilancia donde me habían secuestrado el día anterior. La puerta seguía fuera de sus bisagras. Un grupo de obreros trataba de arreglarla en ese momento. Erika cruzó por el agujero enorme en el que había estado la puerta y, a continuación, frenó en seco.

—Mierda.

El sistema de seguridad se había caído. Todos los monitores estaban apagados. Uno de los guardias que lo controlaba hojeaba el manual de usuario con frenesí. El otro había contactado con el servicio técnico y seguía en espera.

—¿Qué ha pasado aquí? —preguntó Erika.

—Acaba de fallar el sistema —dijo el guardia que sujetaba el manual.

—¿Hace cinco minutos, más o menos? —pregunté.

Su cara de sorpresa nos lo dijo todo.

—Murray —dijimos Erika y yo al mismo tiempo.

Enfadada, Erika le dio una patada a una papelera.

—Este campus mide ciento diecisiete hectáreas, nos saca muchísima ventaja. No lo encontraremos nunca sin las cámaras.

—No tiene por qué ser así —dije—. ¿Llevas un móvil encima?

DETENCIÓN

Campos de entrenamiento de la Academia
10 de febrero
13:40 horas

Una de las ventajas de tener un don con las matemáticas es que nunca olvidas un número de teléfono. Primero llamé a Zoe porque siempre estaba al tanto de lo que pasaba en el campus.

—¿Hola? —contestó Zoe al tercer tono.

Era la hora de comer y se oía el bullicio habitual del comedor a su alrededor.

—Zoe, soy Ben.

—¡Tapaderas! ¿Dónde has estado? Te has perdido la clase de guerra psicológica de hoy. Ha sido impresionante.

—¿Has visto a Murray en los últimos minutos?

Erika me llevó por un tramo de escaleras y una puerta secreta, y aparecimos en la armería, detrás de una estantería con armas. Greg Hauser, que trabajaba en el mostrador de control de armas, se despertó de la siesta y se esforzó por

270

aparentar que no se había dormido durante su jornada, a pesar de colgarle un hilo de baba del labio.

—¿Por qué buscas a Murray? —preguntó Zoe.

—¡Porque es el topo! —respondí.

—¿El fracasado? Anda ya. Es demasiado vago para eso.

—Es pura fachada. Acaba de intentar volar el Edificio Hale y ha huido. ¿Sabes dónde está o no?

—No lo he visto, pero espera.

—¿Alguno de vosotros ha visto a Murray? —gritó Zoe a pleno pulmón. Alguien respondió a gritos y Zoe volvió a ponerse al teléfono—: Cinturón negro dice que vio a Murray saliendo del Auditorio Bushnell hace dos minutos y que se dirigía hacia los campos de entrenamiento.

Eso cuadraba. Los campos estaban en dirección contraria respecto a la puerta de acceso principal, que tenía mayor vigilancia. Era probable que Murray quisiera colarse a hurtadillas por el bosque y saltar el muro.

—A los campos de entrenamiento —le dije a Erika.

Erika ya había tomado dos rifles M16 de la estantería. Me lanzó uno de ellos, junto con dos cartuchos de munición extra.

—Vamos.

—¡Espera! —protestó Hauser—. No podéis llevaros esos rifles sin rellenar el formulario H-33 de solicitud de armas semiautomáticas.

—Vamos a la caza del topo —le dije—. Venga, vente.

—¿En serio? —Hauser parecía un niño al que le acabaran de regalar un perrito—. ¡Toma ya!

Erika me frunció el ceño, pero no se tomó la molestia de discutir. Simplemente salió corriendo por la puerta. La se-

271

guí. Detrás de nosotros, oí a Hauser apresurarse y coger un arma para él. Volví a ponerme al teléfono:

—Zoe, reúne a todos los que puedas y os dirigís a los campos de entrenamiento. Tenemos que encontrar a Murray antes de que escape.

—Ya nos estamos movilizando —dijo Zoe—. ¿Disparamos a matar?

—Esto... no creo que sea necesario —le respondí—. Mejor le disparamos para que cojee.

Erika salió disparada hacia el patio. Reuní todas mis fuerzas para seguirle el ritmo. A ella ni siquiera le faltaba el aliento.

—¿Alguien más a quien quieras invitar a la fiesta? —me sermoneó Erika—. A tu abuela, ¿quizás?

—Tú y yo solos no podemos abarcar una superficie de más de un kilómetro cuadrado —le respondí jadeando—. Cuantos más participemos en la búsqueda, mejor.

Erika trató de lanzarme una mirada de desaprobación, pero vi que sabía que tenía razón.

Al otro lado del patio, las puertas del comedor se abrieron de golpe. Los estudiantes salían en tropel hacia los campos de entrenamiento. Los refuerzos se habían movilizado deprisa. Sin embargo, tampoco era de extrañar, porque se trataba de la primera llamada a la acción en un campus repleto de aspirantes a espías.

Aun así, Erika y yo llevábamos una gran ventaja a los demás. Nos internamos en el bosque.

Desde el simulacro de guerra, habían pasado dos días de un frío terrible y el suelo seguía cubierto de nieve, tan dura como el cemento. Lo que significaba que Murray no habría dejado huellas recientes.

—A ver, genio de las mates —dijo Erika—. Es probable que Murray se dirija desde el Bushnell al punto más cercano del perímetro y que nos lleve unos dos minutos de ventaja. Por tanto, ¿qué vector nos daría mayores posibilidades de interceptarlo?

Barajé todas las opciones y, a continuación, apunté en dirección noroeste. Erika ajustó su rumbo y avanzó en esa dirección. Yo la seguí, obediente.

Nos desplazamos con rapidez por el bosque, sorteando árboles caídos, agachándonos por entre las ramas y patinando sobre el hielo. Erika permaneció en silencio, reservando así su aliento y energía. Yo hice igual. Muchos de nuestros compañeros estudiantes no eran tan profesionales. Los oía chillar y gritar mientras zigzagueaban entre los árboles, como si se tratara de una fiesta más que de una misión de vida o muerte.

Pasamos por el barranco del que me había salvado Zoe dos días atrás, lo que significaba que nos acercábamos al perímetro. No veía ningún indicio de que Murray fuera delante de nosotros. Ni una huella, ni un destello de movimiento, ni un soplo de aliento exhalado en mitad del frío. O había alcanzado el muro más rápido de lo que yo pensaba o...

Una línea de balas alcanzó el suelo por donde pisaba.

—¡Emboscada! —grité buscando refugio detrás de un tronco.

Erika se lanzó contra un árbol que estaba delante de mí.

—¿Has visto dónde está? —le pregunté.

—¡No ha sido Murray! —refunfuñó Erika—. Ha disparado uno de los nuestros. A continuación, vociferó en dirección al bosque—: ¡Bajad las armas, idiotas! Somos Ben y Erika. Somos de los buenos.

273

—¡Lo siento! —respondió Warren—. He sido yo.

Erika reanudó la marcha. Sin embargo, al volver a ponerme en pie, la corteza congelada de nieve cedió debajo de mí, se desplomó por el barranco y me arrastró. Caí de cabeza, atravesé un arbusto de tojo cubierto de hielo y me di un batacazo en el cauce del arroyo que había al fondo.

Arriba, en la cresta del barranco, Erika siguió su camino sin mirar atrás siquiera. Sabía que detenerse a ayudarme habría puesto en peligro cualquier oportunidad de atrapar a Murray, pero me mosqueó de todos modos. Intenté sentarme, pero el M16, que llevaba colgado del hombro, se había quedado atrapado entre las rocas. Mientras intentaba liberarme inútilmente, el resto del cuerpo estudiantil pasó por la cresta del barranco, dejándome atrás.

—¿Estás bien?

Me giré y vi a Chip, que se acercaba derrapando hasta mí.

—Sí, solo estoy atrapado —le dije—. ¿Cómo has...?

—Hauser me ha llamado. Estaba en el campo de tiro. ¿Tina ha huido?

Chip se acercó a mí por la espalda, giró el arma y me ayudó a ponerme en pie. Cuando me incorporé, el kilo de nieve que se había amontonado en la chaqueta se escurrió directamente por la espalda y se coló en mis calzoncillos: me quedó el culo helado.

—No es Tina. Sino Murray. Le tendió una trampa.

A Chip casi se le desencaja la mandíbula de la sorpresa.

—¿Murray Hill? Imposible. Ese tío es un holgazán de cuidado.

—No, más bien es un experto en hacer creer a la gente que lo es...

274

Se me quebró la voz al oír mis propias palabras. Murray había desafiado una y otra vez nuestras expectativas. No solo había convencido a todo el mundo de que era un fracasado, sino que había aportado información falsa a nuestra investigación enfrentándonos a todos. Cada vez que pensábamos que sabíamos lo que iba a hacer, hacía algo diferente...

Entonces tuve una revelación:

—Murray no se dirige al muro. ¡Ha vuelto sobre sus pasos!

Volví a subir por la ladera del barranco tan rápido como me fue posible.

—¡Espera! —gritó Chip—. ¿Cómo lo sabes?

—Solo lo sé.

No había tiempo que perder. Era una idea que se iba fraguando mientras corría. Murray sabía que había sido visto dirigiéndose al campo de entrenamiento. Pero, bueno, conociéndolo, seguro que se había dejado ver. Sin embargo, no era muy atlético precisamente. Sabía que no tenía muchas opciones de batir a Erika en su carrera hacia el muro, pero si le hacía creer que se dirigía al muro —a ella y a todos los estudiantes del campus—, tendría vía libre hasta la puerta principal. Otra maniobra de distracción. Lo único que debía hacer era encontrar un lugar donde esconderse, esperar a que todos lo adelantaran y, luego, volver sobre sus pasos en dirección contraria.

Volví corriendo por el bosque. Detrás de mí, oí a Chip movilizar a los demás a su manera:

—¡Volved, idiotas! ¡Ben dice que Murray ha dado marcha atrás!

Mucho más adelante, entre los árboles, vi de pronto a Murray bajando de un roble enorme. Él también me vio, se detuvo un momento para considerar las opciones que tenía... y luego huyó como un cobarde.

Cuando salí del bosque, él cruzaba el patio, rodeaba el Edificio Hale y se dirigía hacia la entrada principal.

—¡Murray, para! —Sin saber siquiera lo que estaba haciendo, saqué el rifle—. No me obligues a usarlo.

Murray se detuvo y se giró; vi que también sostenía un arma en la mano. Y me apuntó con ella. Al hablar, reparé en que había desaparecido por completo ese tono amable y amistoso que me había mostrado al principio. Ahora, era frío y despectivo.

—Apártate y deja que me vaya, Ben. No querrás retarme a un duelo. No aciertas ni a un palmo de distancia.

La adrenalina me recorría el cuerpo y el corazón me bombeaba con fuerza.

—¡Tira el arma, Murray! Tienes todas las de...

Murray ni me dejó terminar. Abrió fuego. Las primeras balas fueron a parar a un árbol que había a mi derecha, a menos de un metro. Solo pude dispararle un par de veces antes de ponerme a cubierto. Al agacharme, sentí un desgarro tremendo que me traspasó la manga de la chaqueta y me rasgó el brazo izquierdo.

Ninguno de mis disparos llegó cerca de Murray. Claro que, en ese momento, no le apuntaba a él. Se equivocó en algo. Sí podría acertar a un palmo de distancia. Para ser exactos, podía atinar al tejado del Edificio Hale.

El hielo que había en los laterales del empinado techo a dos aguas se había congelado y había formado una capa de varios centímetros de espesor. Mis dos balas impactaron en él y provocaron una red de fisuras, con lo que varias placas de hielo se soltaron y salieron despedidas desde el techo. Las placas se llevaron por delante una docena de enormes carámbanos de hielo que colgaban de los aleros.

Murray estaba demasiado ocupado disparándome para verlo venir. El hielo se desplomó cuatro pisos y lo aplastó. El topo se dio de bruces contra la nieve, quedando fuera de combate.

Me puse de pie, agarrándome el brazo. En las películas, cuando las balas alcanzan al héroe de turno, este se sacude un poco y sigue adelante, como si le hubiese picado un mosquito. En la vida real, duele muchísimo. Era como si alguien me hubiese pasado un atizador al rojo vivo por el brazo y luego me hubiese dado unos puñetazos de propina. Por suerte, la herida no era demasiado profunda y no sangraba demasiado.

Me latía el corazón tan fuerte que no oí a los demás estudiantes hasta que estuvieron prácticamente a mi altura. Chip fue el primero en llegar, aunque los demás no andaban muy lejos tampoco.

—¿Te has cargado al malo? —preguntó Chip—. ¡Bien hecho!—. Y levantó la mano para chocar los cinco.

—Lo siento. Ahora mismo no puedo chocarla —dije, señalándome el brazo herido.

—¿Te han disparado? —preguntó Zoe, que de repente estaba a mi lado, con los ojos más abiertos de lo normal—. ¡Increíble! Eres el primero de nuestra clase que tiene una herida de guerra.

—No he sido yo, ¿verdad? —preguntó Warren—. Quiero decir, antes en el bosque creía que eras Murray. —Se detuvo y miró pasmado a Murray, tumbado al otro lado del patio—. ¡Ay, madre! ¡Lo has matado!

Se oyó una serie de gritos ahogados entre la multitud.

—Por el amor de Dios, tranquilos. —Erika suspiró y salió de entre los árboles—. Ripley no es un asesino. Murray solo está inconsciente. —Se detuvo junto a mí y me examinó la herida de pasada—. Nada, solo es un arañazo. Te pondrás bien. Mantén la presión sobre la herida y listo.

Desde donde estaba, Erika miró al topo, tumbado bocabajo, como si estuviera analizando la escena. Por un momento, pareció que volvía a ser la chica distante de siempre y me pregunté si le habría molestado que yo hubiese acabado con el tipo malo delante de toda la clase, cuando era ella quien quería hacerlo. Pero luego se volvió hacia mí, me dio una palmadita en el hombro y sonrió.

—Buen trabajo.

Volvió a oírse una serie de gritos ahogados entre la multitud. Pero ahora reaccionaban ante la actitud de Erika. Era la primera vez que muchos la veían tocar a otro ser humano sin que fuera un combate cuerpo a cuerpo. Creo que, para muchos de mis compañeros, ver sonreír a Erika les impresionó mucho más que derrotar al topo.

Le devolví la sonrisa. En aquel instante, se disiparon todas mis dudas sobre la Academia de Espionaje. El lugar podía estar mal gestionado y en mal estado, y puede que, en efecto, hubieran puesto en peligro mi vida, pero ahora sentía que mi sitio estaba aquí. Me había puesto a prueba a mí mismo, había hecho amigos, me había ganado el respeto de la chica más bonita que hubiese visto jamás... y había frustrado el plan de una organización criminal que pretendía acabar con toda la comunidad de espionaje de Estados Unidos.

La escuela convencional no le llegaba, ni por asomo, a la suela del zapato. Por primera vez desde que llegué al campus, tuve la sensación de que todo me iría bien allí.

Al otro lado del patio, Alexander Hale salió de detrás del edificio de Química con el arma en alto. Se acercó con cautela a Murray y le dio un par de empujoncitos con el pie para asegurarse de que seguía inconsciente de verdad.

De repente, se abrió una puerta y decenas de hombres con trajes de tres piezas y uniforme militar salieron corriendo del Edificio Hale.

Entre ellos, distinguí el rostro enrojecido del director.

—¿Es el chico que puso la bomba? —preguntó.

—Sí, pero ya no nos causará más problemas. —Alexander puso un pie sobre la cadera de Murray y posó dramáticamente, como si Murray fuera un oso gris al que hubiera matado—. Lo he neutralizado.

La élite del espionaje y los líderes militares reaccionaron con asombro.

—¡Bien hecho! ¡Bravo! —gritaron algunos. Otros tantos aplaudieron.

Alexander hizo una reverencia para recibir las alabanzas.

Me giré hacia Erika, aturdido.

—¿Tu padre se acaba de colgar la medalla por lo que he conseguido yo?

—Eso parece. —Erika me pasó el brazo por los hombros con afecto y sonrió—. Bienvenido al maravilloso mundo del espionaje.

De:
Oficina de Coordinación de Inteligencia
La Casa Blanca
Washington, D. C.

Para:
█████████████████████

Director de Investigaciones Internas
Sede de la CIA
Langley, Virginia

Se adjuntan documentos clasificados
Nivel de seguridad AA2
Solo para el destinatario

Después de leer la transcripción adjunta, es evidente que nos
espera un largo trabajo. Parece que la reevaluación del ████
████████████████████████████, la Administración de la Academia de Espionaje y la propia CIA están en orden. Es chocante

281

y desalentador que la única persona en toda la comunidad de inteligencia que ha descubierto una prueba directa de SPYDER sea un estudiante de primer año de la Academia. Peor aún, un estudiante de primer año que ni siquiera cumplía los requisitos oficiales para entrar. Hay que proceder de forma inmediata a una investigación profunda sobre esta vil organización, cueste lo que cueste.

Con este fin, recomiendo que la aceptación de Benjamin Ripley en la escuela se haga oficial. Desde luego, se la ha ganado. Como sigue siendo un objetivo de SPYDER, gozará del Nivel de Seguridad K24, aunque ahora mismo sea demasiado pronto para informarle de la Operación Asalto Permanente. Si supiera que ███████████████████████████, probablemente se volvería loco. Debemos convencerlo de que vuelve a ser un estudiante normal de la Academia cuya vida no corre el más mínimo peligro.

Además, por lo que respecta a la investigación de SPYDER, recomiendo la activación inmediata del ██████████████, alias Klondike. Soy plenamente consciente de los peligros que entraña hacerlo, pero en tiempos desesperados se requieren medidas desesperadas. Si SPYDER no se neutraliza pronto, podría suponer el fin de la comunidad de inteligencia y, quizás, incluso el fin de los Estados Unidos tal y como los conocemos hoy.

Saludos a Betty y a los niños,

███████████████

Director de Asuntos Secretos

282

agradecimientos

Hace mucho, muchísimo tiempo que quería escri-
bir esta historia. La primera vez que se me ocurrió la idea de
una escuela de espías fue en el patio del colegio y, aunque
la historia haya cambiado bastante desde entonces, no han
menguado mis ganas de contarla. Así pues, le estoy muy
agradecido a mi gran agente, Jennifer Joel, y a mi editora,
igual de maravillosa, Courtney Bongiolatti, por hacer que
ocurra. Gracias a las dos. Gracias, gracias, gracias.

contenido

stuart gibbs

Ha escrito los guiones de *Spot* y *Repli-Kate*, y ha trabajado en películas animadas como *Mickey, Donald, Goofy: Los tres mosqueteros, Anastasia* y *Colegas en el bosque*. También ha desarrollado programas de televisión para Disney Channel, Nickelodeon, ABC y Fox. Su primera novela, *Belly Up*, estuvo seleccionada por la asociación de bibliotecas juveniles, la Junior Library Guild. Vive en Los Ángeles con su mujer y sus dos hijos, Dashiell y Violet.

Si quieres saber qué otras cosas lleva entre manos, visita su página web: stuartgibbs.com.

editorialmolino
EdMolino
editorialmolino
www.lecturaadictiva.es